王太子妃になんてなりたくない!!
王太子妃編6

月神サキ

Illustrator
蔦森えん

CHARACTER

グラウ

以前見世物小屋からリディが解放した黒い狼。
人語を理解しているかのように賢く、
恩人であるリディを守っている。

フリード

フリードリヒ・ファン・デ・ラ・ヴィルヘルム。
優れた剣と魔法の実力に加え、
帝王学を修めた天才。
一目惚れしたリディだけを愛し続け、
正式に妻として迎えた、
ヴィルヘルム王国王太子。

リディ

リディアナ・ファン・デ・ラ・ヴィルヘルム。
ヴィヴォワール筆頭公爵家の一人娘。
前世の記憶持ちであり、
王族の一夫多妻制を
受け入れられなかったが、
想いを通わせたフリードとついに結婚、
晴れて王太子妃となった。

王太子妃になんてなりたくない!! 王太子妃編 6

アベル
変装を得意とする情報屋。
万華鏡と呼ばれている。

カイン
赤の死神と呼ばれる、
元サハージャの暗殺者。
リディを主と定め、
契約を結んだ。

レイド
オフィリア・レイド・イルヴァーン。
ヘンドリックの妹である
王女だが、女性的な服装と
口調を嫌い、
変人と言われる王女。

イリヤ
小柄で可愛らしい
イルヴァーンの王太子妃。
実は猫耳を持つ獣人で、
行方不明の姉を
探している。

ウィル
ウィリアム・フォン・ペジェグリーニ。
ヴィルヘルム王国魔術師団の団長。
グレンの兄。

アレク
アレクセイ・フォン・ヴィヴォワール。
リディの兄。元々フリードの側近で、
フリード、ウィル、グレンとは幼馴染兼親友。

グレン
グレゴール・フォン・ペジェグリーニ。
ヴィルヘルム王国、近衛騎士団の団長。
フリードとは幼馴染かつ親友。

これまでの物語

ヴィルヘルムへ帰還したリディとフリード。
王都周辺に現れた黒い魔獣の噂に心当たりのあった二人は、無事にその狼を保護し、
グラウと名付け城に連れて帰ることにした。
城下の騒動が解決したのも束の間、
転移門を利用しフリードを訪ねてきた『万華鏡』のアベルは、
フリードのことを気に入り彼の下に付くことになるのだが、
彼に懸想しているレイドことオフィリア王女のヴィルヘルムへの留学の日もついにやってきて――。

この作品はフィクションです。
実際の人物・団体・事件などに一切関係ありません。

王太子妃になんてなりたくない!!　王太子妃編6

MELISSA

1・彼女と魔女たち

「吃驚しました。まさかアマツキさんがヴィルヘルムにいるとは思わなかったので……」

再会の挨拶を済ませ、改めて彼女を見る。

イルヴァーンの王都にいるはずの彼女とまさかヴィルヘルム、しかもダッカルトという町で会うことになるとは思わなかった。

私の態度を見て、警戒を緩めたフリードがこちらに視線を向けてくる。

「リディ、彼女は？」

「あ、ごめん。彼女はアマツキさん。私がイルヴァーンで包丁を買ったのはフリードも知っているでしょう？　その包丁を打った職人さんだよ」

「あの包丁の？」

「そう」

肯定すると、フリードは納得したように頷いた……が、すぐに首を傾げる。

「彼女がイルヴァーンで出会った職人だということは分かった。でも、それならどうしてヴィルヘルムにいるの？　引っ越したってさっき聞こえたけど、そんな簡単にできる距離じゃないよね？　彼女が一般人だとしたら無理があると思うんだけど」

「うん。それは私も不思議なの。でも間違いなく本人だから」

彼の言葉に同意する。やはりフリードも同じところが引っかかったらしい。

それくらい一般人が短期間で国を越えて引っ越すのは難しいことなのだ。

できるけれど信じられないくらいお金が掛かるし、時間だって数ヶ月単位を要する。

どういうことだろうと思いつつも、アマツキさんにもフリードを紹介する。

「アマツキさん。ええと、彼は私の夫です。今、髪は染めてるんですけどその……」

「分かってるさ。ヴィルヘルムの王太子だろう？　フリードリヒ、と言ったかね。お前さんが誰なのか知っているんだ。その正体を推察するのは難しくないよ」

「あ、そうですね」

元々、アマツキさんはレイドの紹介で知り合った人なのだ。彼女から私が誰なのかを聞かされているアマツキさんが、フリードに気づかないなんてあるわけがなかった。

そんな彼女はカインにも目を向けた。そうして当たり前のように言う。

「おや、ヒユマ一族の生き残りがこんなところにいるとは。……というか目が黒いが、もしかしてデリスの薬を使ったのかい？　ま、勘ぐってくる奴はいくらでもいるからね。お前さんも苦労するね」

「……アマツキさん!?」

あっさりとカインを『ヒユマ一族』と看破したことにギョッとする。カインは顔を強ばらせて素早く臨戦態勢に入った。フリードも私を引き寄せ、自らの背後に庇う。

「え、ちょ……フリード」

「私の後ろにいて。リディの知り合いだということは分かったけどね。今の台詞はちょっと無視できない」

「え、え、え……」

フリードの声が真剣味を帯びている。二人の態度が突然硬化したことに驚いていると、彼はアマツキさんに向かって言った。

「お前は一体何者だ。ただの鍛冶職人と言うには、今の発言はおかしすぎる」

私を庇いつつ、アマツキさんを問い詰めるフリード。その視線は厳しく、常人なら腰を抜かしてもおかしくはないほどだ。カインも鋭い目つきでアマツキさんを睨んでいる。

だがアマツキさんは不快そうに眉を寄せただけだった。全く怯んでいない。むしろ彼女の方が堂々としていて、威圧感があった。

「だから男は嫌いなんだ。威圧すればどうにかなると思ってる。……お前さんはあたしの客であるリディの夫だから一度は目を瞑るけどね。……二度目はないよ。お前さんが誰だろうと知ったこっちゃない。あたしの作品の切れ味を確かめる実験台にしてやるからね」

物騒すぎる言葉をフリードに放ち、アマツキさんは腕を組んで彼らを睨んだ。

これはいけない。このままでは必要のない争いが起こってしまう。

――ど、どうしよう。

「やめな、アマツキ。今のは誤解されても仕方ない発言をしたあんたが悪いよ」

「っ！」

一触即発とはまさにこのことを言うのではという張り詰めた空気の中、聞こえたのは意外すぎる人の声だった。反射的にその人の名前を呼ぶ。

「デリスさん！」

ぶおんと空気が震える。それと同時に私たちの目の前にデリスさんが現れた。

魔術を使ったのだろうか。突然姿を見せたデリスさんに、フリードもカインも目を見張っている。

いつもの黒いフードを被った姿だが、その目つきは鋭かった。右手に物語に出てくる魔法使いが持つような、先端に宝石が嵌め込まれた長い杖を持っている。

デリスさんは私たちとアマツキさんの間に立ち、口を開いた。

「アマツキ」

「……デリス。どうしてお前さんがここにいるんだい」

アマツキさんは目を丸くしてデリスさんの名前を呼んだ。その様子から、どうやら二人が知り合いらしいということが分かる。

――デリスさんとアマツキさんが知り合い？　何繋がりなの？

ヴィルヘルムの魔女とイルヴァーンの鍛冶職人に一体どのような共通点があるのか。

本気で分からないと悩んでいると、デリスさんが呆れたようにアマツキさんに言った。

「そりゃあ、可愛がってる友人が困ってるんだ。重い腰だって上げざるを得ないだろう。どうもあんたは誤解されているようだし」

「……うん？　友人？」

アマツキさんが怪訝な顔をする。今の状況が分からない。そんな風に見えた。

「リディは私の友人なんだよ。……ま、どうやらあんたもこの子と知り合いのようだけどね。まったく、どこで知り合ってきたんだか。大体は想像つくけど、まさかピンポイントでアマツキと交流してくるとは思わなかったよ」

呆れたようにそう言うと、デリスさんは私たちを振り返った。その目が柔らかく細められる。

「すまなかったね。こいつは別に悪い奴じゃない。警戒なんてしなくていいよ」

「……しかし」

フリードが、躊躇(ちゅうちょ)するように彼女を見る。自分の目で確かめたわけではないから、素直には頷けないというところだろう。デリスさんが更に言う。

「こいつの身元は私が保証する。そう言っても不安かい？」

「そういうことなら……分かりました」

薬の魔女と呼ばれるデリスさんにそこまで言われては、いくらフリードでも引き下がるしかない。

フリードとカインが不承不承(ふしょうぶしょう)ではあるが構えを解いた。そのことに安堵(あんど)し、フリードの背中から出ようとしたが、それは彼によって止められた。

「リディ、駄目」

「でも……」

「魔女の言うことを信じないわけじゃないけど、私は彼女がどういう存在なのかを知らない。百パーセント納得できていない状態で、リディを行かせるわけにはいかないんだ」

「……フリード」

「リディは私の命よりも大切な人なんだよ。何よりも優先して守りたい存在なんだ。だからお願い。私の言うことを聞いて。このまま私の後ろにいて欲しい」

「……分かった」

真剣な顔で窘められた。カインも同意見のようで、重々しい表情で頷いている。私としてはアマツキさんが危険人物ではないと分かっているのでそこまで警戒しなくてもと思わなくもないが、二人の言いたいことも理解できるので大人しくしていた。

デリスさんが面倒そうにアマツキさんを見ながら言う。

「……ま、あんたたちが警戒する理由も分かるけどね。こいつの正体なんて大したことないよ。この間、話しただろう。私とは違う別の魔女がヴィルヘルムに越してきたって。それがこいつ、アマツキなんだ」

「へ」

突拍子もないことを言われた。

——魔女？　今、デリスさん、魔女って言った？

驚きのあまり絶句していると、デリスさんは更に告げた。

「普段は鍛冶職人として生きてはいるが、それはこいつの本職じゃない。こいつはれっきとした魔女。鉄の魔女の異名を持つ魔女なんだよ」

「……あたしは鍛冶職人だよ」

「あんたは黙ってな。話がややこしくなる」

「……」

デリスさんの言葉にアマツキさんは顔を歪めたが、否定はしなかった。

その表情を見て、デリスさんの言葉がじわじわと頭に浸透してくる。

——え、アマツキさんって魔女なの？

魔女と言えば、世界に七人しかいないと言われる特別な存在。デリスさんだけでも吃驚なのに、それがまさかアマツキさんもだなんて。

「……あ、あの」

「とりあえず場所を移そうか。こんなところでする話でもないからね」

デリスさんがぴしゃりと言う。それには全員が同意するしかなかった。

アマツキさんに案内され、彼女の住処へとやってきた。彼女の新たな家は町の外れにあり、母屋とは別に離れがあった。おそらくは彼女の工房なのだろう。

魔女なのだからデリスさんと同じように隠れ住んでいるのかなと思ったが、そういえばアマツキさんはイルヴァーンでも普通に暮らしていた。気にしないタイプなのだろうか。その辺り、どうなのだろうと疑問に思った私は素直に尋ねた。

「……隠れたりしなくて大丈夫なんですか？」

「あたしはデリスほど有名でもないし、人よけの結界は張ってあるからね。招いた者にしかこの家は見えない。今、あんたたちがここを認識できているのは、あたしが招いたから。それだけのことさね」

「……へえ」

人よけの結界。そんなものが張ってあるのか。

結界といえばフリードも自室に張っていたなと思い、彼を見る。何故(なぜ)かフリードは苦笑していた。

「フリード？」

「いや、すごいなと思ってね。とても緻密(ちみつ)な結界が張られているよ。私にも触れないし、まず『在(あ)る』ことすら気づけないと思う。教えてもらったからなんとか感知できるレベルだ」

「アマツキさん。すごい人なんだ……」

さすが魔女。凄腕(すごうで)の鍛冶職人なのは知っていたが、やはり魔法もフリードが驚くレベルなのか。

「別に大したことじゃないよ。魔女なら皆ができる程度のものさ」

話を聞いていたアマツキさんが肩を竦(すく)めながら言う。その隣を歩いていたデリスさんは声を出さずに笑っていた。否定しない。つまりは真実なのだろう。魔女にとってはフリードですら驚く結界もお茶の子さいさいということ。さすがとしか言いようがなかった。

「中に入りな」

アマツキさんは工房ではなく、母屋の方に私たちを案内した。

扉を開けると、大きな丸テーブルが目に入る。木目調の壁と床。その床には薄い絨毯(じゅうたん)が敷いてあり、全体的に暖かな色合いで纏められている。テーブルのすぐ側には煉瓦製の暖炉があった。部屋の奥にはキッチンらしき場所も見える。

「好きなところにお座り」

「は、はい」

アマツキさんに言われ、丸テーブルの下から椅子を引き出し、腰掛けた。私の隣には当然ながらフリードが座る。カインは私の後ろに立ったままだ。

「カイン」

「オレはいい」

護衛としての任を果たそうとしてくれているのだと察し、頷く。アマツキさんもそれ以上は言わなかった。デリスさんがフリードとは反対側の私の隣に座る。そんな彼女に私は小声で話しかけた。

「吃驚しました。まさかこんなところで会えるとは思わなかったので」

「私だって驚いたよ。引っ越すって聞いたアマツキがどの辺りにいるのか確認しとこうと思って水晶玉を覗いたら、あんたの姿が見えたんだから。慌てて跳んできちまった」

「跳んで……って、魔術ですか？」

「いや、魔女が使う特別な魔法だね」

「へえ……」

そんなものがあるのか。

魔法や魔術の概念があるのに、デリスさんたちが『魔女』とわざわざ呼ばれるのには理由がある。

彼女たちは、私たちよりもっと奇跡に近いことを起こせるのだ。

世界に七人しかいない『魔女』という存在は、ひとりひとりが世界をひっくり返せるほどの可能性を秘めている。簡単に言えば、常識が通用しない。だから彼女たちは基本的に自らのテリトリーに引き籠もり、殆ど俗世には関わらないのだ。

帰還魔術ではなく、狙った場所、しかも国を超えるほどの距離を跳ぶなんて魔法はまだ私たちにはできない未知の領域。それを可能にするデリスさんを見て、やっぱり魔女ってすごいんだなと改めて思った。

え、フリード？　フリードは魔力チートだから……。それに彼だって、行ったことのない場所には跳べない。あらかじめその場所に行って、『ここ』とマーキングしてくる必要があるのだ。いや、それでもすごいのだけれど。普通は設定した一カ所に『帰る』しかできない帰還魔術を、複数箇所跳べるようにしているのだから、彼もまた特別な人だと思う。

「……珈琲しかないが、構わないね？　嫌なら飲まなければいい」

デリスさんと話していると、人数分のカップをトレイに載せたアマツキさんが戻ってきた。

私たちの返事を待たず、テーブルの上にトレイごと置く。

「好きなのを取りな」

「ありがとうございます」

お言葉に甘えて、近くにあったカップを取った。フリードに止められるかなと思ったが、彼は何も言わず、同じように手を伸ばした。彼を見ていたアマツキさんがニヤリと笑う。

「……良いのかい？　あたしの出すものを口に入れたりして。中身は毒かもしれないよ？」

「あなたを疑うなら、最初からこの家に入っていません。すでに腹は括っています」

「……ああ、そうかい」

「魔女とは最大限に敬意を払うべき存在と聞いています。魔女デリスがあなたを魔女だと言うのなら、疑う余地はありませんし、私も態度を改めるべきと判断しました」

先ほどまでとは違い、丁重な態度を取るフリードに、アマツキさんは面白くなさそうな顔になった。

自分もカップを取り、空いている席に座る。

「で？」

「で？　じゃないだろう。アマツキ。自己紹介くらい自分でしな」

「……はあ、面倒だね」

デリスさんに窘められ、アマツキさんは至極面倒そうに言った。

「自己紹介ったって、特にすることなんざないよ。あたしは、ただの鍛冶職人。ま、鉄の魔女なんて称号はあるが、それはオマケみたいなもんさ」

「オマケなわけがあるか。……リディ。さっきも言ったが、イルヴァーンに住んでいた魔女というのがこのアマツキさ。あんたたちとは関わることはないと思っていたんだが……まさかすでに知り合っていたとはね。吃驚だよ」

知り合った経緯を話せという目で見られ、私はアマツキさんとの出会いを思い出しながら話した。

イルヴァーンでレイドから紹介され、彼女の包丁を買ったことを告げると、デリスさんは目を丸くして言った。

「包丁を買ったのかい？　こいつから？」

「？　はい」

何かまずかっただろうか。首を傾げつつも返事をすると、デリスさんはアマツキさんを見ながら言った。

「いや、買えたの間違いだね。よくもまあ、この偏屈からものを買えたものだ。しかも刃物を。なるほどね、理解した。そりゃあ、こいつが引っ越すなんて言い出すはずだよ」

「どういうことです？」

「……」

アマツキさんは何も言わない。それどころか、ふんと明後日の方向を向いてしまった。

「こいつはものすごく天邪鬼なんだよ。まず人を気に入るということが殆どない。特に男は駄目だ。女性職人を馬鹿にする奴らにアマツキはうんざりしているからね。もうずっと刃物なんて誰にも売っていなかったんじゃないのかい？」

「……あたしの包丁は、あたしが使って欲しい奴にだけ売るんだよ。あたしが作ったんだ。それの何が悪いって言うんだ」

「悪いなんて一言も言っていないだろう。私だって気に入った奴にしか薬は売らないからね。気持ちは分かるさ」

「……ふん」

再び顔を背けてしまったアマツキさん。デリスさんが苦笑しながら言う。

「そんな、とんでもなく面倒臭いこいつが久しぶりに会った、刃物を売ってもいいと思えた相手。その相手が他国にいるのなら追いかけようって考えたんだろ。そういうことだね？　アマツキ」

「……あたしはただ、直接包丁のメンテナンスをしてやろうと思っただけさ。せっかく売ったんだ。変な使い方をされても困るし、あたしの包丁を下手な職人に手入れさせるなんて、想像するのも嫌だからね。アフターサービスってやつだよ」

ムスッとしながらもデリスさんの問いかけに答えるアマツキさんだったが、彼女の言葉を聞いた私は驚くしかなかった。

——え、それでわざわざ引っ越してくれたの？　ヴィルヘルムに？

メンテナンスの際は、レイドに預ければいいと言っていた彼女が私のために来てくれたのだと知り、目を見開く。アマツキさんが慌てたように言った。

「べ、別にお前さんのために、とかじゃないから勘違いするんじゃないよ。ちょうどイルヴァーンにも飽きてきたところだったしね。お前さんのことは渡りに舟ってやつさ」

ふんとそっぽを向くアマツキさん。だけどよく見るとその頬が少し赤い。小さなおばあさんが照れている姿は、なんだかとても可愛かった。

「包丁、メンテナンスしてくれるんですか？」

微笑みながら尋ねる。アマツキさんは真剣な顔で頷いた。

「当然だね。お前さんに売ってやった包丁はあたしの最高傑作なんだ。勝手に研いだりするんじゃないよ。何か問題が起こったら、その都度あたしのところへ持ってきな」

「そうしたいところですけど、ダッカルトはちょっと遠いので都度というのは難しいかもしれません」

アマツキさんの申し出は嬉しかったが、私は王太子妃という身分でなかなか自由には出歩けない。残念だなと思いつつも断ると、黙って話を聞いていたフリードが口を開いた。

「……私の魔術を使えば良いだけのことだから、不可能ではないよ」

「フリード？」

「私が帰還魔術で行ける場所は一カ所だけじゃない。今回行けるようにしたダッカルトを残しておけばいいんだ。特に問題はないね」

少し考えながらもそう告げるフリードをまじまじと見つめる。私の視線に気づいたフリードが微笑んだ。

「リディが買った包丁を大事にしているのも、気に入っているのも知っているからね。手入れは打った職人にしてもらうのが一番だろうし、そう頻繁なわけでもないでしょう？　それなら私が付き合うよ」

「……いいの？」

「もちろん」

優しく言ってくれる旦那様の微笑みに、冗談抜きで心臓が痛いくらいに高鳴った。私のためにと骨を折ってくれる彼に、嬉しさと愛おしさが込み上げてくる。

——うう。フリード好き……！

こういうことを自然にしてくれるから、私はフリードを更に好きになってしまうのだ。

自分でも大概まずいのではないかと思うくらい彼のことが好きなのに、フリードはちょいちょい今みたいな優しさを見せてくれるものだから、私の気持ちは高まるばかり。

こんなに好きにさせて一体どうするつもりだと言いたくなってしまう。

「……フリード、好き。あのね……ありがとう」

彼の服の裾を握り、お礼を告げる。フリードがそっと私の頭を撫でた。

「どういたしまして。リディのためになるのならどんなことでもしてあげるよ」

「……フリードは私のことを甘やかしすぎだと思うの」

「仕方ない。私はリディのことを愛しているからね」

「……うう。好き」

甘やかに告げられた言葉に顔が赤くなる。本当に私の旦那様はいつも素敵で参ってしまう。

照れてれとしていると、アマツキさんが口を開いた。

「……あたしは何を見せられているんだ？」

「この子たちはいつもこんな感じだよ。あんたもリディと関わるつもりなら、さっさと慣れておきな」

デリスさんが何でもないような顔で言う。アマツキさんの顔が梅干しを食べたかのように酸っぱいものになった。

「……いつもなのかい」

「ああ、いつもだね」

「……そうかい」

何か言いたげな目で見られ、慌ててフリードの服から手を放した。

誤魔化すように笑っていると、アマツキさんはため息を吐きながら言った。

「まあ、いいさ。女を虐げるような男でないならどうでもいい」

「フリードは優しいですよ？」

「みたいだね。……ま、あたしのところへ通えるって言うんなら、それでいいんだ。そういうことでいいのかい？」

問いかけられ、フリードを見た。彼が頷いてくれたのを確認し、返事をする。

「はい。包丁に問題が起こったら、こちらに来させてもらいます」

「ん。ならいい」

満足げに頷き、アマツキさんは腕を組んだ。デリスさんが、やれやれという顔をする。

どうやら二人は仲が悪いわけではないらしい。フリードたちがアマツキさんを誤解しそうになった時も助けに現れたくらいだし、魔女同士それなりに交流があるのだろう。

うんうんと納得した私は、せっかくだからと先ほどからずっと疑問に思っていたことを聞いてみた。

「アマツキさん、質問なんですけど、どうやってイルヴァーンからここまで引っ越してきたんですか？　早すぎて驚きなんですけど、転移門でも使いました？」

「いや？　魔法を使って、家財道具ごと転移してきただけさ。さっきデリスも使っていただろう。あたしたちの魔法に距離なんてないも同然だからね、簡単なものさ」

「……はあ。すごいですね」

簡単と言い切ってしまう彼女に驚いた。だけど、これで疑問が解消したわけだ。

一瞬で転移できるのなら、そりゃ引っ越しも楽勝だろう。納得である。

フリード以上のチート能力を発揮する魔女たちに吃驚しつつも頷いていると、アマツキさんがカインに視線を向けた。

「で？　その子は？　ヒユマの生き残りの赤の死神がどうしてこんなところにいるんだい？」

「えっ……」

ギョッとした。まさかカインの異名まで知っているとは思わなかったのだ。だが、デリスさんはため息を吐いただけだった。

「あんた……カインのことを知っていたんだね？」

「そうだね」

「そうかい。ま、それならそれで話が早くていいが。カインは暗殺業を廃業して、今はリディを主としているんだよ。ん？　それは知らなかったのかい？」

「ああ、最近は全く見ていないからね。でも死神と呼ばれていた頃よりも、ずいぶんと人間らしくなったじゃないか」

「……あんた、オレのこと知ってんの」

低い声でカインが尋ねる。アマツキさんは面倒そうな顔で答えた。

「お前さんの村が焼けた時、あたしたち魔女の間でもちょっと噂になったんだ。だから少し個人的に追っていたのさ。それでお前さんが生きているのを知った。それだけのことさね」

「そうなのか？」

「ああ。……デリス、この子はあのことを知っているのかい？」

話を振られたデリスさんは驚いたような顔をしたが、すぐに首を横に振った。

「いや、知らない。この子はつい最近、サハージャに突撃した前科があるからね。教えたら二の舞になるだろうと思って言っていないんだ」

「ふうん。あたしが包丁を打っている間に色々なことが起きていたんだね。ここ数年は特に工房に籠もっていたから、外の出来事に目を向ける余裕なんてなかったよ。ま、興味もなかったけどさ」

「あんたは昔から、魔法よりも鍛冶だったからね」

「当然。あたしにとって鍛冶は全てだ」

揶揄うようなデリスさんとは反対に自慢げに笑うアマツキさん。二人のやり取りは聞いていて楽しかったが、カインは我慢できなくなったのか声を上げた。

「あのさ、あのことってなんなんだ？」

カインの疑問に、二人は顔を見合わせる。アマツキさんがデリスさんに聞いた。

「デリス、どうする？」

「……ま、いつまでも黙っているというのもなんだしね。気は進まないが、この話がここで出たというのも何かの縁だ。これを機に、言ってしまうのもいいだろう」

「――そうかい。あたしから話してもいいのかい？」

「ああ、頼む」

デリスさんが頷いたのを見て、アマツキさんが口を開いた。

「ヒユマが全滅する羽目になった事件。あれにはひとりの魔女が関わっている。名前は、ギルティア。通称、毒の魔女。あいつが当時のサハージャ国王を唆したのさ。ヒユマの力を捨て置けないのなら滅ぼしてしまえばいいとね。一般には知られていなかったヒユマの村の場所を教えたのもあの女さ」

「……は？」

「え？」

とんでもない話を聞かされ、目を見開いた。カインはと言えば、聞いた話が理解できないかのような顔をしている。

アマツキさんに続き、デリスさんも言った。

「魔女は人と深く関わってはいけない。私たちの力は人と比べてあまりにも強大だからね。だけど何事にも例外というものがある。私たちだって気に入った奴を贔屓にすることくらいあるんだ。大切な友人を助けたい。当たり前の感情だろう」

「……」

デリスさんが私を見る。彼女が私たちにかなり協力的であることは分かっていた。

俗世とは関わらないと言いつつも、できる範囲で色々助けてくれているのも、いつだって有り難いと思っていた。

「その枠に収まらないのが、毒の魔女。あれは、好意なんかでは動かない。ただ、自分が楽しければそれでいいんだ。人の不幸が大好きで、自分が一番でないと気が済まない質でね、厄介なことに自己顕示欲が強い。自分の力を見せつけたくて仕方ないんだよ。だから定期的に問題を起こす。ある時はあれのせいで古くから続いたとある名家が途絶え、そして今回はあれが余計なことをした結果、ヒユマという村がなくなった」

「……」

カインが息を呑む音が聞こえた。

「正確には、あれが直接何かしたわけじゃない。あれはただ、サハージャ国王にそこに住む魔女として助言しただけだ。ヒユマを脅威に思っている国王に、ヒユマを手に入れられなくて怒る国王に、かの一族の危険性を説き、その村の場所を教えた。ただ、それだけ」

「それだけって……」

十分すぎる。

魔女の話を聞いた当時のサハージャ国王が何を考え、どう行動したか、手に取るように分かる。カインが硬い声で言った。

「だからあの日、村は襲われたのか？」

「ああ」

「オレは今まで、サハージャ国王が仇だと思ってきた。それは違ったとそういうことか？」

燃えるような目でカインがデリスさんを見る。デリスさんは首を横に振った。

「いいや、あんたの仇は前サハージャ国王で間違っていないよ。村を襲うことも、根絶やしにすることを決めたのも彼だからね。ただ、それをする切っ掛けをアレが与えただけ」

「……だけって……！」

「事実だろう。アレはそれ以上のことは何もしていない。だが、その行動の余波はあまりにも大きかった。アレが思った通りにサハージャ国王は行動し、結果、ヒユマの村は滅びた。あの時は、さすがに私たちも全員集まってね。アレを呼び出し、怒ったさ。魔女が許される行動の範囲をあまりにも逸脱している。いい加減にしろとね」

「……それで、その人はなんて？」

予想が付くような気がすると思いつつも尋ねる。デリスさんは眉を中央に寄せ、心底不快そうに言った。

「せっかく力があるのに使わない方がおかしい。私は好きにやる。お前たちの言うことなど聞かない。そう答えたよ。それ以来、アレは魔女の召集には応じない。サハージャで暗躍しているのは確かだろうが、私たちにも見えない結界を自らの工房に張ってしまってね、様子を窺えないいんだ」

「……」

返ってきた答えに口を噤む。アマツキさんが口を開いた。

「まあ、とは言っても、さすがにあいつも派手に動きすぎたと思ったのか、ここ数年は静かだったみたいだけどね。……デリス。あいつらしき動きは見ていないね？」

確認され、デリスさんは頷いた。

「私たちが見えている範囲では。……とはいえ、最近は怒濤の如く色々なものが動いているからね。その陰に隠れて……って可能性はあるかもしれない。ここのところ大人しいってのがまず怪しいと思うね。好きにやるって言っておいて、音沙汰なしなんだ。なんらかの準備をしていると考えるのが正しいだろう」

「面倒な」

「全くだよ」

二人同時に嘆息する。カインが混乱したようにデリスさんに言った。

「ま、待ってくれよ。ばあさん。それじゃあオレ、どうしたらいいんだ？」

「どうしたもこうしたもないよ。さっきも言っただろ。アレはあんたの仇じゃないって。唆しはしたが、その先の行動を決めたのは全部当時のサハージャ国王なんだから。それにね、一応忠告しておく。あいつにだけは関わらない方が良いよ。アレには人の心なんてものはない。自分が楽しいか、楽しくないか。それだけで動いているんだ。自分が楽しむためならどんな残虐な行いでもできる。アレはそういう奴なんだよ。カイン、あんたは自分だけの主人を見つけたんだろう？　アレのことなど放っておいて、ヒユマ一族としての責務を果たすことだけを考えな」

「……ばあさん」

「だから言いたくなかったんだよ」

苦々しく告げるデリスさんを、カインが呆然と見つめる。

デリスさんの言葉は、一見すると冷たい。だけど、よくよく聞けばカインを思い遣ったものだ。彼のためにも魔女と関わるな。デリスさんはそう言っているのだ。

カインはグッと唇を噛みしめ、下を向いた。その身体が震えている。

初めて聞かされた事実を呑み込めないのだろう。だが、それでもカインは頷いた。

「……分かってる。今のオレは、姫さんに仕えているんだからな。私情を優先して主から離れるなどヒユマとして許されない。オレは、ヒユマの誇りを投げ捨てるような真似はしない」

「……ああ、その通り。あんたは誇り高い男だよ」

デリスさんの声に安堵が滲んでいる。新たな仇を知ったカインが飛び出してしまわないか心配だったのだろう。私ももしそんなことになったらと気が気でなかったから気持ちは分かる。

「毒の魔女、ギルティア。あれは毒と呪いの専門家なんだ。この二つに関して、あれはどの魔女よりも精通している。リディ、カインだけじゃない。あんたもあいつには絶対に関わるんじゃないよ」

「……はい」

サハージャにいるのなら関わる機会もそうないとは思うが、それでも頷く。

デリスさんの顔は真剣だったし、アマツキさんも厳しい顔つきをしていたからだ。

それまでずっと聞いているだけだったフリードが口を開いた。

「すみません。その毒の魔女はサハージャにいるんですね？」

「ああ」

デリスさんが肯定する。それを聞いたフリードの顔が歪んだ。

「フリード?」

「いや、ちょっとね。アベルが私のところに来た時に聞いたんだよ。彼が己の目と引き換えに取引した魔女がいたって話を。彼はサハージャにいた。そう考えると、彼が取引した魔女はもしかしてその毒の魔女だったのかなって」

「サハージャにはギルティアしか魔女はいない。サハージャで取引をしたと言うのなら、間違いなくその相手はギルティアだろうね」

「……そう、ですか」

「そのアベルという男は?」

「……オレと同郷の男。もうひとり、生きていたんだ」

フリードの代わりにカインが答える。デリスさんが難しい顔をした。

「ヒユマの生き残りか……。彼がどんな取引をしたのか、詳しい話は分かるかい?」

「いえ。ただ、契約なしにヒユマの術を使えるようにしてもらったとは言っていました。代わりに己の右目を差し出したそうです。……魔女は喜んでいたそうですよ。異界に繋がる瞳だと」

「……異界に繋がる、ね」

フリードの話を聞いたデリスさんが眉を寄せる。アマツキさんは舌打ちをしていた。

「……これは間違いなく何か企んでいるだろうね」

「ああ。……少なくとも、今のサハージャ国王に入れ知恵しているのは間違いないだろう。あんたたち、近いうちにサハージャ国王と会うようなことはないだろうね?」

　デリスさんに問いかけられ、フリードが渋い顔をした。

「……もうすぐ、ヴィルヘルムの王都で年に一度の国際会議が開催されます。それにマクシミリアン国王が出席するかと」

「え、あの人来るの？」

　思わず口を挟んでしまった。

　国際会議があるという話は聞いていたので驚きはしないが、そこに彼が来るとは思わなかったのだ。

　フリードがものすごく嫌そうな顔をして頷く。

「うん。返書が来てね。国王直々にやってくるそうだよ」

「ここ数年ずっと欠席してたんでしょう？　今回も休めばいいのに、なんでわざわざ来るの？」

　マクシミリアン国王を思い浮かべ、口がへの字になる。

　サハージャ国王、マクシミリアン。

　私がまだフリードの婚約者だった時に、一度だけ会ったことのある男である。

　長い銀色の髪が特徴の酷く冷たい目をした彼は、フリードとは違う系統の美形だった。典型的な俺様タイプで、自分に皆が従うのが当然というのを地で行く男。

　フリードと婚約している私を堂々とサハージャに連れて帰ろうとした経歴を持つ、とんでもない王子――現国王なのである。

　着ていた黒のブレザータイプの正装だけは一見の価値があったが、性格は最悪で、正直二度と会いたいとは思わない。

私を迎えに行くなんてふざけたことも言っていたし。

売り言葉に買い言葉で、何度だって断ってやると返しはしたが、会わなくて済むのならそうしたいところである。

フリードから、サハージャはここ数年、ずっと会議を欠席していたと聞いていたから、会うことはないと高を括っていたのだが、どうやら彼はこちらへ来るようだ。

「大丈夫。リディのことは私が守るから」

嫌だなあという顔をしていると、フリードが私の頭を優しく撫でた。

「いや、別に何もしないでしょ。私、結婚しているんだし」

以前会った時は、まだ未婚だったが今は既婚者なのだ。さすがのマクシミリアン国王も私に興味を失っただろうと思ったが、フリードは懐疑的だった。

「あれは絶対に諦めていないよ。あの男は、一度これと決めたものを諦めたりしないんだ。それに今年はハロルドも来るしね。あれはあれで、既婚とか未婚とか全く気にしないタイプだから……ああ、頭痛がしてきた。リディ、国際会議の間、ずっと部屋に籠もっていてくれないかな？」

「いや、無理に決まってるでしょう」

気持ちは分かると思いながらも言う。私はフリードの妃なのだ。しかも王華をいただいた正統な妃――正妃。私主催で開くお茶会などもあるだろうし、引き籠もっていられるはずもない。

フリードもそれは分かっているのか、苦い顔をしていた。

「リディを妻にできたのは最高に幸せだけど、マクシミリアン国王やハロルドから隠せないことだけは本当に嫌だ」

「あはは……まあ、カインもいるし、グラウだっているんだもん。何とかなるでしょ」

何とかなったらいいなあという希望を込めて言う。

先ほどから名前が出ているハロルドというのは、タリムの第八王子だ。

彼とは和カフェをオープンさせた時に一度会ったのだが、確かに私が既婚者と知っても全く怯まなかった強者だった。王子という身分でありながら供も連れず（多分いなかったと思う）他国までやってくる行動力はさすがだが、彼もなかなか癖のありそうな人物だ。

――よくよく考えたら、問題ある人しかいない気がする。

個性の固まりというか……まあ、王族なんてそんなものなのかもしれないけれど。

気づきたくなかったことに気がついてしまったと思っていると、話を聞いたデリスさんが言った。

「……サハージャ国王がヴィルヘルムに来る、か。何もなければ良いけどね。ヴィルヘルムには竜神の加護がある。そんな国に対し、ギルティアも馬鹿なことをするとは思わないいんだが」

「だからこそ自分の力を誇示したい……とかあいつなら言いかねないがね」

デリスさんとアマツキさん、二人の言葉になんとも言えない気持ちになる。

ヴィルヘルム王国の初代国王が元竜神だというのは、有名な話だ。とはいえ私はそれをずっとお伽噺だと信じていたのだが、どうやらそれは本当らしく、しかもフリードが先祖返りだという話も知っている。国王から直々に聞かされたからだ。

だから加護があると言われても、そうだろうなとしか思わなかった。

実際、フリードの強すぎるところを目にしているからというのもあるかもしれない。先祖返りだという彼は、反則だと叫びたくなるくらいに強いのだ。

彼ひとりいれば、国と国の戦争すらなんとかなってしまう。城の皆がフリードのことをやたらと崇拝している節があるのはそういうところを知っているからなのだろう。

そんなフリードに正面切って攻撃したところで、簡単に防がれるのは目に見えている。だから馬鹿な真似はしないと思うが、しないとは言い切れないところが怖かった。

デリスさんたちも似たようなことを思ったのだろう。気乗りはしない様子だったが言ってくれた。

「一応、私たちもギルティアが何か企んでいないか気をつけておくようにするよ」

「……あたしの包丁を使う子が、ギルティアの魔の手に掛かるなんて考えたくもないからね。協力してやるよ」

「ありがとうございます」

「あんたたちはサハージャ国王の動きに気をつけな。ギルティアはサハージャの魔女だ。アレが使うとしたら現サハージャ国王以外に考えられない」

デリスさんの忠告に、フリードは硬い顔で頷いた。

あのマクシミリアン国王が、誰かの言うことを聞いたりするとは思えないが、何にでも例外はある。

軽い気持ちでデートに出てきて、まさかこんな話を聞くことになるとは思わなかったが、情報を得られたのは有り難かった。

そのあとは雑談をし、デリスさんが魔法で王都に帰るのを見送ってから、私たちもアマツキさんの家を辞した。

「……とんでもないデートになったね」

昼過ぎ、城に戻ってきた私たちは、自室のソファに並んで腰掛けていた。

あれから浜辺に戻り、漁師たちから話を聞いた私たちは、無事、蛸をゲットすることができた。

悪魔とは思われていなかったが、そもそも食用だと見なされていなかったようで、捕まえても海に帰されていたようだ。

欲しいと言うと驚かれたが、漁のついでに捕獲してくれると約束してくれた。

これでタコパをする手はずは整ったのだが、デリスさんとアマツキさんから聞いた話もあり、どうも気乗りしなくなってしまった私たちは、少し早めではあるが王都に戻ることを決めたのだった。

カインもアマツキさんの家を出てから、ずっと黙っている。

フリードは一見普段通りに見えるが、時折何かを考えているように見えた。

珍しく部屋の中までついてきたカインが口を開く。

「あのさ」

「何？」

パッと彼の方に顔を向ける。カインは何とも言いがたい表情をしていた。そんな彼が何を言い出すのか内心ドキドキしていたが、できるだけいつも通りの態度を心掛ける。

──カイン、大丈夫だよね。

先ほどデリスさんに窘められた時は、素直に頷いていたが、意見というのは変わるものだ。彼が何を言い出すのか、全く想像もつかないと思っていると、カインがボソリと言った。

「……ずっと考えてたんだ」

「……うん」

何を、とは聞かなかった。ただ頷くと、カインはホッとしたように話を続ける。

「これ、秘密なんだけど、実はヒユマの村の周辺には独自の結界があったんだ」

「結界？」

「ああ」

頷き、昔を懐かしむような顔でカインが口を開く。

「結界と言っても、認識を変える程度のものなんだけどさ。……ここには何もないって相手に思わせる、そんな効果。知っている奴には通用しない。時々迷い込む奴はいるけど、まあ、それは仕方ないよなって感じで追い返してた。何せオレたちの目はさ、皆から忌み嫌われているから。ひっそり隠れ住んでいたんだ。それなのにオレたちの村はあの日、サハージャに襲撃された。おかしいなって思っていたんだ。ずっと」

「……」

淡々と語るカイン。いつの間にか、フリードが私の手を励ますように握っていた。その手をギュッと握り返す。

「村の場所がバレたのは、迷い人の誰かが場所を話したから。多分そうなんだろうなって思ってた。それくらいしか可能性なんかないし、恩を仇で返されることなんか、オレたちには日常茶飯事だったからあり得ない話じゃないって。それがまさかさ……最初から悪意を持って、オレたちの村の場所を、しかもサハージャ国王にチクられたなんて思うわけないじゃないか。それも魔女に！」

「……カイン」

カインが拳を握りしめる。やりきれないという顔をしていた。

「確かにばあさんの言う通り、直接父さんたちを殺したのは前サハージャ国王だ。だけどさ、オレ、その魔女を許せない。だってそいつが余計なことをしなければ、オレたちの村は今もきっとあったんだろう⁉」

「……そう、だね」

デリスさんたちの話を纏めるとそうなる。

「もうオレ、すっかり全部が分かんなくなってさ。頭の中がグチャグチャなんだ。でもさ、一番意味が分かんねえって思ったのがアベルのこと」

「アベル？」

「王太子の話だと、そいつがアベルと取引した魔女なんだろ？　つまりさ、アベルは自分の仇とも言える奴に己の目を差し出して取引したってことになるんだよ」

「……あ」

気づかなかった事実を示唆され、声が掠れた。

そうだ、カインの言う通りだ。

アベルが頼った魔女は、己の村を焼くことになった元凶。とんでもない話に頭がクラクラした。カインが頭を抱える。

「もう何がなんだか、全然分かんねえ。これでもさ、わりと色々吹っ切ったと思ってたのに、全部一気に戻ってきたって感じ。オレ、どうすりゃいいんだ?」

泣き笑いのような顔をするカイン。その表情はどこか危うく、今にも崩れてしまいそうな感じがした。目も虚ろで正気ではないように見える。

いつもの彼じゃない。まるで自分を見失っているようなカインに危機感を覚えた。

このまま彼を放っておけば、きっと大変なことになる。

なんとか彼を正気に戻さなくては。内心盛大に焦りつつも、私はできるだけ冷静に口を開いた。

「私はね、カイン。今のまま、カインに側にいて欲しいと思ってるよ」

「姫さん……」

「確かにデリスさんから聞いた話はすごく衝撃的だった。カインがショックを受けるのも無理はないと思う」

「……ああ」

返事があったことに小さく息を吐く。

良かった。まだカインは私の言葉を聞くだけの余裕がありそうだ。言葉が届くのなら何とかなるのかもしれない。そう思った私はカインを見つめた。

「でもね、カインは私の忍者なの。だからたとえば、カインがやっぱりその魔女を探しに行きたいって言っても行かせてあげられない。だって、職務放棄じゃない。そういうのって、ヒユマ的にはどうなの？　私としてはアウトだなって思うんだけど」

「え？」

冗談めかして言うと、カインは呆けたように私を見返し、ぱちぱちと目を瞬かせた。

まさか私がはっきり『行かせない』と言うとは思わなかったのだろう。

基本私は、したいようにすればいいというスタンスなので驚かれるのも無理はないのだが、今だけはきちんと言葉で止めなければならないと思ったのだ。

「ね、どうなの？　主を放り出して出奔するって、普通は臣下失格だと思うんだけど」

「えーと……うん。まあ、ヒユマ的にもアウトだな、それは」

「でしょ」

答えを聞き、ホッとする。ここで問題ないと言われたらどうしようかと思った。

私が頷くと、カインは考える素振りを見せた。

「そうだな。主人を放って自儘に振る舞うなんて、ヒユマの風上にも置けない、な」

「うん、うん」

「オレは、ヒユマとして正しくありたいと思っているし」

「そうだね、そう言ってたよね」

「……あー……だよなあ」

カインが何故か気が抜けたような顔をした。そうしてガリガリと己の頭を掻く。

「あー！　もう！　オレ、今何考えてたんだ！　信じられない！　ちょっとおかしくなってた！　そうだ、そうだよ。オレ的にはもう決めた話だったのに……！」

「カイン？」

うんうんとひとり頷くカインをそうっと窺っていると、彼は私を見てきた。

その目は私が知るいつものカインで、私は彼が己を取り戻したことを悟った。

どうやら自力でおかしな思考から脱出してくれたようだ。良かった。

カインは自分の考えを整理するかのように口を開いた。

「そうだよ。オレは復讐じゃなく、姫さんを取るってとうの昔に決めてたじゃないか。新たな仇が現れたからといって変わるものじゃないんだ。なんでそんな大事なことを忘れるかな……」

「えっと？」

聞いても大丈夫なのだろうかと思いつつも彼を見る。カインは薄らと微笑みながら言った。

「仇に復讐する機会ならもうあった。前に、サハージャの王宮に忍び込んだ時に。でもオレはそうしなかった。そこで話は終わってるんだよってこと。今のオレはヒユマとしての本懐を遂げたいのが一番の願いなんだ。そのために邁進するのが正しいのであって、新たな仇が出てきたから、だからなんなんだよって話」

「う、うん」

「結論。驚いたけど、だから？　ってこと。オレの取る行動は何も変わらない。オレはとうに選択してるんだからさ。……アベルがどう言うかは知らないけど、少なくともオレはサハージャの魔女をどうこうしようとは思わない。思ってはいけないんだ」

「カイン……」

　きっぱりと告げたカインの顔を見て、胸を撫で下ろした。彼の表情を見れば分かるが、先ほどまでのおかしな雰囲気は消えているようだ。憑き物が落ちたようなという表現がぴったりだった。

　カインはピシャピシャと己の頬を叩いているが、私も泣きそうなくらいに嬉しかった。

「あー……なんか、ほんと、さっきのオレおかしかった。全然前が見えていなかった。姫さんに話を聞いてもらって良かったぜ」

「カイン……」

「姫さんが止めてくれなかったら、何も考えずに飛び出してたかも。珍しく姫さんが『行くな』ってはっきり言ってくれたから吃驚して正気に戻れた。ありがとな」

「ううん。カインが元に戻ってくれて良かった。さっきのカインちょっとおかしかったから」

「だよな。自分でも思う。今なら分かるけど、多分話を聞いた瞬間、キレたんだよな。あーあ、オレもまだまだってことなのかな。悔しいけど、ばあさんが今までオレに話さなかった理由が分かった気がしたぜ」

　不甲斐ないと嘆くカイン。その様子に心から安堵していると隣に座ったフリードが腰を引き寄せてきた。

「フリード？」

「良かった。どうなることかと思ったけど、無事カインを正気に戻すことができたようだね」

「……うん」

コツンと額に額をぶつけられる。サラサラの金髪が目に映った。

「ごめんね。手助けしてあげたかったんだけど、多分カインはリディの言葉じゃないと聞いてくれないと思ったから」

「分かってる」

カインが契約し、主としたのは私だ。そんな彼がフリードの言葉を聞くとは思えない。むしろ余計に拗れただろう。黙っていてくれて正解なのだ。カインもその通りと言わんばかりに頷いた。

「それはそうだな。なんで口出ししてくるんだとしか思えない」

「……やっぱり」

「オレの主は姫さんだからな。でももう大丈夫だぜ。その……悪かったな、姫さん。心配掛けた」

「ううん。カインが元に戻ってくれたからそれでいいの」

「だけど、実際の話、気をつけなければいけないのは事実だね」

「フリード？」

真剣な声でフリードが呟く。

「その例の毒の魔女、ギルティアとマクシミリアン国王が繋がっている可能性は十分にあると、彼女たちは教えてくれたのだから。彼女たち曰く、ギルティアはかなり問題のある魔女のようだし、国際会議では気合いを入れていかないとまずいかもね」

「まだ、繋がっていると決まったわけじゃないけど……」

「繋がっていないと断言できないのなら、繋がっていると考えた方がいいよ」

「オレもそれに賛成」

カインが手を挙げる。

「ヒユマの村のことはさ、オレはもう吹っ切ってるから別に良いんだけど、これからのことに関しては気をつけた方がいいと思う。お遊び気分で国や村を滅ぼそうと考える奴がいるってことは事実なんだから」

「……うん、そうだね」

カインに同意する。フリードが嘆息した。

「全く、本気で今年の国際会議を中止にしたい気分なんだけど。マクシミリアン国王やハロルドは来るし、魔女関係で何かあるかもしれないとか、アレクじゃないけど頭痛しかないよ。……リディ、本気で開催期間中、城の奥深くにでも隠れていてくれないかな？」

真顔で聞いてきたフリードに、笑みだけで返す。

彼も言ってみただけなのだろう。更に大きなため息を吐いたあと、ボソリと呟いた。

「……波乱の会議になりそうだ」

「……」

フリードには申し訳ないが、それはフラグというのではと、思ってしまった。

2・死神とタコパ（書き下ろし・カイン視点）

姫さんと王太子がダッカルトで蛸を確保したことを受け、王城の庭を使ってのたこ焼きパーティーが開催されることとなった。

このたこ焼きパーティーが終われば、いよいよヴィルヘルム主催での国際会議が始まる。

明日にも参加国の第一陣がやってくるのだ。

文字通り、今日が最後の休日になる。

姫さんの誘いを受けた面々が集まり、たこ焼きを食べながら楽しげに歓談している。

元々は王妃にイルヴァーンの王女を紹介して欲しいと頼まれたことから企画されたこのパーティー。

作戦は上手くいっているようで、少し離れた場所では王妃とイルヴァーンの王女が姫さんを交えて笑い合っていた。

「……あいつ、本当に人の懐に入るのが上手いよなあ」

「アレク」

声を掛けてきたのはアレクだった。片手に皿を持っている。その上にはたこ焼きが四つ載っていた。

「食うか？」

「いらない」

先ほど十分食べた。

断るとアレクは「そっか」と言いながら爪楊枝でたこ焼きを刺した。ハフハフ言いながらひとつ頰張る。

「カレーじゃなくなったのは残念だけど、これはこれで美味いよな」

たこ焼きはアレクの好きな味だったらしく、かなり上機嫌な様子だ。

彼の視線の先には姫さんと王妃にイルヴァーンの王女。そして、談笑する姫さんを見つめる王太子の姿があった。

視線が熱い……というか鬱陶しい。

女性同士楽しく語らう邪魔はしないが、どうにも嫁の様子が気になるらしい。

「……フリードもいつも通りだよなあ」

「姫さんのこと、好きすぎるだろう」

「普通に鬱陶しいレベルだよな、あれ。我が妹ながら感心するぜ。よく嫌にならないよな」

「同レベルで好きだからじゃね？　姫さん、喜んでるし」

「あれを喜べるとか、俺の妹が強すぎるんだが。破れ鍋に綴じ蓋って言葉がぴったりだよな、あの二人」

「確かに」

うんうんと頷き合う。

別の場所では魔術師団の団長や、その弟である近衛騎士団の団長。アレクの部下であるシオン、その配下である獣人のレナという少女がいる。獣人の少女の近くには、狼のグラウがいた。

国王の姿はない。王妃がいるということで彼は来たがっていたが、どうしても仕事の都合がつかなかったのだ。「行けなくて申し訳ない」と本気で悔しそうだった。

王妃という存在がいるものの、開放的な空間ということもあり、皆はそこまで緊張した様子もなくそれぞれ楽しんでいる様子だった。たこ焼きを食べ終わったアレクがグッと伸びをする。

「この平穏な日常も今日で終わりか。明日からのことを考えると、胃がねじ切れそうに痛むぜ」

「明日から各国の代表がヴィルヘルム入りするからな。皆、転移門を使ってくるのか？」

「ま、八割程度ってところだけど、大体は転移門だな」

「ふうん……あのさ、サハージャの国王は？」

「今回は転移門からだって聞いてる」

「……」

アレクから話を聞き、自分で振った話題にもかかわらず閉口してしまった。

少し前、ばあさんから聞いた話を思い出す。

オレの村。ヒユマの村が滅びることになった切っ掛けである魔女。その魔女と繋がっているかもしれないマクシミリアン国王が来ると聞けば、関係ないと思っていても平静ではいられない。

彼は以前にもこちらに来た時、問題を起こしている。姫さんの誘拐未遂だ。

彼は姫さんを自分の妃にしようと、当時王太子の婚約者だった主を連れ去ろうとした。

そして現在、国王になった彼には正妃がいない。

王太子も言っていたが、マクシミリアンという男に諦めるという言葉はない。今回、わざわざこちらに来るということだし、何か企んでいるのは明白だ。

その企みが魔女関連でなければいいのにと心から思う。

何せ魔女というのは、オレたちとは人種が違う。魔女を敵に回して、正直勝てる気がしないのだ。

それは王太子を前にした時にも感じる気持ちと似ているが、少し異なる。もっと得体の知れないものを相手にするような、そんな感じだ。

「……あのさ」

マクシミリアン国王のことを考え憂鬱になっていると、アレクが声を掛けてきた。

「何？」

「リディのこと、頼むな」

「ん？」

彼の顔を見る。アレクは困ったように眉を下げていた。

「お前が知ってるかは分かんねえから一応言っとく。あいつさ、マクシミリアン国王に狙われてるんだ。リディの側に俺かフリードがついててやれればいいんだけど、多分、国際会議中でそれは無理だからさ。その……お前が見ててやってくれると安心っつーか」

「……アレク」

ポリポリと頬を掻く彼を凝視する。

アレクはパッといつもの表情に戻り、軽く笑いながら言った。

「ま、つまりだ。あいつが問題を起こすと俺の胃が痛くなるから、俺のためにも見てて欲しいっつーか……そういうこと！」

「ふうん。妹が心配な兄ってことだな。あの王様のことは知ってるし、別にあんたに言われなくても姫さんから離れたりはしないけど、アレクって案外天邪鬼なところあるよなあ」

素直に妹が心配だと言えば良いのに、胃が痛くなるからと言い訳するところがアレクらしい。

「いや、別に嘘じゃないぜ？　俺の胃の行く末については真剣に憂えてるからな？」

「分かった、そういうことにしとく」

「だから！　本当なんだって！」

騒ぐアレクを適当にいなす。予想外の人物の姿が目に映った。

片目に眼帯をつけた男。アベルがフラフラと歩いている。いつもの平民丸出しの格好だが、あまりにも自然に交じっていたせいで、今の今まで気づけなかった。

「アベル」

声を掛けると、アベルはすぐにオレに気づいた。アレクがいることも気にせずこちらにやってくる。

チャッと片手を上げた。

「よ、死神さんじゃゃん。こっちは……えーと、確か王太子妃さんの兄貴だっけ。イルヴァーンにもいたよな、お兄さん」

人好きする笑みを浮かべるアベルは、実に堂々としていた。アレクが困惑しながらも彼に聞く。

「……アレクセイ。アレクでいい。で？　なんでお前がここにいるんだ？　お前がフリードに雇われてるのは知ってるけどさ」

「え、普通に招待されたからだけど。ほら、王太子妃さんがさ」

「ああ……リディの差し金か」

姫さんの名前が出ただけで、アレクはすんなりと納得した。

それでいいのかという疑問も浮かぶが、オレも似たようなことを思ったからお互い様だ。

アベルが呆れた声でオレに言う。

「リッキーが飛んできたから、早速何か依頼か！　って期待したら、まさかの『たこ焼きパーティーへのお誘い』だぜ？　思わず、何にリッキーを使ってんだよ！　って突っ込みを入れたくなった」

「……姫さん」

「しかも参加したらその分の時間拘束代……賃金を払うって書いてあるんだよ。あの王太子妃さん、オレのこと分かりすぎじゃね？　ただ飯食いに行くだけで金がもらえるんなら、参加するに決まってるよな」

「うわ」

アベルが参加した理由を知り、口元が引き攣った。見ればアレクはこめかみを押さえている。

「リディ……」

「すげえよな、あの王太子妃さん。なんか色々ズレてるっつーか……さすがあの王太子さんと結婚するだけあるよな」

「……はは」

乾いた笑いしか出てこない。

アベルが言うリッキー――王太子の執務室で飼われている鳩（はと）については、話を聞いているから知っている。

アベルがイルヴァーンから連れてきた鳩で、仕事の連絡用に使って欲しいとのことだったのだが……どうやらその鳩を姫さんは『たこ焼きパーティーへのお誘い』に使ったらしい。

しかも、参加すれば賃金を払うとまで言って。

アレクがリッキーという言葉に反応する。

「リッキー？　ああ、あの鳩か。そういえばリディが、鳩を使ってみたいって騒いでいたが……」

「え、じゃあオレ、使ってみたいって理由だけで、たこ焼きパーティーに誘われたってわけ？　いや、賃金が発生している時点で仕事だから全然構わないんだけど、動機、それ？」

何ともコメントしづらい事実に、思わず黙り込む。アレクも気まずそうだ。

「……あー、いやさ、妹のことだから誘うついでに鳩を使える、が正解だと思うけど」

「どっちも同じじゃね？」

「……あいつにとっては違うんだろ」

微妙な顔をするアベル。まあ、姫さんの行動にあまり理由を求めてはいけないのは知っている。

深読みしても碌（ろく）なことにならないのだ。

「……ほんっと、あの王太子妃さんって、何を考えてるのかさっぱり読めねえ」

「何も考えてないと思うぞ。あいつは大体思いつきとその場の勢いだけで動いてる」

アレクの言葉に「ほんと、それな」と心の中で同意した。

主人だから別に好きにしてくれて構わないのだが、姫さんはたまにこちらが予想もつかない行動を取るから吃驚するのだ。

——絶対、姫さんの護衛はオレにしかできないよな。

王太子がオレを側につけることを許している理由が分かりすぎる。彼も理解しているのだ。

姫さんの護衛が、オレ以外にできないだろうということが。

アレクの話を聞いたアベルがますます微妙な顔になる。

「それ、こっちが予測立てられないやつじゃん」

「リディ相手に立てられるわけないだろ」

アレクの尤もすぎる返しに、アベルの顔がすんっと真顔になった。

「そんなんが王太子妃で大丈夫なわけ？　この国」

「ところが大丈夫なんだな。あいつ、信じられないくらい強運だから。挙げ句やたらと人に好かれるから、むしろあいつがいなくなった方が怖い」

「あー……なんか分かる気がする。敵に回すと終わった感があるもんな。あの王太子妃さん」

「味方に掛かる迷惑も半端ないが、それ以上の成果をもたらすのがあいつだ。本人は全く意識してないところが怖いんだけどな。基本ノリと勢いで生きてるから」

「そういうところ、あるよな」

うんうんと頷くアベル。

姫さんとの付き合いは短いはずなのに、実に実感が籠もっている。

アレクと話すアベルを見る。

その目に掛かった眼帯を見ながら、ばあさんたちから聞いたことを彼に伝えるべきかどうか、考えた。

ヒユマの村を滅ぼす切っ掛けを作った人物がいるということ。そしてその人物は、事もあろうに彼が己の右目を差し出してまで取引した魔女だという事実。

「……」

——やめた。

笑って話しているアベルを見ているうちに、結論は出た。

どう見繕っても地獄にしかならない話をわざわざ告げる必要はあるのかと思ったのだ。

アベルは今の自分に納得して、前を向いている。そんな彼に、足を引っ張るようなことを言ってどうする。

もし言って、この間のオレみたいに我を忘れるようなことになったら——多分、アベルは魔女の元に突撃するだろうし、そうすれば間違いなく死ぬだろう。それは嫌だなと思った。

アベルはもう捨てたと言っていたが、オレにとっては唯一の同郷。同じ一族の人間なのだ。

そんな彼が死ぬのを見たくない。

——いいや、言わないでおこう。

この悲惨すぎる事実は、ヒユマを継ぐオレだけが知っていれば良い。

「ん？　どうしたんだ？　死神さん」

「いや、別に。あんた、意外と馴染むよなあと思ってただけ」

オレの視線に気づいたのだろう。アベルが眉を寄せ、オレを見た。適当な言い訳で誤魔化す。アベルは何を言っているんだという顔をした。

「当たり前だろ。オレは死神さんと違って、実働部隊じゃないからな？　情報屋だからな。会話術は必須。場に馴染むスキルだって持ってて当然」

「そんなものか」

「情報は金になるから、そのための努力は惜しまない。オレも色々頑張ってるんだって。オレは金のためならなんでもする男だからな」

「へえ」

「あ、全然興味ない感じ？　じゃあ、なんで聞いたんだよ」

「特に意味はないけど」

「死神さんって、ほんっとクールだよな！」

「あんたが暑苦しいだけじゃないの？」

「言えてる」

アレクが会話に参加してきた。笑っていると、アベルが突然「げっ！」と叫ぶ。

「アベル？」

「オレ、今日はこの辺りでお暇することにする。うん、じゃあ王太子妃さんに宜しく。ちゃんと参加してましたって、証言してくれよな。そのためにあんたたちに話しかけたんだから」

焦った様子で、会場から走り去っていくアベルをポカンと見送る。そのすぐ後に、イルヴァーンの王女がやってきた。

「今！　ここにアベルがいたように見えたのだが！　彼はどこだ！」

「……あー」

必死の形相でオレたちに聞くイルヴァーンの王女を見て、どうして姫さんがわざわざ賃金を払ってまでたこ焼きパーティーにアベルを誘ったのか理解した。

姫さんはこの王女と仲が良い。アベルのことが好きな王女の恋を応援すると明言もしている。となると、彼女のためにアベルをこの場に招いたというのが正解のようだ。

実際、イルヴァーンの王女の後からやってきた姫さんは、ニコニコしつつもどこかガッカリしている。二人を会わせたかったのだろうなとその表情から察した。

「……アベルなら、つい先ほど帰りましたよ」

アレクが余所(よそ)行きの声で王女に伝える。王女は分かりやすく肩を落とした。

「そう……か。一足遅かったか」

「あーもう帰っちゃったか。最低でも私に挨拶(あいさつ)くらいはすると思ったんだけどなぁ」

雇い主なんだし、と姫さんが呟(つぶや)く。

「でもまあ別に条件に入れていたわけでもないしね、仕方ないか。レイド、ごめんね。アベルと会わせてあげられたら良かったんだけど」

失敗したなあと嘆息しながら姫さんが言うと、王女は首を横に振った。

相変わらず男装姿が様になっている。そこらの貴族令息では太刀打ちできないレベルだ。

姫さんと並ぶとお似合いのカップルに見え……いや、やめておこう。何にでも嫉妬する姫さんの旦那がうるさい。

王女がキュッと姫さんの手を握る。

「君のせいじゃない。もっと私が早く気づけば良かったんだ」

「レイド」

姫さんの目が潤む。彼女も友人の手を握り返した。互いに熱く見つめ合っている。

「……」

間違いなく友人同士のやり取りなのだが、なんだろう。この二人、妙に距離が近いというか……これは王太子が嫉妬しても仕方ないかもしれないと思うレベルだ。

仲が良いのは知っているが、王女がヴィルヘルムに来てから、大抵は一緒にいるような気がする。

「遠目からではあるが、彼を見ることができた。最近全く姿を見ることができなかったことを考えれば、十分有り難い。リディ、私のために彼を呼んでくれたのだろう。ありがとう」

「うっ、私としては失敗みたいなものだから、お礼を言われると罪悪感がすごいんだけど……」

「何を言う。友が自分のために骨を折ってくれたのだぞ。嬉しいに決まっている。礼くらい言わせてくれ」

「……うん」

再び、見つめ合う二人。

アレクがこそっと耳打ちしてきた。

「なあ、この二人、仲が良すぎねえか」

「オレも今、そう思ってたとこ」

「友情、なんだよな？」

「それは間違いなく」

確認するように言われ、頷いた。

姫さんは王太子しか好きではないし、王女もアベルに恋心を抱いている。同性である互いに寄せる感情は友情で間違いない。

間違いない、のだけど。

「……王女様が男装しているせいか、付き合いたてのカップルにしか見えないんだよなぁ」

「まあ、オフィリア王女が男装していることは皆が知っているから、勘違いはされないだろうけど、分かっていても『え？』っていう距離感だよな。それとも女同士の友人って、こんなに距離が近いものなのか？」

「オレに聞くなよ。知るわけないんだから」

「俺だって分かんねえよ。……あ」

互いにこっそり小突きあっていると、王太子がこちらにやってくるのが見えた。どうやら姫さんを追ってきたらしい。

アレクが嘆息しながら言った。

「まーた、フリードのやつがヤキモチ焼かなけりゃいいけど」

「絶対妬くと思う」

オレたちでさえ近いなと思う距離感なのだ。あの姫さんを常に独占していたい王太子が黙っているはずがない。

というか、すでに嫉妬しているようだ。顔を見れば分かる。

「うーわ、面倒くせえ」

アレクも気づいたのか、嫌そうに顔を歪める。

「……巻き込まれるのはごめんだからオレは退散するけど、お前はどうする？」

「頼む、俺も連れていってくれ」

真剣な目で訴えられ、頷く。

オレたちが離れた直後、思った通り王太子が姫さんに絡み始めたが、オレの主は豪胆なので、全く気にした様子もなく、むしろ嬉しそうに笑っていた。

3・彼女と国際会議

楽しかったたこ焼きパーティーも終わり、いよいよ国際会議へ向けて色々なことが動き出した。

国際会議は各国の主要人物が集まる、非常に特別なものだ。

毎年、参加国の数に合わせて開催期間は変わるが、今回は二週間を予定している。

まずは会議の開催を告げる夜会が三日後に行われる。それまでに各国の代表は各々の手段を使ってやってくるのだ。その殆どが転移門による移動。中には馬車や船でやってくるような国もあるがそれはごく少数で、例のマクシミリアン国王も今回は転移門を使うとのことだった。

国王となり忙しいのだろう。行程に時間を掛けられないといったところか。

それなら来なければいいのに、今回の会議、真っ先に出席連絡をしてきたのがサハージャだったと聞けば、彼の気合いの入りようが窺い知れてため息しか出ない。

イルヴァーンからは王太子夫妻が来るということで、レイドが分かりやすくソワソワしていた。

「国際会議かあ……」

国際会議は毎年開催場所が違う。ヴィルヘルムに回ってきたのは十年ぶりなのだとか。十年前と言えば私は八歳だが、さすがにその時どうだったかなんて覚えていない。

大体、単なる貴族令嬢でしかない私には関係のない話なのだ。

偉い人がたくさん来るということで王都自体は盛り上がるが、会議とは無関係。

勝手に騒いでいるだけ。民は常に盛り上がれるネタを探している。つまりはそういうことなのだろう。

うちの和カフェとカレー店、ハンバーグ店でも、今日から『国際会議フェア』なるものを開いている。

特定の商品を少し値段を下げて提供しているのだ。紛うことなき便乗商法である。

セールの機会は逃さないのが商売人なのだ。売上に反映されるといいなと思っている。

そういうわけでいよいよ始まる国際会議。今日は朝から各国の代表が到着したという連絡がひっきりなしに続いている。

国王と義母は謁見の間で到着した各国代表たちの挨拶を受けており、見るからに忙しそうだ。

私たちも二人が休憩する際に代理として出ているが、なかなか物珍しい経験で、実はかなり楽しませてもらっている。

やってくる国の数は全部で十を軽く超えるが、その国は様々。大きな国もあれば小さな国もある。国という形すら成していない集団だってあるのだ。開催国が参加を問う書面を各国に送る。それに『参加』と返せば参加が決定する。国際会議は、どんな小国にも参加の権利があるのだ。とはいえ、会議での発言力や影響力はどうしたって国力に比例してしまうから、小国は大概、欠席の書簡を送ってくるのだけれど。やってくるのが大国ばかりになるのは仕方のないことだ。

今回、注目されている国はサハージャやタリム、イルヴァーンといったヴィルヘルムの近隣諸国だった。イルヴァーンとは協定を結んでいるので安心だが、サハージャやタリムはいつまた、戦争をふっかけてくるか分からない怖さがある。特にサハージャはここ数年、会議に参加していないから注目度は抜群だった。国王も替わったばかりだし。

何事もなく会議が終わるようにと、今頃父や兄辺りは胃の辺りを押さえていることだろう。

その兄だが、今回は完全に裏方に徹するらしい。フリードではなく、父の下で働かされるとのことで、きっと襤褸雑巾のようにこき使われるに決まっていると嘆いていた。父ならそれもあり得るなと思ったので、同情を込め、「頑張れ」と言っておいたが、お前に言われると腹が立つと返され、こちらの方がイラッとした。せっかく応援してあげたのに酷い兄である。

「殿下。アルカナム島代表が到着しました。お通ししても構いませんか」

休憩に行った国王たちの代理を務めていると、兵士が声を掛けてきた。

アルカナム島。

獣人たちが住む島。レナやイリヤ、レヴィット、そしてティティさんの故郷だ。

フリードの話によると、アルカナム島の代表が来るのは今回が初めてらしい。国という形を取っていないというのもあるが、そもそも人間が集まる会議に興味がないとのことで、まさかの参加するという返事に皆が驚いたそうだ。

アルカナム島という言葉を聞き、玉座に腰掛けたフリードが眉を寄せる。

「初参加なら私ではなく父上と会った方がいいだろう。お待ちいただくことになるが、あとで出直してもらえるようお願いしろ」

「それが……むしろ殿下方にご挨拶がしたいという話で」

国王ではなくフリードと会いたいという話に首を傾(かし)げる。彼も不思議そうにしていたが、それならば頷(うなず)いた。

「……分かった。それがアルカナム島側の希望なら私たちが対応しよう。お通ししてくれ」

「かしこまりました」

フリードが兵士に返事をする。当たり前だが今日の彼は正装姿だ。各国の代表と挨拶するからなのだが、私としてはラッキーだとしか言いようがない。国王の代わりに正装姿で玉座に腰掛けたフリードは文句なしに格好良く、軍服フリードが見られるというだけで、私はこの謁見の仕事を完全に代わってもいいとまで思っていた。

もちろん私も正装姿だが、自分のことなどどうでもいい。大事なのはフリードの正装。つまりは軍服こそが正義なのだ。今日のフリードは国王代理ということで、珍しくも王子冠を被(かぶ)り、少し前髪を分けている。結婚式の時に見たあの髪型だ。めったに見ることのできない激レアフリードに私の萌(も)え心は留(とど)まるところを知らなかった。

心なしか以前に比べ、王子としての風格も増したように思える。まさに完全無欠(かんぜんむけつ)と言える夫の姿に私の目は釘付(くぎづ)けだ。

「リディ？」

玉座に座る夫にキュンキュンと見惚(みほ)れていると、フリードが声を掛けてきた。私の様子を見て、察したのだろう。苦笑する。

「また？」

「うん。今回もフリードの軍服姿は最高です。謁見の仕事ってこんなに楽しいんだね。私、知らなかった」

各国の代表相手に臆することなく堂々と接する軍服姿のフリードは、素敵の一言に尽きる。私の心のカメラに保存しておきたいレベルなのだ。

「私の旦那様がこんなにも格好良い……！」

「はいはい。多分、楽しいのはリディだけだと思うよ。……うーん、各国の代表と会うわけだし、慣れるまではリディも少しは緊張するかなって心配していたんだけど……全く問題なかったね」

「フリードの格好良さに全てを持っていかれた。緊張している暇なんてない」

これが妃としての大事な仕事だということは分かっているが、私にとっては軍服フリードを眺めるのも同じくらい大切。

キリッとしながら告げると、フリードは仕方のない子だという顔をした。

「これだもんね。まあ、すごくリディらしいし、助かってるからいいんだけど」

「えへへ。フリードの正装姿が拝めて、なおかつ役に立てているのなら最高だね」

「……まあ、リディが楽しいのならそれでいいか」

考えることを放棄したらしい。

愛おしげな顔でこちらを見てくる夫の姿に改めて見惚れていると、扉が開いて四人の人物が入ってきた。

先頭を歩いてくるのは壮年の男女。二人とも背が低かったが、その姿には上に立つ者としての威厳がある。彼らは民族衣装と思われる格好をしていた。前世で見た、アオザイという民族衣装を思い出させるようなデザインだが、もちろん似ているだけでそのものではない。その後ろに一組の男女が続いた。彼らは見るからに一般人という風情で、ヴィルヘルムの王城の壮麗さに息を呑んでいる。歩く様子もおっかなびっくりといった感じだ。

彼らが所定の位置に来たところで、兵士が声を上げる。

「アルカナム島代表。アウラ族長ご夫妻とそのお付きの方々です」

「！」

アウラという部分に反応した。

なにせそれは、イリヤやレナが所属している猫の一族の名前だったのだから。

というか、イリヤは族長の娘だと聞いているから、つまり彼らはイリヤの両親ということになるのだけれど。

――イリヤのお父さんとお母さん……！

今回の国際会議にはイリヤも来るから、だから親である彼らが代表として来たのだろうか。

イリヤの両親だと分かった途端、急に彼らに親近感が湧いた。

フリードが玉座から立ち上がる。私も慌てて彼に倣った。

「ようこそ、ヴィルヘルムへ。国王代理、王太子フリードリヒです。彼女は私の妃のリディアナ」

「初めまして、リディアナと申します」

ドレスの裾を持ち、挨拶する。フリードはアウラ族長に握手を求めた。向こうも特に拒絶することなく手を差し出す。

「初めまして、お噂はかねがね。アウラ族長のクルウェルと申します。隣は妻のウェンディ」

「初めまして」

和やかな雰囲気の中、挨拶を交わす。

獣人の彼らは、当たり前だがその特徴である耳や尻尾を隠していた。知らなければ、少し背の低い人間にしか見えない。

アルカナム島の住人たちは、奴隷として連れ去られることが多いせいか、あまり人間が好きではないし、警戒心も人一倍強い。今回、国際会議に出席してくれたことは奇跡だとフリードも言っていた。

そんな彼らだから、最悪塩対応をされても仕方ないと覚悟していたのだが、アウラ族長夫婦はニコニコと穏やかで、こちらに対し非常に好意的だった。

フリードもそれは不思議だったようで、意外そうな顔をしている。

もちろん、外交だからきちんと対応してくれるだろうとは思っていたが、彼らからはそれだけに留まらない好意を感じたのだ。

アウラ族長が私に目を向ける。その目が何か言いたげだと気づいた私は口を開いた。

「？　何か？」

「いいえ、なんでもありません」

「？」

「……今日はご挨拶に伺っただけですので。また、然るべき場所でお話ししましょう」

「……はい」

どうやらここではこれ以上話すつもりはないようで、アウラ族長たちはさっさと退出していった。時間的にもこれ以上というのは難しかったので仕方ないが、何か言いたいことでもあったのだろうかと思ってしまう。

「殿下、ご正妃様、お疲れ様でございました。陛下が戻られます」

首を傾げていると、カーラがやってきて私たちに言った。どうやら今回の代打はこれで終わりらしい。疑問に思いつつも、謁見の間を出る。その他の国も次々と到着したが、それ以上呼び出されることもなく、バタバタしているうちに夜会のある日になっていた。

会議参加者全員を招いた夜会は盛大に執り行われた。

王城の二階にある広間では、宮廷楽団が心地良い楽曲を提供している。当たり前だが欠席者はひとりもいない。

全員が参加し、それぞれ気になる国の人間と話していた。

明日からいよいよ始まる国際会議では、合同の会議だけではなく二国間会議も開かれる。

とはいえ、せっかく全員が集まる夜会なのだ。皆、情報収集の機会だとばかりに色々な人に話しかけていた。

一緒に夜会に参加したレイドは、ヘンドリック王子とイリヤを見つけたらしく、先ほどそちらに行ってしまった。特にイリヤと話したかったようで、遠目からでも話が弾んでいることが分かる。

ヘンドリック王子は分かりやすく拗ねた顔をしていたが、二人の邪魔をするつもりはなさそうだ。

アルカナム島の面々がイリヤに接触するかなと気になったが、彼らはイリヤには目もくれず、早々に退出していた。人間の集まりに興味はないといったところか。

それならどうしてわざわざ参加したのだろうと疑問だったが、彼らなりに思うところがあるのかもしれない。二国間会議で彼らの目的が分かるといいのだけれど。

タリムの第八王子もいる。

彼はタリムの周辺諸国の面々に囲まれていた。和カフェにやってきた時の暢気な表情は鳴りを潜めている。代表としてやってきた王子として相応しい態度で、皆に対応していた。彼が着ているのも民族衣装だ。こちらはシャルワニに似ていて、布を肩から斜めに掛け、腰で巻いている。お洒落でとても格好良い。出席者は夜会用の盛装か自国の民族衣装を着用している者が殆どで、国際色豊かで見ているのも楽しかった。

「あっ……」

嫌な人を発見してしまった。

サハージャ国王、マクシミリアン。

国王となり、元々あった逆らいがたい雰囲気が増しているように私には思えた。

「……リディ」

「うん、大丈夫」

フリードが小声で私の名前を呼ぶ。私が見ているのが誰なのか気づいたのだろう。

今回私はフリードの妃として夜会に出席しているので妙なことにはならないと思うが、警戒するに越したことはないと思う。

たくさんの人に囲まれたマクシミリアン国王は堂々としていて、まさに大国の国王といった感じだった。一応、口元は笑みを象っているが……おそらく本心では笑ってなどいないだろう。そういう男だと知っている。

「リディ、バルコニーへ行こう」

複雑な気持ちになっていると、フリードが休憩に誘ってくれた。

開催国の王太子夫妻として、皆より先に退出することはできないが、少し休憩するくらいなら許される。フリードに手を引かれて近くの窓からバルコニーへ出ると、分厚いカーテンの向こう側は綺麗な夜空が広がっていた。

「……ふう」

会場内は熱気がすごかったので、外に出ると風がとても心地良い。

幸いなことにバルコニーに出ているのは私たちだけらしく、人気はない。ひと息吐くにはうってつけだった。

「少し休憩してから戻ろうか」

フリードの提案に頷く。夜会服に身を包んだ彼に身体を寄せた。当たり前のように抱き寄せてくれるのが嬉しい。服越しでも感じる夫の体温に荒んだ心が癒やされた。

「フリード、好き」

「ん？　どうしたの？」

「ふふ……なんでもない」

頬を寄せる。この人でないと駄目だなあと思うのは、こういう時だ。

些細な時ほど、彼が自分にとって大事な人なんだと実感する。

二人だけの空間を楽しんでいると、不意に後ろから声がした。

「こんなところにいたのか」

「っ⁉」

バッと振り返る。バルコニーに出てきたのはマクシミリアン国王だった。

彼と視線が合う。銀灰色の瞳は今日も冷たい光を宿していた。

「姿が見えなくなったから探したぞ、姫」

「マクシミリアン陛下……」

「久しぶりだな。まだヴィルヘルムに来てから一度もお前と話せていない。どうやらヴィルヘルムの面々はお前と私を会わせたくないようでな。作為的なものを感じたが、まあ、こちらから出向けば済むだけの話だ」

「……」

チラッとフリードに視線を向ける。それで察した。

私は気づいていなかったが、どうやら皆でマクシミリアン国王と私を意図的に会わせないようにしていたらしい。誘拐されかけたことがあると考えれば、それも当然の措置だ。私も会いたいわけではなかったし。

フリードがさっと私を引き寄せる。そうして厳しい口調で言った。

「マクシミリアン国王は、礼儀というものをご存じないらしい。夫婦が二人きりでいるところをまさか邪魔してくるとは思わなかった。無粋にもほどがある。しかも夫である私を無視して無断で妃に話しかけるとは、サハージャという国がどの程度のものか窺い知れるな」

——えっ⁉

煽（あお）っているとしか思えない言葉にギョッとした。

フリードの顔を見る。彼の目はマクシミリアン国王に負けず劣らず冷えていて、一気に場の温度が数度も下がった心地だった。

——フ、フリード、キレてる？

マクシミリアン国王に対し、ちょっと沸点が低すぎやしないだろうか。

だが、前回会った時も互いに厭味（いやみ）の応酬をしていたなと思い出せば、ある意味これも仕方ないのかもしれない。

——いや、仕方ないの……？　本当に？

大混乱していると、マクシミリアン国王は平然と応じた。

「なんだ、いたのか、フリードリヒ王子。何、私の姫がいたものでお前には気づかなかったのだ。許せ」

相変わらずの上から目線。いや、彼は国王なのだけれど。

しかし、気づいていなかったとか絶対に嘘だ。間違いなくわざとフリードを無視したに決まっている。この二人、互いに相手のことが大っ嫌いなのだから。

フリードが私を更に自分の方へと引き寄せる。吐き捨てるように言った。

「誰がお前の姫だと？　国王になって疲れすぎて幻覚でも見ているのか、マクシミリアン。彼女は私の妃だ。ヴィルヘルムになど来ず、医者にでも掛かっていた方が良かったのではないか？」

――うわ……。

なんと敬称すらつけなくなっている。それに話し方も、だ。以前は話す時はそれなりに取り繕って丁寧語を使っていたのに、今回はそれすらしていないと気づけば、どれだけマクシミリアン国王が嫌いなのかと嘆息するしかない。いや、まあ分かるけど。彼とは色々ありすぎたし。

それならマクシミリアン国王はどうなのかと彼の方を見る。……うん、なんだかとても楽しそうだ。まあ、喧嘩をふっかけて無視されるほどムカツクことはないと思うので、相手をしてくれる今の方が嬉しいんだろうな。

そんなマクシミリアン国王は気を悪くした様子もなくフリードに言い返していた。

「至って健康なので、心配は無用だ。私もそろそろ自分の正妃に会いたいと思っていたところだからな。国際会議がヴィルヘルムで開かれるのは実に都合のいい話だった。姫、恋しかったぞ。ああ、己が妃会いたさに自分から動いたと亡き父上が知ったら、さぞ驚かれることだろうな。私も自分で吃驚した」

　恋しいなどと言われても全然嬉しくない。むしろ結婚している女に、その夫がいる場で『己の正妃』扱いしてくるマクシミリアン国王の神経の太さに戦いた。

　正妃という言葉にフリードが敏感に反応する。

「正妃？　お前にいるのは側妃の間違いだろう。リディは私の妃であってお前のものではない」

「うん？　ああ、今はな。そのうち私の妃になるのだから正妃と称しても間違いではないだろう。それとフリードリヒ王子。姫に誤解されるようなことは言わないでくれ。私に側妃などいない。何せ国王に即位すると同時に全員、辞めさせたからな」

「えっ……」

　思いもしなかった言葉に、声が出た。フリードも驚いているようでマクシミリアン国王を凝視している。

「――側妃を辞めさせただと？　一体何を考えている」

「何、私の正妃が、側妃の存在を嫌がるものでな。妃の望みを叶えただけだ。――姫。お前は私に側妃がいるのが気に入らなかったのだろう？　願いは叶えてやった、これでいいか？」

　嫌な笑みを浮かべ、マクシミリアン国王が言葉を重ねてくる。

「お前が、側妃がいるような男は嫌だと言ったのだ。責任は取ってくれるのだろうな」

　顔が引き攣ったのが自分でも分かった。

　――確かに、側妃がいる男なんてお断りって言った覚えはあるけど、それは別にそうしたら付き合うとか結婚するとか、そういう話じゃない……！

凄まじい屁理屈に眩暈がしそうだ。それでも言わなければならないことはきっちりと告げる。

「私はフリードの妃であって、あなたとは何の関係もありません」

「ずいぶんとつれない態度だな。迎えに来るのが遅れたことを怒っているのか？　結婚式は盛大にしてやるから機嫌を直せ、姫よ」

「違います、いりません。私はフリードの妃です」

ブンブンと首を横に振る。この男と結婚なんて冗談じゃない。

しかし前に会った時と雰囲気が違って、戸惑ってしまう。私に対する態度が以前よりもかなり柔らかいというか優しいというか……変な感じだ。もっと冷たく、人を値踏みするような目で見てくる男だったはずなのに。

微妙な顔をしたことで私の思考を察したのか、マクシミリアン国王が言う。

「態度が変わったことが不思議なのか？　私も人間だからな。惚れた女に対する態度が違うのは当然だろう」

「惚れた!?」

「なんだ、気づいていなかったのか」

クツクツと楽しげに笑うマクシミリアン国王を呆然と見つめる。

――え、いつ？

前回のやり取りをいくら思い出してみても、どこで彼に惚れられたのかさっぱり分からない。

だが、前回とはマクシミリアン国王の態度が違うのも事実。

彼に本気で惚れられたとは思わないが、前の、ただ私を利用しようとしていただけの時の彼とも異なるような気がする。

——わ、私、何かした？

理解できない。

だって、喧嘩を売るならいつでも買ってやるぜと暴言を吐いた覚えしかないのだ。

思いもしなかった言葉に混乱していると、フリードの腰を抱く力が強くなる。

話の通じない相手と会話をしてもこちらが疲れるだけ。こうなれば頼れる夫に助けてもらおうとフリードを見て……ものすごく後悔した。

——フリード、めちゃくちゃキレてるんだけど……！

先ほどの比ではない。フリードの顔からは感情と呼べるものが全て削(そ)ぎ落とされていた。

絶世の美男から表情がなくなると、まるで精巧な人形のようでとても怖い。

多分、マクシミリアン国王が私のことを『惚れた女』と言ったことが切っ掛けだったのだろう。

自分の配偶者に対してそんなことを言われたら、私だって許せないから怒る気持ちは分かるけど。

本当にマクシミリアン国王を相手にすると沸点が異常なほどに低くなるなと思いつつ、不謹慎ではあるけれど、怒ってくれたことをちょっとだけ嬉しく感じた。

——フリードってば私のことが好きなんだから。

そんなことを思っている時点で、私がマクシミリアン国王に靡(なび)くなど万にひとつもあり得ないのだが、フリードがしている心配はそこではないのだろう。

私が何らかの手段で奪われないか。多分、フリードが一番気にしているのはその辺りだと思う。

マクシミリアン国王という男は侮れない。それを知っているからこそ、フリードは怒っているのだ。

「それ以上、妄言を撒き散らすのはやめてもらおうか、不愉快だ」

刃のように鋭い声が響く。

フリードが本気でキレているのを見たマクシミリアン国王が楽しげに言った。

「冷静ではないな、フリードリヒ王子。そんなことでは姫に愛想を尽かされるぞ」

「あり得ないな。お前こそ他人の妃に手を出そうとしている場合ではないだろう。大体、ヴィルヘルムの王族に離婚は不可能だ。リディを正妃にというお前の考えは最初から破綻している」

「それはヴィルヘルムの法だろう、フリードリヒ王子。私の国、サハージャは結婚も離婚も自由だ。姫にはサハージャに来てもらってから離婚と再婚の手続きを取るつもりだから、何も問題はない」

――うわっ、何言ってるの、この人。

ドン引きである。

自国の法律に照らし合わせ、私を離婚させてから再婚……などと言うマクシミリアン国王の正気を疑ってしまった。

――いやいや、ない。ないから！

自国の法律こそが絶対だと平然と告げるマクシミリアン国王に、フリードは恐ろしいくらい冷えた声で返した。

「良い機会だ。分かっていないようだから言っておこう、マクシミリアン。国が大事なら大人しく引き下がれ。余計なことはするな。もし、リディを奪おうとするのなら——その国土、一夜にしてなくなると思え」

脅しとも取れる言葉に驚き、弾かれるように彼を見た。予想通りと言おうか、瞳からハイライトが消えている。その顔を見てフリードは本気なのだと理解した。彼は本気で、私が連れ去られるようならサハージャを灰燼に帰すこともやむを得ないと思っているのだ。

——フリード。

彼に愛されている自覚はあるし、私がいなくなったら簡単にそれくらい暴走するだろうなとは思うが、さすがにサハージャを平地にされるのは困る。サハージャにもそこに生きる国民がいるのだから。

これはなんとしても誘拐されるわけにはいかないなと改めて決意していると、マクシミリアン国王は笑いながら言った。

「相変わらず恐ろしい男だな、フリードリヒ王子。悪夢の王太子が、真の悪夢を見せるわけか。以前、自分からは攻撃しないと言ったのは嘘か？」

「嘘ではない。だが、私の命よりも大切なものを奪われた時——私は何をするのか分からない。怒りが理性を凌駕した場合のことまで責任は持てない。そう言いたいだけだ。私にとってリディとはそういう存在だということを覚えておけ」

フリードの強い視線をマクシミリアン国王は正面から受け止めた。

「いいだろう、覚えておこうではないか。——だが、そちらも忘れるな。私はこれと決めたものを諦めたことがない。どんな手段を用いても、必ず自分のものにしてみせる。リディアナ妃を私の正妃に。国王となった私の次の目標はお前だ、姫」

強く見据えられる。私はその目を真っ直ぐに見返した。

「――お断りだと言ったはずです、マクシミリアン陛下。私は、フリードの妃である自分に誇りを持っています。何があっても離婚などいたしません」

「ほう？　そんなにこの男がいいのか？　この私よりも？　私は大国サハージャの国王だぞ」

「だからなんだって言うんですか」

私はフリードが好きなのだ。彼以外など絶対嫌に決まっている。

触られるのも無理だし、抱かれるとか、死んだ方がマシである。

「女は望まれて嫁ぐのが幸せだというのを知らないのか？」

「すでに望まれて嫁いで幸せなので！　だからあなたなんていらないの！　私はフリードだけでいいんだから！」

売り言葉に買い言葉ではないが、思いきり言い返した。フリードが目を丸くしている。

「リディ……」

「私はフリード以外は嫌」

ひしっとフリードに抱きつく。彼も私を抱きしめ返してくれた。

「当たり前だよ。リディは誰にも渡さないから」

「うん」

「私が守るからね」

大きく頷く。そうしてくれなければ困る。私は彼の側以外になんていたくないのだから。

大体、私の意思をガン無視して、フリードから引き離そうとするマクシミリアン国王は私の好みの範疇外だ。彼に価値があるとすれば、正装だけ。

再認識した私は彼に向かって言い放った。

「ぜっっったいにサハージャになんて行きませんから！」

力を込めて断言する。マクシミリアン国王は呆気に取られた顔で私を見ていたが、やがてクツクツと笑い出した。その声が本当に楽しそうで困惑する。

「え、何？　この人怖い……」

フリードに抱きつく手に力を込める。マクシミリアン国王は笑いながら言った。

「やはりお前は面白いな、姫よ。私の誘いをここまではっきり断る女なんて初めて見たぞ」

「え……」

「惚れ直した。そこまで私を拒否するお前をなんとしても屈服させてやりたいという気持ちになったぞ」

「……うっわ」

最悪である。

――なんでこうなるかな。

前回と同じ。一昨日来やがれと言っただけなのに。

いや、前回もガツンと言ったあと興味を持たれたから……はっ！　もしかしなくても、また私は彼にとっての『面白い女ムーブ』をしてしまったと、そういうことだろうか。

マクシミリアン国王のような俺様タイプの人間は、己の興味を引く変わった（面白い）女が好みとよく言うし、実際にその通りみたいなのだけれど、そんなつもりはないのに面白い女認定されて気に入られるのは迷惑でしかない。

顔を歪めていると、フリードが言った。

「用は済んだだろう。戻れ、マクシミリアン」

「ああ。姫に一言挨拶をしようと思っただけだったからな。今日のところはここで退こう。何せ明日から国際会議。ヴィルヘルムに滞在中、いくらでも姫と接する機会はあるだろう。その折にでも改めて口説かせてもらう」

「そんな機会、私が与えるとでも？」

「くくっ、ずいぶんと嫌われたものだな。この傷はお前がくれたものだろうに」

つーっと、自らの頬をマクシミリアン国王は撫でた。

見覚えのありすぎる傷跡。それは以前、彼が私にちょっかいを出した時に、フリードに付けられたものだ。

「鏡を見るたび、お前に対する憎しみが新たに湧き起こる。お前のことを忘れたことなど一度もなかった。私の顔に傷を付けた男、フリードリヒ。お前を絶望に落とし、そしてお前の妃を私の正妃とすることこそ私の望みだ」

——うっわっ。

悪質なストーカーみたいなことを言っているマクシミリアン国王に再度引いた。

こうなるともう、私を好きとかよりも、フリードに対する復讐の一環で私を娶りたいのではないかと思ってしまう。

「逆恨みも甚だしい」

吐き捨てるように言うフリード。彼は冷たい目でマクシミリアン国王を見据えると、静かに言った。

「——お前が親殺しをしてまで得た国王の座、失いたくなければ余計なことはしないことだな」

その言葉を聞いたマクシミリアン国王が口の端を吊り上げる。

「何の話だ？　フリードリヒ王子。父は不慮の事故で亡くなったのだぞ。私が父を殺したなどという突拍子もない妄言はやめてもらいたい」

白々しいという言葉はこういう時に使うのだろう。愉悦を滲ませた表情を見て、やはり前国王の死因はマクシミリアン国王にあるのだなと察してしまった。

フリードも分かったのだろう。嫌そうに眉を顰める。そうして、ゾッとするような恐ろしい声音で言った。

「お前が妄言だと言うのならそうかもしれないな。だが、私は忠告したぞ、マクシミリアン」

「……」

彼の本気の忠告……というか威嚇に、さすがにマクシミリアン国王も笑っては流せなかったのか、一瞬顔を強ばらせた。だが、すぐに余裕のある表情を作り上げる。

「しかと承った。だが、私も諦めるつもりはないのでな。姫、名残惜しいが今日はこのくらいにしておこう。次に会う時を楽しみにしている」

「おあいにく様。私は二度と会いたくありません」

これ以上気に入られなくない気持ちもあり、きっぱりと告げる。だがマクシミリアン国王は微かに笑っていた。

「私が、私やフリードリヒ王子に挟まれてもはっきりものを言えるその胆力こそを好ましいと思っていることは知っているか？　姫、お前の僕である赤の死神にも言っておけ。主人と共にサハージャに戻るというのなら我々は歓迎する、とな」

「は？」

僕という言葉に反射的に反応した。

普通に考えれば、カインのことは秘密にしておかなければならない。こちら側に彼が『いる』と知られていると分かっていても、それはそれとして知らんふりを決め込むのが私のすることなのだ。相手に確証を与えてはいけない。だけどそれを理解していても我慢できなかった。

「ふざけないで。彼は私の僕なんかじゃないわ」

私の言葉を聞いたマクシミリアン国王がにたりと笑う。それを見て失敗したと思うも、後悔はなかった。カインのことを見下しきった表情と声で『僕』などと言われて、黙っていられるはずがないのだ。本気で睨み付けると、マクシミリアン国王は更に楽しげな表情になった。

「僕だろう。ヒユマとはそういう一族だからな。姫もなかなか使える道具を手に入れたものだ。いや、実に羨ましい」

「道具？　ちょっと、いい加減に――」

「――マクシミリアン、いい加減にしろ」

カインを馬鹿にされてカッとなった私が言い返そうとすると、それより先にフリードが口を開いた。

「戻るのではなかったのか。不快なことしかさえずらないその口を、いい加減に閉じろ」

彼が口を挟んだのは、私がキレかけたのを察したからだろう。実際、爆発一歩手前だったから、フリードの判断は間違っていなかったと思う。

バクバクする心臓を宥めるように、胸を押さえる。大きく息を吐いた。

――駄目。冷静にならないと。

すでに色々やらかした感はあるが、それでも友好国ではないサハージャにつけいるような隙を私が与えるわけにはいかないのだ。王太子妃がサハージャ国王に喧嘩を売るなんて最悪である。

なんとか気持ちを落ち着かせ、これ以上余計なことを言わないように口を閉じていると、フリードが強い口調で更に言った。

「――お前と話すことはもうない。去れ」

「……ふん」

退場を促すフリードに、マクシミリアン国王は顎を上げ、まるで見下すように「いいだろう」と傲岸不遜に頷いた。

「そろそろファビウスが私を探している頃だろうからな。フリードリヒ、今のお前にとっての姫というものがどういう存在なのか分かっただけでも収穫だ。今宵は退く」

そうして踵を返すと、バルコニーから出ていった。

「はあああ……」

「リディ、大丈夫？」

完全に彼の姿が見えなくなったことを確認し、私は大きく息を吐いた。

「……ごめん。私、すごく短絡的だった。結局、カインのこともはっきり認める発言をしちゃったし。うう……黙っておこうと思っていたのにな」

心から反省していると、フリードが優しい声で言った。

「大事にしている人を貶されて、怒らない方がおかしいよ。それにカインのことはとうに知られていたからね。気にするほどのことじゃない」

「うん。でも私が迂闊だったのは事実だし。ごめんなさい」

「いいよ。だからこそ私がいるんだ。リディが失敗しそうになったら私が助ける。夫婦なんだから、助け合うのは当たり前でしょう？」

「……うん、ありがとう」

ぽんっと頭を撫でられ、気持ちが少し軽くなった。だけど――。

「……やっぱりマクシミリアン国王って苦手」

うんざりしたように吐き出すと「あんなの苦手でいいよ」という答えが返ってきた。

「フリード」

ずっとくっついていたので離れようとすると、逆に抱きしめられる。

「わっ……何」

「……」

フリードは何も言わない。だけどその代わりにギュッと力を込められた。

放さないと無言で訴えられているのが分かり、苦笑する。

マクシミリアン国王にあんなことを言われた直後だ。彼がこうなってしまうのも仕方ない。

私は手を伸ばし、彼の頬に触れた。

「大丈夫。誘拐されないように気をつけるから」

「……私がいない時は、カインを側につけて。国際会議期間中、絶対にひとりにならないで。短時間でもだ」

「約束する」

「会議開催期間だけでいい。用事がない時は部屋にいて。外に出ないで。部屋にいれば、カインだけでなくグラウもリディを守ってくれるから、まだ安心できる」

「分かった」

普段の私なら、さすがに長時間部屋に閉じ込められるのはごめんだと反発するところなのだが、マクシミリアン国王としたやり取りを考えれば断れるはずがない。

それに私が頷くことでフリードが安心できるのなら、開催期間中くらいは我慢してもいいと思った。

——私だって誘拐なんてされたくないしね。

マクシミリアン国王にも言ったが、私が側にいたいのはフリードだけ。生涯縛られてもいいと思ったのは彼だけなのだ。

「私、あんなにはっきり断ったのにな。どうして諦めてくれないんだろう……」

嘆息するとフリードがものすごく嫌そうな顔で答えてくれた。

「あれも王族だからね。自分の意思が通らないことがあるとは思っていないんだよ。最悪、娶ってから惚れさせれば良いくらいに考えているんじゃないかな」

「そんなことしても、生涯嫌われるだけだって分からないんだね」

「分からない……というより、想像もつかないんだと思う。特にマクシミリアン国王は、全てを自分の力で掴み取ってきた男だから。手に入れられないものがあることを信じられないんだ」

「はー……厄介だなあ」

王族が、欲しいものは絶対に手に入れるマンであることはよく知っているが、人の気持ちを無視してまでというのは理解できない。

だってフリードもレイドも、多分ヘンドリック王子だって、強引なところはあるけれど、相手の意思を尊重することだけはしていたから。

私がフリードに捕まったのは私の意思だし、イリヤもそれは同じ。アベルは……これからのレイド次第だけど、彼女はちゃんとアベルに条件を提示し、それを了承してもらっている。

マクシミリアン国王も、それくらいは最低でもやって欲しいと思うのだけど。

「世の中には色んな人がいるってことなのかな」

それが私に向くのだけは勘弁してもらいたかったが、向いてしまったものは仕方ない。

「フリード、私のこと、守ってね」

小さく呟く。

私にできることはやるつもりではあるが、いざとなった時、自分ひとりで逃げられるとは思っていない。昔はそういう時でも誰かを頼るなんてことはしたくなかったのだが、今は違う。

私を愛してくれる旦那様を頼りたい。頼ってもいいのだと知っている。

「当たり前だよ。私以外の誰がリディを守ると言うの」

優しい声で答えられ、笑みを浮かべる。

フリードがそう言ってくれるのなら大丈夫だろう。私は、それを事実として知っているのだから。

少し長めの休憩を取ったあと、夜会会場へと戻った。
まだまだ夜会はこれから。招待側なので、私も王太子妃として、今日は最後までいなければいけない。それは分かっていたが、平然と笑っているマクシミリアン国王を見つけてしまい、一気に憂鬱な気持ちになった。
どうやら彼もまだ退出はしないようだ。とはいえ、先ほど散々話したのだ。少なくとも今日はこれ以上関わってこないだろう。

気持ちを切り替え、平静を保とうと何度も深呼吸をしていると、ひとりの男性がこちらにやってきた。

「あ」

タリムの第八王子、ハロルドだ。彼の額にはタリムの男性全員にある大きな傷跡があった。

王子としての彼とこうして相まみえるのは初めてなのだが、多少は知っている人物ということもあり、緊張することはなかった。

まあ、彼も要注意人物なのだけれども。

本人曰く諦めたらしいが、彼もまた私を自分の国へ連れていこうとした前科があるのだ。

それは私の和菓子職人としての腕を買ってくれてのことなのだが、妻のひとりにしてやると言われた時は、どうしようかと思った。

タリムでは一夫多妻は当たり前なので失礼な話ではないのだが、既婚だからときっぱり断った私に「むしろ燃える」という斜め上すぎる返答をもらったことは忘れられない。

助けに来てくれたフリードからその後、彼は女好きで既婚者でも気にしないタイプと聞き、すんっと真顔になったことは記憶に新しい。

「よう、フリード。久しぶりだな」

タリムという決して仲良くはないはずの国の王子としては、あまりにも軽すぎる挨拶を彼はしてきた。まるで親しい友人に会ったかのような態度である。

確かに以前彼と会った時、フリードとはそこそこ気心の知れた会話をしているように見えたが、まさか公式の場でも同じとは思わなかった。

「……ハロルド」

はあ、と面倒そうにフリードが息を吐く。

これもまた珍しい。イルヴァーンのヘンドリック王子に対する態度と少し似ているようにも見え、思っているより仲が良いのかなと首を傾げてしまった。そんな私に気づいたハロルド王子が笑顔を向けてくる。

「フリードの妃も。久しぶりだな。まだあそこで店をやっているのか？」

「……はい」

和カフェのことはあまり大声では話したくない。

あそこは平民たちの憩いの場にしたいと考えているのだ。貴族に来るなとは言わないが、大挙して押し寄せて来られるのは困るのである。

微妙な返事しかできなかった私に、何かを察してくれたのか、ハロルド王子はそれ以上和カフェについては触れなかった。代わりにフリードに話しかける。

「フリード。今日は少しお前に話があって」

「私に？」

「というか、だな。許可をもらいたいんだ」

「話が見えない。どういうことだ」

眉を寄せ、フリードがハロルド王子に尋ねる。ハロルド王子は困ったような顔をして、フリードに近づくと、こそっと耳打ちした。距離が近いので、ギリギリ私にも聞こえる。

「——お前のところにいる、シオン。あいつと二人で話をさせてもらいたい」

「シオンと？」

驚いたようにハロルド王子を見たフリードに、彼は真顔で頷く。

「ああ。あいつに大事な話があるんだ」

「……シオンは、以前タリムにいたと聞いたが？」

「オレとはかなり親しかった。頼む、フリード。今は離れたかつての友人と、少しで良い。話をさせてはもらえないか」

真っ直ぐにフリードを見つめ、ハロルド王子は彼に頼んだ。その様子に何を思ったのかは分からないが、フリードはため息をひとつ吐き、許可を出した。

「——分かった。だがシオン本人が良いと言ったら、だ。あと、話をしたいのなら休憩用に用意してある別室を使え。時間は三十分。それ以上は認めない。それでいいか？」

「十分だ。感謝する」

パッと顔を輝かせ、ハロルドは足早に去っていった。おそらくこの夜会会場のどこかにいるシオンを探しに行ったのだろう。

兄はもちろん、いまや兄直属の部下と言って良いシオンも今日の夜会には出席している。

「……前にハロルド殿下がおっしゃっていた探し人って、やっぱりシオンのことだったのかな」

「多分ね」

私の呟きにフリードが反応する。

前に和カフェで会った時、ハロルド王子は言っていたのだ。ヴィルヘルムには人探しに来たのだと。その時も彼の探し人はシオンではないかと疑っていたのだが、先ほどのハロルド王子の話で確信してしまった。ハロルド王子がわざわざヴィルヘルムまで単身やってきていたのは、シオンを探すためだったのだろうと。

「友人って言ってたよね」

「うん」

「友人がいなくなったのなら、探すし、見つけたら話したいよね」

どうもシオンはタリムから無断で出てきたっぽいのだ。

本人は失業した、なんて笑っていたが、彼を追いかけてきたレナの話を聞けば、どう考えても自分から出奔したっぽい……というかタリム側はシオンを探しているみたいだったし。

優秀な軍師が突然いなくなったら誰だって必死で捜索するだろうが、シオンは戻る気はないようだった。タリムのことを語る時、彼は嫌そうな顔をすることが多かったし、フリードの誘いに応じた時も、タリムに義理立てする様子はなかったからだ。

だから、ハロルド王子から何を言われたところでシオンがタリムに戻るなんてことはないと思うのだけれど。

「ちょっと心配」

「そうだね。彼は優秀な人材だから。彼がいなくなったらアレクも悲しむし」

「あれ？」

フリードの返事をちょっとだけ意外だと思った。

何せシオンに関しては、何もなくとも嫉妬しているのだ。彼がシオンを大事にしているのは知っていたが、それでもこんなにあっさり惜しむ言葉を吐くとは思わなかった。

「フリード？」

「リディ、私は王子なんだよ。長く活躍を期待できる優秀な人材に留まって欲しいと思うのは当然でしょう」

「いや、それはその通りだと思うんだけどね。なんか違和感が……」

「もちろん、リディには近づけさせたくないけど」

「あっ、いつものフリードだ」

普段通りの台詞が飛び出し、とても安堵した。

フリードが優秀な王子であることは分かっているのだが、私にとっての彼はヤキモチ焼きの困ったさんだからだ。

クスクス笑っていると、フリードが私の頬をツンツンと突いた。

「こら、なんで笑っているの」

「フリードがフリードだなあって思ったらね。なんとなく」

なんだか少し楽しい気持ちになってきた。

シオンのことは気にはなるけれど、今は気にしても仕方ない。あとで聞けば、彼は答えて良いことなら教えてくれるだろう。それが分かっているので、無視することにしてフリードと話していると、今度はヘンドリック王子とイリヤがやってきた。

「や、フリードにリディアナ妃。久しぶり」

これまた軽い口調で挨拶してきたヘンドリック王子に、フリードはやれやれという顔をしながらも応えた。

「久しぶりというほど間が空いたわけではないが……そうだな」

「さっき、オフィリアとも話してきたよ。ずいぶんとよくしてもらってると感謝していた。僕からもお礼を言わせてくれ。妹をありがとう」

「客人をもてなすのは当然。それにオフィリア王女はリディの友人だからな」

「そういうところだよねえ。ま、だからこそ僕も、オフィリアをヴィルヘルムに行かせても絶対に大丈夫だって思えたんだけど。オフィリアの最大の功績は、君の妃と友人になったことだと確信を持って言えるよ」

妹と仲良くしてくれてありがとう、とヘンドリック王子に微笑まれた。それに笑顔で応える。

「とんでもない。仲良くしてもらって嬉しいのは私の方ですから。レイドが来てくれて本当に毎日が楽しいんです」

同世代の王族、しかも友人がすぐ近くにいるのだ。気兼ねなく話せる友人の存在は貴重で、彼女と一緒にいると、色んなことができて嬉しい。

たとえば友人と一緒に買い物に行ったり、部屋に招かれてお喋りをしたり。

お茶会くらいなら公爵令嬢時代もマリアンヌたちとしていたけれど、王太子妃となってからはあまりできなくなっていたから寂しかった。公爵令嬢と王太子妃では身分が違いすぎる。

だがレイドは同じ王族。しかも彼女は元々お忍びで町に出かけたりしていたような人だから、感覚が妙に合うのだ。

彼女が来てからは、町に出かける回数も増えたし、暇な時に彼女の部屋に入り浸ることも結構ある。更に言えば、一緒に勉強もしているから、最近、フリードが本気でレイドにヤキモチを焼いていた。

曰く、自分より彼女といる時間の方が長いのではないかということだが……否定できないところはある。日中、フリードは執務室にいるか、鍛錬のため近衛騎士団本部にいることが多いが、そのどちらも基本的に私は近寄らないからだ。

鍛錬するフリードを見るのは楽しいので、騎士団本部へは時々お邪魔させてもらっているのだが、王太子妃である私が来ると騎士団の面々に迷惑を掛けることになるので、最小限で我慢している。

そういうことなので、自然とレイドと一緒にいる時間が増えるのだ。

ニコニコしながらレイドの話をすると、ヘンドリック王子が嬉しげに微笑んだ。

「君とオフィリアは本当に仲が良いんだね。話を聞いて僕もますます安心したよ」

「えっとその……それで、レイドはどこに？」

さっき話してきたというレイドの姿が見えない。不思議に思って尋ねると、ヘンドリック王子は「それがねえ」と困ったように息を吐いた。

「どうも知り合いを発見したらしくて、僕たちが止めるのも聞かずに行ってしまったんだ。会場内にいるのは確かだから構わないんだけど、いつものオフィリアとは全然違ってね。正直、驚いたよ」

「あっ……」

ヘンドリック王子の言葉を聞き、ピンと来た。

多分、レイドはアベルを発見したのだ。

フリードからはアベルが今夜の夜会に参加していることを聞いている。情報屋としてこっそり参加したいということで、フリードが許可を出したらしいのだ。その彼を見つけたのだろう。

――なるほど、なるほど。

納得した顔をした私を見て、ヘンドリック王子が首を傾げる。

「もしかして、リディアナ妃は何か知ってる？」

「ま、まあ……」

「ふうん。ま、君たちが知っている人物なら危険はないだろうから、このまま放っておいても構わないかな。あ、それよりリディアナ妃。君にお願いがあるんだけど」

「お願い、ですか？」

なんだろう。

疑問に思いつつも続きを促すと、ヘンドリック王子は自身の後ろに隠れているイリヤを振り返りながら言った。

「イリヤのことなんだ。この通り、すっかり萎縮してしまってね。ほら、イリヤって人見知りなところがあるだろう？」

「そうですね」

イリヤが恥ずかしがり屋なのはよく知っている。義理の妹であるレイドとだって、なかなか上手く話せなかったのだから。

そんな彼女が、他国の夜会にやってきたのだ。しかも出席者は面識のない諸外国の王族や代表たちばかり。妃として出席義務があるからなんとかこの場に留まってはいるが、今すぐ逃げ出したいというのが本音だろう。

「イリヤ、大丈夫？」

心配になり、彼女に声を掛ける。イリヤはヘンドリック王子の陰に隠れたまま、小さく頷いた。

「へ……平気」

――あ、これ全然平気じゃないやつ。

声が震えていたことに全てを察した。ヘンドリック王子が困ったように言う。

「そういうことなんだ。で、お願いなんだけど、少しイリヤを避難させてやってくれないかな。僕はまだ挨拶しなければいけない人たちがいて、この場を離れられない。ここでイリヤが頼れるのは君だけなんだ。フリード、君にも頼む。君の妃をイリヤに少しの間、貸してくれないか？　頑張ってくれてはいるんだけど、イリヤはもう限界でね。少しだけでいい、会場から離してあげたいんだよ」

そう言うヘンドリック王子の顔は本気でイリヤを心配していた。彼女と友人である私としても協力してあげたいところだ。

イリヤの顔色は悪く、このままでは緊張のあまり会場内で倒れてしまうかもしれない。

私は隣にいるフリードを見上げ、彼に言った。

「フリード、イリヤと一緒に少し中庭の散策をしてきても構わない？」

一階にある中庭が夜会の参加者のために開放されていることは事前に聞かされている。フリードは少し眉を寄せはしたが、イリヤが限界というヘンドリック王子の言葉に嘘はないと判断したのだろう。仕方なくではあるが、許可を出した。

「マクシミリアン国王は会場内にいるし、少しの間なら平気かな。……分かった、行っておいで。……一応、念話でカインに連絡しておくからね」

心配そうに告げるフリードにしっかりと頷いてみせる。

さすがに心配性だと笑い飛ばしたりはしない。先ほどあんなことがあったばかりなのだ。せめてカインがいないとフリードも許可を出せないというところなのだろう。

「うん」

「私も一緒に行ければ良かったんだけどね。私がいるとイリヤ妃は寛げないだろうし、私も私で必要な挨拶回りをしておくよ。あとでヘンドリックと迎えに行くから」

「分かった」

再度頷くと、ヘンドリック王子がホッとしたような顔でフリードに言った。

「ごめん、フリード。助かるよ」

「いや、確かにイリヤ妃の顔色はあまり良くないようだし、夜風に少し当たるのもいいだろう」

「イリヤ、リディアナ妃と行っておいで。挨拶回りが終わったら、すぐに迎えに行くからね」

「……はい、殿下」

こくり、とイリヤが首を縦に振る。私はおずおずとヘンドリック王子の後ろから出てきたイリヤの手を取った。

「リディ」

「イリヤ、この間ぶり。二人の許可も出たことだし、とりあえず会場から離れよう？」

「……ええ」

手を繋いだまま、二人で中庭へ向かう。途中、いくつかの視線を感じたが、ヴィルヘルムとイルヴァーンの王太子妃が一緒にいるのが気になるだけだろうと思い、放置しておくことにした。何かあるのなら、私やイリヤの旦那様が放っておくはずがないからだ。

階段を下り開放された中庭に出る。

しっかりと各所に明かりが灯されているので、夜にもかかわらず、かなり明るかった。きちんと警備兵も随所に配置されている。彼らは私たちを見ると、皆、恭しい態度で頭を下げた。私がフリードと一緒ではないことを不審がられなかったのは、おそらく彼らの上司であるグレンから連絡が来たからなのだろう。近衛騎士団団長であるグレンはフリードの幼馴染みのひとりで、彼と念話契約をしているのだ。

フリードがグレンに連絡を入れてくれただろうことは容易に想像がついた。もちろん、すぐ近くにカインがいるだろうことも確実だ。フリードが連絡したからとかではなく、基本的に彼が黙って私から離れることはないからである。だって彼は私の忍者なのだから。

「イリヤ。大丈夫？」

中庭の奥にある円柱型の四阿。誰もいないのを確認した私は、ひとまずそこにイリヤを座らせた。夜会の間は立ちっぱなしだ。女性はヒールなので意外と足は疲れる。座れるのなら座りたいだろうと思ったのだ。

「……ありがとう」

ホッとした様子の彼女の隣に腰掛ける。

四阿と同じ素材の石のベンチは少しひんやりしたが、すぐにそれは温かくなり、気にならなくなった。

周辺には綺麗な花壇がたくさんあったが、夜なのであまり楽しめない。その代わり、夜特有の静かな空気が心地良かった。

「迷惑を掛けてごめんなさい、リディ」

イリヤが小さく息を吐き、頭を下げる。私は首を横に振った。

「イリヤが謝ることなんてないよ。だって、頑張っていたじゃない、イリヤ。人見知りするのに他国まで来て、夜会にだって出席して。ちゃんと妃としての役割を果たしていると思う」

「……」

黙って頷くイリヤ。その横顔に隠しきれない疲労が滲んでいた。人がいない場所に来て、ドッと疲れが出たのだろう。何か飲み物でも持ってくれば良かったなと後悔した。

「ここなら誰も来ないから、ゆっくり休憩しよう？」

「ええ」

「フリードたちが迎えに来る、短い時間だけどね。私も緊張してちょっと疲れたなって思ってたから、イリヤのおかげで抜けられてホッとした。ありがとう」

各国の代表たちとの挨拶に、マクシミリアン国王とのやり取りやハロルド王子との会話。

あまり親しくない他国の王族クラスと話すのはどうしたって緊張する。

下手なことを言って、フリードに迷惑を掛けたくない。その気持ちで今夜は参加しているのである。

マクシミリアン国王相手には少し失敗してしまったけれども。

ちゃんとしたいという気持ちはこれでもかというほど持っている。

私はフリードのお荷物になりたいのではない。役に立ちたいのだ。

グッと両腕を伸ばす。伸びをすると、強ばっていた身体が少し解れたような気がした。何故かイリヤが驚いた顔で私を見ている。

「ん？　どうしたの、イリヤ」

「リディも？　リディも夜会で疲れたりするの？」

「え、そりゃあ疲れるよ。私、イリヤよりも新米の王太子妃だし……」

キョトンと彼女を見つめ返す。本気で吃驚している様子なのが、逆に驚きだ。

「イリヤ？」

「リディは緊張なんてしないんだと思ってた……」

「ええ？　そんな馬鹿な」

「だっていつもリディは堂々としているから」

「そう？」

イリヤに言われ、小首を傾げた。堂々と……できているのだろうか。

私がミスをすればフリードが馬鹿にされる。それが嫌だから、王太子妃っぽく振る舞うようには気をつけているが、そのことだろうか。

「うーん……それは幼い頃から受けさせられていた妃教育の賜かなあ。できるだけそれっぽく見えるようには頑張っているんだけど、結果が出ているのなら嬉しいな」

「十分すぎるほど出ているように私には見えるわ。すごく……羨ましい」

ギュッと己のドレスの裾を握って俯くイリヤ。

今日の彼女のドレスは綺麗よりも可愛らしさに重きを置いたものだった。ふんわりしたドレスは、彼女の優しい顔立ちによく似合っている。

「私ももっと頑張りたいって思ってるの。でも、リディみたいにできない。すぐに逃げたくなってしまうし、殿下の後ろに隠れてしまう……これじゃ駄目だって分かってるのに」

「イリヤ……」

「駄目ね、私は……いつまで経っても」

ますます俯いてしまうイリヤの顔をそっと覗き込む。彼女の顔には悔しさが滲み出ていた。

ヘンドリック王子のために頑張りたいのに、できない自分が歯がゆいのだ。

その気持ちがあれば十分だと思うけど、イリヤはそれでは駄目だと思っている。

「イリヤ」

「?」

「まずは、できるようになったことを褒めるところから始めよう?」

「え?」

顔を上げ、パチパチと目を瞬かせるイリヤににっこり笑ってみせる。

「できないこと――マイナスのことを口にするのって実はすごく良くないの。頭がそうなのかなって勘違いしちゃうから。だからね、プラスの――できたことを褒めていこう。たとえば、ほら、今日だってイリヤは頑張って夜会に出席した。すごいことだよ」

「す、すごいって……そんなの当たり前で……」

「当たり前って誰にとって? イリヤにとって、夜会に出席することってすごく大変なことじゃないの? 私も、わりとキツいと思ってるんだけど」

正直に言った。

元々私は病弱を装い、殆ど全ての夜会を欠席していたこともあり、あまり夜会慣れしていないのだ。ダンスや礼儀作法など一通り出来はするが、独特の雰囲気はかなり疲れるものだと思っている。

そんな夜会にちゃんと出席した。偉い以外の何物でもないだろう。

思っていることを告げると、イリヤは口ごもりつつも同意した。

「そ、それは私もそう思うけれど……」

「じゃあいいじゃない。大事なのはイリヤの感覚。イリヤにとって夜会の出席は大変なこと。なら、イリヤは頑張ったんだよ。頑張れた自分を褒めてあげるべきだと思う」

「褒める……の？」

「そう」

大きく頷く。

イリヤは自己肯定感がかなり低い。でもこれはすぐにどうにかなる問題ではない。

だからまずは自分を褒める。やればできるんだと思うところから始めて、自分を肯定できるようになればいいなと思うのだ。そうしたら、きっと彼女の望む己の姿に近づけると思うから。

「褒めるのはね、些細なことで良いんだよ。

「生きてるだけって……」

「え？　嫌にならずにちゃんと生きてるんだよ？　偉い、偉い」

軽い口調で言うと、イリヤは目を見開き、それから可愛らしく笑った。

「そっか。生きてたら偉いんだ」

「うん、そう。朝、時間通り起きられたら、それはすごいことだし、きちんと与えられた仕事をこなしたら、自分って最高だって思って間違いない。できなかったことじゃない。できたことに目を向けていこう。気持ちをプラスに保つってすごく大切なことだと私は思うんだ」

でないとある日突然、全部が嫌になる。

後ろ向きなことばかり考えていて、いつまでもまともに過ごせるはずがないのだ。

「私もだけど、王太子妃って色々背負うものがあると思うんだよね。逃げられないこともたくさんある。そんな時、ただできないって泣くんじゃなくて、これはできたって思える方が結果に繋がるんじゃないかなって」

「……ええ」

私の言葉に、思い当たることがあるのか、イリヤが何かを思い出したような表情で頷く。

「でも、どうしても頑張れない時もあると思う。マイナスのことしか考えられないってそんな時も絶対あるよね。だからそういう時は、とっておき。前も言った通り、『旦那様のため』って思えば良いんだよ」

「……ヘンドリック殿下のため？」

不思議そうな顔になったイリヤの頭をそっと撫でる。彼女が私より年上だということは分かっているのだが、背が低いのと外見年齢が幼いのも手伝って、どうしても年下扱いをしてしまうのだ。

失敗したかなと一瞬思う。だが、イリヤは心地よさそうな顔をしていて、嫌がってはいないようだった。それにホッとしつつ、言おうと思っていた言葉を続ける。

「そう。イリヤも覚えてない？　前に、ヘンドリック殿下のためなら頑張れるって言ったでしょう？あれだよ、あれ。いつも頑張る必要はないけど、ここぞという時は、彼のためにって思えば良いの。そうしたら、一瞬だけど底力だって湧いてくる。踏ん張りにくらいにはなるから。で、全部終わったあとは、ヘンドリック殿下にたっくさん甘やかしてもらえばいいの。そうしたら頑張って良かったな。次も頑張ろうって思えるから」

「……リディもフリードリヒ殿下に甘えたりするの？」

じっと目を見て尋ねられた。ちょっと気まずいなと思いつつも、正直に頷く。

「……うん。めちゃくちゃ甘やかしてもらってる自覚はある」

フリードの笑顔を思い出しながら言うと、イリヤは「ふふっ」と小さく笑った。

「リディ、今、すごく可愛い顔をしていたわ」

「……イリヤには負けると思う」

「まさか。でも、ありがとう、リディ。こちらに来てから、ずっと後ろ向きになっていたから、勇気づけられたわ」

「本当？　それなら良かった」

「できたことに目を向けるなんて、考えたこともなかった……そんな簡単なことで良いのね」

「十分だと思う」

力強く同意すると、「頼もしいわ」と笑ってくれた。

どうやら元気が出てきたらしい。話しているうちに大分顔色も良くなってきた。

このままイリヤが倒れてしまったらと心配だったから、少しでも元気になってくれたのなら良かったなと思う。

顔色の良くなったイリヤは、それからは先ほどまでが嘘のように明るく話し始めた。

「実はね、アルカナム島の代表って私の両親なの」

「知ってる。謁見の間でお会いしたから。お二人とはお話できたの？」

そう聞くと、イリヤは眉を下げ、首を横に振った。

「ううん。でもそれは仕方のないことだから。私は獣人だってことを伏せてるもの。二人と話せば、関係を勘ぐられちゃう」

「やっぱりそうだよね……」

イリヤの両親が、夜会が始まってすぐに退席していたことを思い出し、頷く。

さっさと退出したのは、彼らなりに娘に気を使ったからと考えた方が良さそうだ。それを言うと、イリヤも嬉しそうに頷いた。

「ええ、きっとそうだと思う。その……一瞬だけどお母様と目が合ったの。その目が優しかったから……」

「話せる機会があるといいね」

「ええ、本当に」

はにかむように笑うイリヤ。せっかく両親が近くにいるのだ。会う機会が設けられるといいのにと心から思ってると、私たちの座っているすぐ後ろからガサガサという音が聞こえた。

同時に心底ダルそうな女性の声がする。

「ああもう、嫌になっちゃう。好みの男はいないし、マクシミリアン様は人使いが荒いし……あら」

「あっ……」

姿を見せたのは、全身黒尽くめの女だった。……というか、見たことがある。

琥珀(こはく)色の瞳の女性。蠱惑(こわく)的な表情の彼女を私は知っていた。

だって彼女はあの時、私を攫(さら)った――。

「あなた……」

「ちっ！　姫さん!!　下がれ!!」

言葉を言い終わる前に、近くの草むらからカインが飛び出してきた。私とイリヤを庇うように立つ。私も咄嗟に立ち上がり、イリヤを抱きしめた。じりじりと後ろに下がる。

カインは腰から短剣を引き抜き、女に向けた。

「何者だ。ここには誰も近づかないようにと王太子の命令があったことを知らないのか」

油断なく構えるカインに対し、女は実に無防備だった。特に戦闘態勢に入るわけでもない。

黒尽くめの格好をしているが、彼女はとても美しかった。吊り上がった眦は気の強さを表しており、口元は挑戦的な笑みを浮かべている。豊かな焦げ茶色の髪は腰まで流れており、緩やかな曲線を描いていた。

女性であることを武器にして生きてきた女。彼女からはそんな匂いがしたが、私としてはそれよりも突然すぎる再会に言葉も出ないほど驚いていた。

――この人、あの時ミリィを騙して私を攫った女性だ。

忘れもしない。

彼女はまだフリードとの婚約中、ヴィルヘルムの城内から白昼堂々私を攫った張本人。

――なんで？　どうしてあの時の彼女がここに……。

私を攫ったのはサハージャのギルド『黒』だと聞いているから、彼女もそこに所属している暗殺者なのだろう。それは分かるが、どうしてここにいるのかは理解できない。

混乱していると、彼女はカインを見て、笑みを深めた。

「あら、死神さんじゃない。初めまして。うちのギルドマスターから常々話は聞いているわ」

「悠長に挨拶してる場合かよ。ギルドってことは……お前、黒の暗殺者か」

カインの質問に、彼女はあっさりと頷いた。

「正解よ。と言っても、別にあなたのご主人様を狙いに来たわけじゃないの。だって私たちの業務は、あの方の護衛だもの。だからこれはたまたま。誰もいないところでちょっと休憩しようと思ったら、運悪くもバッティングしちゃったってそういう話。分かった？」

うっとりするような美声で彼女が言う。だが、カインは全く惑わされた様子もなく、彼女を睨み付けていた。私の忍者がこんなにも頼もしい。

「はっ……！　護衛だって？　黒のお前たちが？　それをオレが信じるとでも？」

「別に信じてくれなくても構わないわよ？　ただ、あなたは私よりも気にしなくてはいけない人物がいるってことには気づいていて？　うちのギルドの新しいトップ。あなたにずいぶんとご執心の逆十字の背教者。彼もここに来ているわよ」

「シェアトが!?」

カインの声に緊張が混じったのが分かる。

シェアト。黒の背教者と呼ばれる彼とは会ったことがあるが、まさかここで名前を聞くことになるとは思わなかった。

カインに匹敵する技量の持ち主。彼に固執しているようで、仕事とは無関係に何度かカインに接触してきたとも聞いている。

「シェアトが……シェアトが来ているのか」

「ええ、だって私たちのボスは彼がお気に入りなんだもの。連れてこないはずないじゃない」

クスクスと笑う彼女は、ひとつひとつの動作がとても美しかった。

目線ひとつで男を殺せそうなタイプ。どうやら暗殺や誘拐に来たわけではないらしいが、サハージャの暗殺者が少なくとも二名、ヴィルヘルム城内にいるというのはいただけない。

しかし、ボス、か。

サハージャの暗殺者を雇ってわざわざ連れてくる人間。そんなの、マクシミリアン国王以外に考えられない。最初に彼女も『マクシミリアン様』とその名前を出していたことだし。

『黒』とマクシミリアン国王が繋がっていることが今の彼女とカインの会話で判明したわけだが、多分そうだろうなと思っていたので、特別な驚きはなかった。

ただ、フリードには報告しなければと思ったけれども。

彼女がゆっくりと私たちに視線を向ける。そうして「まあ」と実にわざとらしく驚いた振りをした。

「久しぶりじゃない。元気だった？」

誘拐犯が言う台詞じゃない。そう思いつつ何か答えねばと口を開こうとすると、腕に抱えたイリヤが、ガクガクと震えていることに気づいた。

「イリヤ？」

「どうしてあんたがこんなところにいるのかしら。アルカナム島にいるものとばかり思っていたのに。

どうしてあんた風情が、国際会議の出席者とその関係者だけが参加している夜会にいるの？　そんな似合わないドレスまで着て」

「……フィーリヤ姉様」

「えっ……!?」

イリヤが小さく呟いた言葉に反応した。

——姉様って……姉？　イリヤが探していた？

冗談だろうとイリヤを見る。だが彼女は青ざめながらもしっかりと『姉』を見ていた。

震えていたイリヤが、私から離れ、『姉』の前に立つ。カインが場所を移動し、私を完全に自分の背中で隠した。

「……姫さん。絶対にオレから離れるなよ」

「……うん」

「今、念話で王太子を呼んだから」

小声で言われた声に頷きを返す。

しかし何がどうなったら、サハージャの暗殺者が姉、なんてことになるのだろう。さっぱり分からない。

思いも寄らない姉妹の再会。口を挟むなんてできない状況の中、『姉』がイリヤに話しかける。

「私の質問には答えてくれないわけ？　でもまあ、そうよね、イリヤ。あんたはいつもそうだもの。鈍くて、私の質問にさえまともに答えられない。そんなあんたが分不相応なこの場所にいる理由を聞いているのよ。ねえ、どうしてこんなところにいるのかしら。……さっさと答えて！」

最後の言葉を叩きつけるように言い、妹を睨む姉。イリヤはその語気の強さにびくついていたが、それでもなんとか口を開いた。

「姉様。わ、私はイルヴァーン王太子の妃として、ここに……」

勇気を振り絞って告げられた言葉に、姉――フィーリヤは目を大きく見開いた。

「はあ？　あのどんくさいあんたが？　イルヴァーン王太子の妃？　それは一体なんの冗談なの？　全然面白くないわ。つまらない嘘なんて吐かないでちょうだい」

「う、嘘ではありません。そ、それより、姉様こそ今までどちらに。私はずっと姉様を探して――」

イリヤが姉に向かって手を伸ばす。だが、フィーリヤはそんな彼女の行動を鼻で笑い飛ばした。

「探した？　何を言っているの、このお馬鹿さんは。私は私の意志で島を出たのよ。そうして、望んで今この場所にいる。あんたに探してもらう必要なんてないわ」

嫌だ嫌だと追い払うように手を振るフィーリヤ。彼女からは本気の嫌悪が伝わってきた。

フィーリヤは、己が捜索されていたことを喜んでいない。いや、むしろ迷惑だと思っているのだ。

それが彼女の態度から理解できた。

だがイリヤは信じられないようで、常の彼女とは思えないほど姉に食い下がっている。

「嘘です……！　だって、奴隷商人に姉様が売られたって……」

「それが一番、島を出るのに手っ取り早かったってだけ。あの男程度、私の魅力にかかればイチコロだもの。あんな男、大陸に着いてすぐに捨ててやったわ。新しく見つけた男に競り落とさせてね！」

「そんな……じゃあ、イーオン兄様のことは？　その、ないとは思うけど、もしかしたら姉様がイーオン兄様を追いかけていった可能性も少しはあるんじゃないかって思っていて……」

――イーオン。

己のつがいを求めて旅立った狼の獣人。今は行方不明になっているノヴァ族の跡取り息子。

イリヤからは姉である彼女が彼に振られたと聞いている。

イーオンの名前を聞いたフィーリヤが不快げに眉を顰めた。

「はあ？　あの脳筋馬鹿のこと？　あんなクソ男に私の魅力が分かるわけないでしょ。どうでも良いわよ、あんなの。誰が追いかけたりなんてするものですか」

「え……」

ポカンとイリヤがフィーリヤを見る。

「最初は私を振った報いでも受けさせてやろうかと思っていたんだけど……んふふっ、ちょっと面白いことになってるしね」

「面白い……こと？　姉様、兄様がいる場所を知っているの？」

「さあ」

にたりと笑うフィーリヤ。整った容貌をしているからこそ、その笑いは酷く醜悪に見えた。

「今は知らないわ。興味もないもの。だけどあの馬鹿がとーっても面白いことになっているのは知っているし、今もそのままだってことも確信できる。ふふ、一生あの馬鹿の姿を見ることはないかもね。あはは！　いい気味だわ！」

「姉様！」

耐えられない、とイリヤが叫ぶ。フィーリヤは面白くなさそうに妹を見た。

「ま、あんたがまさかイルヴァーンの王太子妃になっているとも思わなかったけど。あんたみたいなちんちくりんが良いなんて、イルヴァーンの王太子って趣味が悪いのね。私の方がよっぽど良い女なのに。ねえ、イルヴァーンの王太子って愛人募集してない？　良かったら私が立候補してあげるけど」

「し、してません！」

「あら、残念。あんた程度で満足できる男なら、すぐにでも骨抜きにできると思ったのに」

言いながら、ちらりとフィーリヤが私に視線を向けてきた。

睨み返すと、含みのある笑みを浮かべられる。

「な、何？」

「いいえ。ただ、いくら頼まれてもヴィルヘルムの王太子の相手だけはお断りだと思っただけ。ほら、ヴィルヘルムの王族ってみーんな馬鹿みたいに絶倫って言うじゃない？　アンドレ様もしつこくって大変だったもの」

「……」

クスクスと笑われ、絶句した。

「王太子様も例に漏れず絶倫なんでしょう？　大変ね、文字通り毎晩朝までお相手しなきゃいけないなんて。身体はベトベトになるし、寝れないし疲れるしで、いい加減嫌になってきたところじゃない？」

「……失礼なことを言うのはやめて。あなたには関係ないことだわ」

思っていたより低い声が出た。

彼女がフリードを馬鹿にしていると分かったからだ。夫を貶されて、妻として黙っていられるわけがない。

まあ、フリードがとんでもない絶倫だというのは本当だけれども！

たまには控えて欲しいなとは常日頃から思っているけれども！

だけど、基本的に彼は優しい。遠慮して欲しいと本気でお願いすれば、やめてくれるのを知っている。つまり私は自分の意志で彼に応えているのだ。特に両想いになってからは嫌だなんて思ったことは一度もない。思うはずないではないか。私はフリードを愛しているのだから。

それを事情も知らない第三者に全部分かったかのような顔をされるのは許せない。

「あら、怖い、怖い」

私の声音から怒っていることを察したのか、全然怖がっていない様子でフィーリヤが笑う。

少し考える時間ができたのが良かったのだろうか。イリヤがハッとしたように口を開いた。

「そ、そうだ。フィーリヤ姉様。今ちょうどお父様とお母様もお見えになっているんです。アルカナム島の代表がお父様たちで……」

「は？　だから何？」

「え……」

温度のない声で返された言葉に、イリヤが硬直する。フィーリヤは冷たい目で彼女を見た。

「親が来ているからなんだって言うの？　私は私の意志で島を出た。会いたいなんて思わないわ」

「で、でも……」

「私は今を楽しんでいるのよ。その邪魔をしないでちょうだい、イリヤ」

「姉さ……」

「今の私は、サハージャのギルド『黒』の暗殺者。それ以上でもそれ以下でもないわ。分かったら私に関わろうなんて思わないでくれる？　迷惑だわ」

「そんな……姉様」

「あんたに姉と言われるのもなかなか不愉快なのよね。あーあ、せっかく自由が欲しくて大陸に来たのに、なんで仕事先で妹と出会わなきゃならないわけ？　ほんっと、面倒臭い。いっそ殺してやろうかしら」

「……」

呆然とした顔でイリヤがフィーリヤを見つめる。私も驚いていた。

実の妹に対し、『殺す』なんて言葉が出たのが信じられなかったのだ。

イリヤが泣きそうになりながらも姉に手を伸ばす。フィーリヤは嫌そうな顔をしたが、すぐに何かに気づいたように舌打ちした。

「ちっ、最悪ね」

なんだろうと思っていると、よく知る声が背後から聞こえた。

「リディ！」

「イリヤ！」

「フリード!?」

慌てて振り返る。四阿に向かって走ってきたのはフリードとヘンドリック王子だった。

彼らは私たちの側に駆け寄ると、それぞれの伴侶を抱きしめた。思いきり力を込められたので、身体が痛い。

「ふ、フリード……いた……」

「リディ……！　良かった、無事で……！」

「あ……」

声音から彼が本気で心配してくれていたことが分かり、それ以上は何も言えなかった。

「カインから連絡を受けて、急いでこちらに来たんだ。何もなかった？　傷を付けられたりとかは？」

「ないよ、大丈夫。ただ話していただけだから」

殺気立った彼を宥めるように、背中をポンポンと叩く。すぐ隣ではヘンドリック王子が同じようにイリヤを抱きしめていた。

「イリヤ、イリヤ……君に何かあったら僕はどうしようかと……」

「だ、大丈夫です、殿下……私は、別に……」

小さなイリヤを己の腕に抱き込み、ヘンドリック王子が震えている。暗殺者と対峙中と聞かされ、気が気でなかったのだろう。その無事を必死で確かめていた。

「あ、そうだ。フィーリヤさん……」

「リディ？」

ハッと我に返り、フィーリヤの方を向く。だがそこには誰もいなかった。

「え……？」

「私たちが到着したのとほぼ同時に姿を消したよ。カインが追いかけていったのが見えたけど、捕まえるのは難しいかな。何か危害を加えられたわけでもないし、おそらく、マクシミリアン国王の護衛として来ているだろうから」

「そっか……」

確かにいつのまにかカインの姿も消えていた。

フリードが来たから、安心して彼女を追いかけていったのだろう。私ひとりになるようなら、カインはきっと側から離れなかった。

フリードが来てくれて良かった。ホッと息を吐いていると、彼が私の顔を覗き込んできた。

「リディ、ここで何があったか教えてくれる？」

「うん。……イリヤ、いいよね？」

イリヤに視線を向ける。まだヘンドリック王子にギュウギュウに抱きしめられていたイリヤは、なんとかその腕から逃れ、私に言った。

「ええ、構わないわ。全部……姉様のことも言って大丈夫よ、リディ」

「うん。――あのね、フリード」

イリヤの許可が出たので、最初からあったことを話す。私の話にフリードもヘンドリック王子も真剣な顔で聞き入った。

4・カレと旧友の再会（書き下ろし・シオン視点）

「見事なものですね」

広間で開催された夜会を見ながら、ひとり呟く。黄金がふんだんに使われた壁と天井が煌びやかに輝いていた。ヴィルヘルムという国が持つ歴史の重みのせいだろう。会場内は重厚なオーラに満ちており、軽薄な印象を与えない。

まるで、ヨーロッパの古城が現代に蘇ったかのようだ。

昔、海外に渡航した時に見た、古城を思い出す。博物館としてしか機能しなくなったその城の大広間は壁や天井に宗教画がびっしりと描かれており、壮観な眺めだった。綺麗に保存はされていたけれど、あれはすでに終わったもの。今現在、現役で機能している城と比べることに意味はない。

だけど、思ってしまったのだ。あれが息を吹き返せば、今見ているように誰もが見惚れるような輝きを取り戻すのだろうな、と。

あり得ない話だけれども、この映画のような風景が現実だと思えば、少しくらい考えても良いのではないかと思ってしまう。

「さて、アレクセイ様はどちらにいらっしゃるのか。そろそろお探ししないと……」

今日の夜会には、国際会議の関係者が全員出席している。もちろん殿下の側近であり、今の私の上司であるアレクセイ様も同じ。だが、決済の終わっていない書類が溜まっている。

適当なところで夜会は引き上げ、仕事に戻らなければならなかった。

私の仕事は、今日はもう休みだと嘯いた上司を執務室まで連れ戻すこと。

まずは彼を探すところから始めなければならなかった。

熱気溢れる会場内をゆっくりと歩く。レナはいない。

レナは正確には城の女官ではないからこの夜会に給仕として参加する義務はないし、何より彼女は最近、桜が連れてきた巨大狼に執心なのだ。今もきっと彼の側にいるのだろう。

ずっと世話をしてきた身としては少し寂しいが、レナは欲が少ない子なので、彼女が好きだと思えるものが増えたことは良いことだと思っていた。

今までの彼女なら絶対に「出なくて良いって聞いてますけど、お手伝いできることがあるのなら」と手を挙げたはず。

自分の希望を口にできるようになってきたことを、私は成長だと捉えていた。

「ふふ、私も負けていられませんね」

成長するレナを見習い、私も努力を重ねなければならない。

このヴィルヘルムに必要な人材だと思ってもらえるよう、その力を見せなければ。

桜――ご正妃様を近くで見守り続けるためには、自分の価値を示し、己自身で居場所を確保しなければならないと分かっていた。

「見つけた」

「？」

後ろから、いきなり腕を掴まれた。何事かと振り返る。

久しぶりに見る顔が私を見つめていた。

「――ハロルド殿下」

「シオン、ようやくお前に会えたぞ」

ホッとしたように笑う男を凝視する。

タリムの第八王子ハロルド。

彼とはタリムにいた時に多少の交流があったし、また私のことを惜しんでくれた人物でもあった。

タリムを出る時、『一緒に来い』と言ってくれたことを忘れた日はない。

無理だと答えるしかなかったが、その気持ちは嬉しかった。

彼が今回の国際会議に来ていることは仕事の関係上知っていたが、まさか話しかけられるとは思わず戸惑っていた。

何せ私は彼の誘いを無碍に断り、去った男だ。二度と話したくない、関わりたくないと思われても仕方ないと思っていた。

だから彼が私の名前を呼んだことが、俄には信じがたかったのだ。

「……」

呆然とその場に立ち尽くしていると、ハロルド王子が掴んでいた腕を放す。ハッと我に返った。彼はヴィルヘルムの客人だ。しかもタリムの代表。粗相があってはいけない。私は彼の前に立ち、礼を取った。

「お久しぶりです、殿下。お元気そうな姿、嬉しく思います」

「顔を上げてくれ、シオン。お前にそのようなことをされたくない。それより、少し話がしたい。悪いが、あちらの部屋へ来てくれないか？」

「え……？　ですが……」

突然の誘いに困惑した。

元タリムの軍師である私が、そこの第八王子と個室に消えるなど、どう考えても許されないことだ。ともあれば、変な噂(うわさ)が立ってしまう。

最悪、謀反(むほん)の疑いを掛けられるかもしれないと思えば、簡単には頷(うなず)けなかった。

「すみません。ご存じかと思いますが、今の私はヴィルヘルムに仕えているのです。ですから――」

「フリードに許可は取ったぞ。あちらの部屋で三十分だけという条件を付けられはしたが、許してくれた」

「え……フリードリヒ殿下が？」

「ああ。オレだって馬鹿(ばか)じゃない。今、お前が誰に仕えているかくらい分かっている。ちゃんと上に了承は取ったさ」

「……そういうことでしたら」

そこまで言われてしまえば断れない。

アレクセイ様を探すという仕事もあったが、フリードリヒ殿下の了承を得ているというのなら、こちらを優先させて構わないだろう。

ため息を吐き、先に歩き出したハロルド王子の後を追う。

指定された休憩用の部屋にたどり着くと、その部屋の前にいた兵士が私たちの顔を見て、さっと退いた。

「殿下からお話は承っております。三十分ということですので、お気をつけを」

「ああ、分かっている」

ハロルド王子が兵士の言葉に頷く。フリードリヒ殿下がわざわざ兵士たちに話を通したのは、私があとで疑われないようにするためだろう。アレクセイ様もそうだが、殿下も根回しが上手く、こういうところは非常にやりやすくて有り難い。今回の件に関しては、あとで直接礼を言った方がいいだろう。その際、今回の会話の内容を聞かれると思うが、差し障りのないところだけ話せば良い。

話したくないところまでは聞かないのがあの方の優れた才だ。

そんなことをして、もし裏切られたらどうするつもりかとも思うが、彼は決して優しいだけの男ではない。裏切れば容赦なく私を切り捨てるだろう。それができる人だということを知っている。懐は深いが、同時に裏切りは許さない。王太子として必要な苛烈な一面も持ち合わせている。

だからこそ、裏切りなど考えようとも思わないのだが。

――桜は、ずいぶんと良い男を選びましたね。

桜が選んだ男だ。馬鹿ではないだろうと思っていたが、想像していた以上に良かった。

これはもう、仕方ないと納得できるくらいに。

彼が桜を蔑ろにするような男ならいっそ攫ってやろうかと思ったこともあったが、それも杞憂に終わった。桜ひとりにあの完全無欠と称される男が好き放題振り回されて……だけどもそれが心底嬉しいのだと笑っているのだから、心配する必要もないだろう。

桜も彼を心から愛しているようで、いつも幸せそうな笑みを浮かべている。

私など、必要ないのだ。

桜は新しい人生を生きていて、私は終わってしまった過去に過ぎない。彼女の側にいたいのは私の我が儘。全部分かっている。

「……」

「――シオン」

「っ！　は、はい」

ぼんやりと己の考えに耽っていると、部屋に入ったハロルド王子に声を掛けられた。

慌てて返事をする。彼はソファにも座らず、じっと私を見つめていた。

「すいません。少し考え事をしていました」

「そうか。――いや、しかし本当に久しぶりだな。お前らしき人物をヴィルヘルムで見たという報告を受けた時は、偽者かとも思ったが」

「おや、まだタリムは私をお探しですか？」

口の端が上がる。約束の期間をきっちりと軍師として勤め上げたにもかかわらず、タリムは私を放そうとはしなかった。だからこそ、戦乱の隙に乗じてあの国から逃れたのだが、まだあの国は私を利用しようとしているのか。

「……いや、少し前にお前の捜索は終わっている。父も無駄な人手を割くことを好まないしな。これはオレの命令だ」

「殿下の？」

「ああ。どうしてももう一度、お前に会いたくて……」

真っ直ぐに見つめられ、目を見張る。

「……」

「お前の噂を聞いて、あちこち出かけたぞ。どこも外れだったが、最後にヴィルヘルムの王都で当たりを掴んだ。新たに迎えられたヴィルヘルムの軍師。その名前がシオン――と」

「エヴタイユは名乗っていませんよ。名前だけなら同じ名のものがいくらでもいるでしょう。何故、私だと？」

「外見の特徴が一致した。それに、タリムを捨てたお前がタリムで得た名を使うとはもとより考えていなかったからな。まさかヴィルヘルムにいるとは思わなかったが。……シオン、ひとつ聞く。お前、脅されてヴィルヘルムに仕えているのか？」

「まさか」

ハッと笑った。

「脅しなどという低俗な真似をするのはタリムだけですよ。ご自身の国とヴィルヘルムを一緒にしないでいただきたい。ヴィルヘルムにはきちんと納得して仕えています。誰かを人質に……なんてこともされていませんからご心配なく」

「……そ、そうか」

含みがありすぎる私の言葉に、さすがにハロルド王子も言い返せなかったのか黙り込んだ。

私がどうしてタリムに仕えることになったのか、彼は知っている。そのことを引き合いに出せば、何も言えなくなるのは分かっていた。

「すまない。そう……だな。ここはタリムではなかった」

「ええ」

「お前は、お前自身の意思でここにいるのだな？」

「その通りです」

ようやく分かってもらえたか。

息を吐き出すと、ハロルド王子が「それでは」と口を開いた。

「タリムに戻る気はないか？　やはり、どうあってもオレはお前を諦め切れない。できればお前にはオレの側にいて欲しい。その誘いをするために、今日、フリードから時間をもらったのだ」

「っ」

「オレにはお前が必要なんだ。……シオン、頼む。ヴィルヘルムではなくオレに仕えてくれ」

「……」

告げられた言葉を聞き、ハロルド王子を見る。冗談で言っているわけではないのは、声音だけでも十分に分かった。

だが、私の答えは決まっている。

「お断りです」

「シオン」

「以前、あなたに言ったことを覚えていますか、殿下。私は、楔(くさび)になれるものがあれば留(とど)まる、と」

「あ、ああ。覚えているとも」

タリムでハロルド王子と別れた時のことだ。彼に共に来るよう言われた私は、「あなたでは楔になれない」と言い、その手を振り払った。

「——ここには、その楔がある。だから私はここにいます。ここ以外に行きたい場所などない」

「……その……楔とは……まさかフリードのことか？」

「いいえ」

フリードリヒ殿下には悪いが、否定させてもらう。私を繋(つな)ぎ留められるのは、いつだって桜だけ。桜がこの国に王太子妃として存在している以上、私がここから離れることはあり得ない。

たとえ生まれ変わり、以前の彼女の姿形とは違っても、その本質は変わっていない。

桜は桜なのだ。その事実がある限り、私がハロルド王子の言葉に頷く日は来ない。

「何が楔なのかは、言いません。言いたくありません。私の大切な思い出には誰も触れて欲しくないからです。ですが、フリードリヒ殿下ではない、とだけは言っておきましょう」

彼は優秀な王子ではあるが、桜の夫でなければ、わざわざ仕えようとまでは思わなかった。

それくらい、『王族』や『王家』というものに嫌気が差していたからだ。

それでも私がここにいるのは桜がいるから。それだけ。

私が意見を変える気がないことを理解したのだろう。ハロルド王子はがっくりと肩を落とした。唇を噛みしめながら私を見る。

「そう……か。だがシオン。楔を見つけたということは、もう元の世界に帰らないということか？　てっきりお前の望みは自分の世界に帰ることだとばかり思っていたのだが」

「は？」

ハロルド王子の発した言葉が、一瞬本気で理解できなかった。

――元の世界に帰る？　どうして彼がそのことを知っている。私は誰にもその話をしたことがないのに……！

フリードリヒ殿下はもちろん、桜にだってそれについては一言も告げていない。

誰にも自分が転移者だと告白してはいないのだ。それなのにハロルド王子が知っていたという事実。どこから秘密が漏れたのか。背中が冷えていくのが分かった。

「……ハロルド殿下。今の与太話、どちらからお聞きになりましたか？」

情報の流出元を突き止めなければ。

己がかなり怖い顔をしている自覚はあった。だが、ハロルド王子は首を横に振る。

「言わない、という約束のもとで教えてもらったから言えない。だが、シオン。顔色が変わったな。やはりお前が異世界からやってきたというのは本当だったのだな。正直、今の今まで半信半疑だったのだが……」

「……」

「ああ、別に否定してくれて構わないぞ。今のお前の反応で真実だということが分かったからな。だが、その上でもう一度聞きたい。お前は元の世界に帰れないのだろう？　帰れないとオレは聞いた。つまりお前には帰る場所がないということ。……なあ、シオン。オレがお前の帰る場所にはなれないか。オレならお前を分かってやれる。異世界から来たことも信じるし、なんなら話を聞かせて欲しいくらいだ。オレが、外の世界に憧れていたのはお前だって知っているだろう？」

「――ええ。とてもよく知っています」

タリムにいた頃、彼は私に己の夢を語ってくれた。いつか世界を自分の目で見て回りたいのだと、そう言っていたことを覚えている。

「オレはお前に側にいて欲しいんだ、シオン」

こちらに向かって手が伸ばされた。それを感情の籠もらない目で見つめる。私を求める彼の言葉は決して不快ではなかったが――私の心の奥底までは届かない。

そこに入れる者は、とうの昔に決めてしまった。

だから返せる答えはどうあったってひとつだけなのだ。

「無理です。私は殿下の手を取れません」

「どうしても、か？」

「はい。お気持ちは嬉しく思いますが」

「そう、か……」

「殿下なら他にいくらでも良い人が仕えてくれますよ。私に拘る必要はありません」

「……それを振った本人に言われると、傷口が抉られたような気持ちになるな」

自嘲気味に呟き、ハロルド王子は息を吐いた。だが、その目は私を諦めたわけではない。それが分かったのと、約束の時間が過ぎていることに気づいた私は彼に言った。

「――時間です。今日は久しぶりにお会いできて嬉しかったですよ。ですが、今言った通りです。私のことはどうか諦めて下さい。私はこれからもこの国に仕え続けるつもりなんですから」

言い捨て、扉に向かう。ハロルド王子が私に向かって叫んだ。

「シオン！　オレは絶対にお前を諦めないぞ！」

「……他国の王族とあまり長い間話すのはよくありませんので。失礼」

容赦なく扉を開ける。待っていた兵士に向かって軽く頭を下げた。

「ご苦労様です。話は終わりましたので、私は戻りますね。フリードリヒ殿下には私からあとで直接報告に伺う予定ですが、あなたの方からも報告を上げてもらって構いません」

「わ、分かりました……！」

「シオン！」

まだしつこくハロルド王子が私の名前を呼んでいる。それに一切反応することなく、兵士に話しかけた。反意があると思われたくないのだ。誤解を生むような真似は絶対にしない。

「後ろの方は放っておいてもらって結構です。私はアレクセイ様を探さねばなりませんので。ああ、あなた。アレクセイ様がどちらにいらっしゃるか知りませんか？」

にこりと笑って尋ねると、兵士は戸惑いつつも答えてくれた。

「あ、はい。ヴィヴォワール公爵令息様なら、先ほどあなたを探してこちらまで来られました。事情をお話しすると、一回りしてから戻ると……ああ、来られましたよ」

「シオン！」

手を振りながらやってきたのは、今の私の上司であるアレクセイ様だ。

同じ『シオン』でも呼ぶ人間が変われば、聞こえ方もずいぶんと変わる。

会釈を返す。私の側までやってくるとアレクセイ様は、「探したぞ」と言った。

「おや、お手数をお掛けいたしましたか」

「いつもなら仕事に戻れと言ってくるお前が来ないからどうしたのかって思ってな。用事は？　もういいのか？」

「はい。終わりましたので」

返事をすると、アレクセイ様は小声で聞いてきた。

「……あれ、タリムの第八王子だろう？　知り合いか？」

「昔の知り合いですね。ですが今は何もありませんよ」

「本当か？」

「ええ。この席もフリードリヒ殿下が設けたものですし。あとで殿下には会話内容を報告する予定ですから、何も困ることはありません。アレクセイ様もお疑いなら、なんでもお聞きになって下さい」

笑顔でそう告げると、アレクセイ様は眉を寄せ、「別に良い」と言った。

「フリードが噛んでるなら、俺が何か言う必要もないだろ。……さ、仕事に戻ろうぜ。溜まった分くらい片付けておかないと親父がうるさいし、結局明日の自分の首を絞めることになる」

「そうですね」

あっさり話を変えてきたことに驚きながらも頷く。

こういうところが敵わないなと思うのだ。フリードリヒ殿下のすることを無条件で信じ、それに合わせた対応をする。

アレクセイ様がフリードリヒ殿下の側近として選ばれている理由の一端が見えた気がした。

「行くぞ、シオン」

「はい」

アレクセイ様の後ろに続く。

ハロルド王子の視線を痛いくらいに感じたが、私にはもう関係のないことだと無視をした。

だって私は、とっくに選んだ。

そしてそれは、ハロルド王子ではないのだ。

——本当に、救えませんね。私という男は。

自分が酷く傲慢なことを言っているのはよく分かっていた。

5・死神と背教者（書き下ろし・カイン視点）

王太子がやってきたのを確認し、この場から逃(のが)れようと動いた女の後を追った。

彼がいるのなら、姫さんを任せても大丈夫だろう。オレがしなければならないのは、あの女を追うことだ。

サハージャの暗殺者ギルド『黒』に所属すると言ったあの女。

シェアトが来ていると告げたあの女を追いかける必要がある。

『カイン、追うのは構わないが様子見だけに留(とど)めてくれ。マクシミリアンが随従として連れてきた可能性が高い。それなら手を出せばまずいのはこちらだ』

『ちっ、分かったよ』

王太子から飛んできた念話に返事をする。

様子見だけと言われて舌打ちしたが、オレが勝手な真似(まね)をすれば主(あるじ)である姫さんに迷惑が掛かってしまう。それはしたくなかったので女を追い、せめてある程度の情報を仕入れたいと思った。

女はオレが追跡していることに気づいた様子はない。ある程度走って逃げたあとは、城内に入った。

今回各国の代表は皆、城内に宿泊している。その一区画。サハージャに与えられた部屋のひとつに女は入っていった。それを確認し、天井裏に上がる。

女が入った部屋まで行き、小さな穴をあけて、上から覗(のぞ)いた。

――いた。

部屋の中には先ほどの女と、シェアトがいた。

いつもながらの逆十字のペンダントが胸に光っている。ヴィルヘルムに来ても己のスタイルを崩すつもりはないようで、トレードマークのひとつとも言える神父服を着ていた。

普通なら目立ってしょうがない格好だが、表に出る気はないのだろう。先ほどの女も、警備の目を避けていたようだった。

「ま、そういうわけ。退屈だから庭に出たら、大失敗だったわ。あんなところに妹がいるなんて思わないじゃない」

心底面倒そうに女がシェアトに報告している。シェアトはと言えば無表情で、女の報告を聞いているのかも分からない様子だ。

「ふうん。妹に会ったんだ。偶然？」

「偶然に決まってるでしょう。私、家とは縁を切ってるんだから。それなのにあの馬鹿(ばか)ったら、私のことを探してるって言うのよ。呆(あき)れちゃったわ」

「暗殺者の姉なんて放(ほう)っておけば良いのにねえ」

「思わず殺しそうになっちゃった。相変わらず馬鹿すぎて。なんであれでイルヴァーンの王太子妃になんてなれるのかしら。ねえ、あなたも思うでしょう？　妹より私の方が良い女だって」

「僕はその妹を知らないから何とも言えないけど。そうだね……ひとつだけ確実なことがあるよ」

「あら、何かしら」

興味深そうに女が聞く。シェアトは薄く笑みを浮かべると、天井裏にいるオレを見た。

「っ！」

「君が、まんまと後をつけられたお馬鹿さんだってことさ。ねえ、君の妹と良い勝負なんじゃないの？　姉妹そっくりだねえ」

「なんですって⁉」

ギッと目を吊り上げ、女も天井を睨む。だが、シェアトとは違い、オレがどの辺りにいるかまでは分かってはいないようだ。

これが実力差。あの女にはシェアトほどの腕はない。一流と呼ぶにはほど遠いレベルだ。

「彼がいるのはそこじゃないよ。……ねえ、カイン。見つかったことだし、観念して下りてこない？　僕もさ、今回は護衛として来てるから問題は起こせないんだ。だから話をしよう？　それくらいなら構わないよね」

「……」

少し考えはしたが、オレは結局印を組んで秘術を使い、室内に跳んだ。

素人が見れば、天井から下りてきたように見えるだろう。実際、姿を見せたオレに、女はギョッとした顔を向けてきた。

「ちょ……！　心臓に悪い現れ方をしないでちょうだい！」

「……それ、暗殺者が言う台詞かよ」

心底呆れたという目を向ける。シェアトも同意してきた。

「彼女はわりと馬鹿なんだ。だから気にしないであげて。でも、久しぶりだね。会えて嬉しいよ、カイン」

「オレは嬉しくも何ともないけどな」

できれば会いたくなかった。そう思い返すと、馬鹿と言われたのが気に障ったのか、女が金切り声を上げて反論してきた。

「ちょっと！　誰が馬鹿ですって!?　こんな良い女を捕まえて、馬鹿なんて言うのはあなたくらいのものよ！」

「うるさい。ねえ、せっかくカインと話しているんだよ。邪魔だから出ていってくれる？」

感情の籠もらない目でシェアトが女を見る。女はビクッと震えると、慌てたように頷いた。

「……わ、分かったわよ！　でもあなたが彼に会ったこと、マクシミリアン様に言うから！」

「勝手にすれば。言いつけるなんて子供みたいで格好悪い。良い女がすることじゃないなって僕は思うけど。それでもよければ君の好きにすれば良い」

「～っ！　言わないわよっ！」

プンプンと怒りながら、女が部屋を出ていった。バタンと勢いよく扉が閉まる。それを見ていると、シェアトがパンッと手を打った。

「はい、これで邪魔者はいなくなった。もうね、本当に面倒臭いんだ。あれでも『黒』に残った中ではマシな部類なんだけどさ、性格がね」

「うえ……あのレベルがマシって、『黒』廃業した方が良いんじゃないのか？」

真面目に思った。

さっきの女がマシとか、オレが現役だった時代では考えられない。あれ以下の暗殺者なんて、本当に何の役に立つのか、本気で疑問だ。

オレの言葉に、シェアトも深く頷く。

「だよね。僕もそう思う。でもさ、彼がぜーんぶ殺しちゃうから。ちょっと気に入らないことがあると、彼ってば全部『破棄だ』って。おかげでまともなメンバーが殆ど残っていないんだよ」

「彼って……マクシミリアン国王か？」

「うん、そう」

呆気ないほど簡単にシェアトは頷いた。まさかこんなに簡単に認めるとは思わず、呆気にとられる。

「え……」

「僕が彼についてこの国に来たなんて、少し調べれば分かることだからね。前の王様が死んでからは彼ももう隠していないみたいだよ。むしろ僕がついているんだって見せたいみたい。ほら、僕が側にいれば、暗殺とか無理って感じするでしょう？　ある程度抑制になるんだってさ」

「……まあ、それは」

「僕だって、君がついてるお姫様をどうこうするのは難しいだろうなって思うからさ、多分そういうことだと思うんだよ」

「……」

「でも、うちの王様は諦めないみたいだけどね。僕がいくら無理だよって言ったって、『じゃあ別の手段を考える』って、これだよ」

「別の手段……そんなもの考えたって無駄だろ。姫さんにはオレもいるし、何より王太子がいる。あれをどうにかするのはお前でも難しいと思うぜ」

「あの王子様ねえ。彼、めちゃくちゃ強いもんね。普通に戦いたくないよ。相手の技量が分からないって幸せだよねって時折思わない？」

「まあ……」

思わないこともない。

「だよね。だってあれ、軽く人間の域を超えてるでしょ。魔力量だって尋常じゃない量だし、ひとりで万単位の敵を片付けられるってさ、おかしくない？　小説のヒーローじゃないんだからさあ。酷い冗談はやめてくれって思うよね」

「――だけど、あの王太子はできるぜ」

オレの言葉に、シェアトは口を真一文字に引き結んだ。

「だからおかしいって言ってるんじゃないか。彼がいるだけでパワーバランスが狂うもん。どういう存在なの？　正面切って戦って、彼に勝てるなんて世界がひっくり返ったってあり得ないと思うね。そりゃヴィルヘルムは大陸最強って言われるよ。戦争したって勝てるわけないし。どれだけ有利な状況でも、彼が出てきたら一瞬でひっくり返る。一巻の終わりだ」

「……まあ、そうだな」

「それが分かってるくせに、彼に挑んで勝つつもりのうちの王様って、すごいと思わない？」

「……馬鹿なんじゃねえの」

「残念ながら、勝算があると本気で考えてるんだよねえ」

「嘘だろ？」

「ほんと、ほんと」

微妙な顔をしていると、シェアトは「良かったら座る？」と近くにあるソファを勧めてきた。それに首を横に振って答える。最初から長居をする気はなかった。

「いや、いい。もうそろそろ行くし」

「そう？　ここは僕らの部屋だから王様は来ないよ？　彼女も出ていったし、ゆっくりしていけばいいのに」

「断る」

馴れ合う気はないのだ。

シェアトの姿を直接確認できただけでも十分だろう。オレとしてはそろそろ姫さんの元に帰りたい。

「……番犬が飼い主の元に戻りたいって、そんな風に見えるね」

「は？」

足が止まった。

シェアトを見る。彼はニコニコと笑っていた。

「お姫様の大事な番犬。今の君ってそういう役どころなんだろう？　似合わないなって思っていたけど、ちゃんと犬に見えるよ」

「誰が犬だって？」

「ん？　だから君」

ワンワン、とわざとらしく犬のもの真似をしてくるシェアトに、殺意が湧いた。

何もするなと言われてなかったら、反射で短剣の五本くらい投げていたかもしれない。

「怒った？　ごめんね。怒らせるつもりはなかったんだよ」

シェアトを睨み付ける。彼は「えっと」と少し考えるように呟いた。

「あ！　じゃあお詫びに、とっておきの情報、教えてあげる。あのね、うちの勝つつもりの王様。彼は協力者を得ているんだ。王子様対策にね。だから強気なんだけど」

「は？」

突然投げられた情報に目を丸くする。シェアトはニコニコと笑っていた。

「さすがにそれ以上は教えてあげられないけど、とりあえずこの情報で許してくれないかな」

「……協力者？　サハージャの国王に協力者がいるのか」

「うん。とっておきのね。……僕もちょっと敵に回したくないタイプかなあ。あー、でも、この話。教えたってばれたら、僕、彼に叱られちゃうよ、きっとね」

だから内緒と言うシェアトを凝視する。多分だが、怒られるというのは本当なのだろう。

だが、そこまでして、彼がオレに教える理由が分からなかった。

オレの顔を見て、言いたいことを理解したのだろう。シェアトが笑った。

「君は、僕の特別だから」

「……」

「仕事は大事だけどさ、僕は君には嫌われたくないんだ。殺し合いはしたいって思ってるけどね。だから、かな」

矛盾していると思ったが、その感覚は分からなくもない。

何故ならオレも、シェアトとなら命を懸けた殺し合いをしてみたいと思うからだ。

もちろん、主持ちのオレが勝手にそのようなことをするなど許されないと分かってはいるが、そういう気持ちがあるのは否定しない。

自分と近い技量の相手と、全身全霊をもって戦う。想像するだけで口元が勝手に笑みを象ってしまう。オレの表情を見て、同意見だと分かったのだろう。シェアトはにっこりと笑った。

「良かった。君なら分かってくれると思ったんだよ」

「分かりたくないけどな」

これは普通の感覚とはほど遠いものだ。だから本当は理解してはいけないのだろう。

だけどオレもシェアトもとっくの昔に壊れている。命を懸けた殺し合いにゾクゾクとした喜びを感じてしまうくらいにはおかしくなっているのだ。

「……この感覚は僕たち以外には分からないよねえ」

ボソリと呟かれた言葉には、同じ世界を見ている者の悲哀と孤独が混じっていた。

ずっと暗殺者として、その頂点に立ち続けてきた者にしか分からない感覚。彼はその理解者としてオレを求めているのだ。その気持ちは分かるけれど。

「……オレは姫さんのものだ。だから姫さんが許可しない限り、お前とは戦えない」

キッパリと告げると、シェアトも首を縦に振った。

「ん、分かってるよ。僕も君と同じ。すでに彼を選んでるからね。主、ではないけど、彼は僕が欲しいものをくれる人だって信じてるし、そのためならなんだってする。そう、約束したから。だから気にしないで。カインはただ、無償で有益な情報を得られたってだけ。それでいいじゃない」

「有益、ね」

「褒めてもらえるよ、ご主人様に」

「……帰る」

今度こそ踵を返す。シェアトも何も言わなかった。

部屋を出て秘術を使い、誰もいない場所まで跳ぶ。

「……協力者、か」

とりあえずは、シェアトから聞いた話を報告しよう。オレは気持ちを切り替え、姫さんたちの部屋へ向かうことを決めた。

6・情報屋と仇の息子（書き下ろし・アベル視点）

「うわ……マクシミリアン国王。本当にいるし……」

少し離れた場所からではあるが、銀髪の男を顔を歪めながら確認する。冷えた眼差しで笑みを浮かべる男には嫌悪感しかなかった。

ヴィルヘルムで国際会議が開催される——。

それを聞いたオレが真っ先に思ったのは、『これは情報収集するチャンスじゃね？』であった。

普段なら絶対会えないような面子がわらわらと集まってくるという、情報屋にとっては垂涎ものの状況に、オレが黙っていられるはずもなく、参加を決意したのだ。

もちろん、王太子さんには了承を取った。

ヴィルヘルムのためになりそうな情報を手に入れた場合は、それを隠さず提供するという契約を受け入れるのならと言われ、頷いたのだ。

どうせ今のオレは王太子さんに飼われているわけで。

雇い主に役に立つところを見せたいという思惑もあり、二つ返事でオーケーした。

とはいえ、堂々と夜会に出席するような真似はしない。

何せ今回の会議にはサハージャ国王マクシミリアンも来ている。

現在進行形でサハージャから命を狙われている身としては、絶対に鉢合わせしたくない相手だ。そういうことで、オレは適当な兵士に変化したり、建物の陰から様子を窺ったりしてなんとか情報を得ようと頑張っているのだった。

「見つかれば、『黒』をけしかけられるって分かってて、近づきたいなんて思うわけないよな」

オレが現在ヴィルヘルムにいることは知られていないとは思うが、万が一見つかったらと思うとゾッとする。

マクシミリアン国王のことだ。どうせ『黒』の面子を己の護衛に使っているのだろう。その何人かに、「アレを始末しろ」と言われたら……面倒なことになる気配しかない。

殺す気でくる奴に勝てるかと言われれば難しいし、最悪、この国から逃げ出さなければならないだろう。そうなれば次はどの国に逃げるか……。考えただけで面倒そうだ。

「できればあと数年はここから離れたくないんだよな」

長居するつもりだったから、南の町の外れにあった空き家を現金一括購入した。

サハージャにいた時は、情報屋と言っても完璧に裏の仕事だったから、命を狙われることもあった。まともに落ち着けるような環境になどなかったのだ。

それがイルヴァーンを経てヴィルヘルムに来て変わった。ここにはオレの命を狙う者はいない。正直に言えば、安堵したのだ。堂々と姿を晒して町を歩けるのが新鮮で楽しかった。

王太子と正式に契約したから、『稼がなければ』という焦りもない。

ある意味、生まれて初めて、『自分の好きに』生きられている気がしていた。

つまるところ、オレはここを——ヴィルヘルムを思いのほか気に入っているということ。

ようやく落ち着ける場所を手に入れられたのに、それを奪われるのは絶対に嫌だし、だからバレないように、こっそりこっそり様子を窺っていた。

気づかれるくらいなら、情報なんていらない。今回に限っては、それくらいの強い気持ちで挑んでいた。

いや、それくらいなら参加するなよという話なのだが、オレは情報屋なのだ。

美味しい情報があると分かっている場所に行かないなど、そんなのはプロではないだろう。オレは、オレなりに己の仕事に誇りを持って挑んでいる。

そんなわけで、万が一にも見つからないような場所からこそこそと夜会の様子を窺っていたのだが、その中で運悪くも一番会いたくなかったマクシミリアン国王を見つけてしまい、オレはがっくりと肩を落としたのだった。

「相変わらず、顔だけはバチクソに良い男だよな……」

マクシミリアン国王を確認し、顔を歪める。

己の親を殺して国王に成り上がった男は、その顔だけは満点をやっても良いほど整っていた。頬に傷跡があるのが残念だが、それすら彼の怜悧な雰囲気を高める要因になっている気がする。

マクシミリアン国王が己の父親を殺したというのは、裏の世界では有名な話だ。

彼が『黒の背教者』を殊の外可愛がっていたことも、知っている人は知っている。

その彼を使い、いつまでも玉座にのさばる父親を殺したのだろう。

いつかやるだろうと思っていたので驚きはなかった。

ただ……サハージャ前国王が亡くなったと聞いた時、少しだけガッカリした。

オレの仇と言って良い相手は、間違いなくサハージャ前国王、その人だったからだ。

自分の手で復讐する気など甚だなかったが、それでも心のどこかがポキッと折れたような気はしていた。


――ああ、あの男は死んだのか。

結局、仇に会うことすら叶わなかった。一言何か言ってやることもできなかった。

お前のせいで村は地獄と化した。父と母は死んだと、恨み節のひとつくらい。

一瞬、そんなことも考えたが、すぐに違うなと思い直した。きっとオレは何もしなかっただろう。

オレには恨む資格もないのだ。

父とは違い、オレは復讐から逃げた。そんなオレが、あの男に何を言えただろうか。きっと何も言えない。

悔しい気持ちはあっても何もできず、すごすごと引き下がるだけだ。ただ、奴らからの依頼だけは受けないという、ちっぽけなプライドだけを振りかざして。

――なんて、情けない。

マクシミリアン国王を見ていると、グルグルとした気持ちが頭の中を渦巻き、どんどん気持ち悪くなってくる。

仇の息子。下手をすれば、仇本人よりももっとエグいことをしている現国王。

彼をどんな気持ちで眺めればいいのか分からない。

「こんなことなら来るんじゃなかったぜ」

とうに、情報収集は諦めている。今の精神状態でまともに動けるとは思わないからだ。あとはもう、さっさと帰って、風呂にでも入って寝てしまうのが一番。

明日の朝には、王太子妃さんが経営するカレー店にでも行ってみよう。ぶらぶらと町をぶらつくのだ。それが、己の心を平和に保つ方法だと分かっていた。

「……はあ」

「ん？　マクシミリアン陛下を見ているのか」

いい加減、彼から視線を外さなければ。そう思っていると、すぐ隣から不思議そうな声が聞こえてきた。バッと隣を見る。

この間、オレに宣戦布告してきたイルヴァーンの王女、オフィリアが難しい顔でマクシミリアン国王を見ていた。

「……っ！」

ギョッとしてその場から飛び退く。王女様は「もう少し静かにしろ。今は夜会中だぞ」と至極尤もなことを言ってきた。

そうして笑顔を向けてくる。

今のオレは、夜会の警備兵に変身していてバレるはずはないのだが、突然話しかけられ、酷く動揺した。

——お、おいおいおい。なんで、当たり前のように声をかけてきてんだよ。

いや、まだオレがアベルだとバレたと決まったわけではない。

ただ、近くにいた兵士になんとなく話しかけただけなのかも……。

その希望的観測は、彼女の次の言葉で完全に潰えた。

「お前、マクシミリアン陛下が嫌いなのか？　リディからはサハージャ出身だと聞いていたが……情報屋時代に何か酷い目にでも遭ったのか？」

「……」

ぜっっっっったいにバレている。

サハージャ出身と言われた瞬間、己の正体を知られていると察した。ついでに『情報屋』とくればもう確定。背中に冷や汗が流れるのを感じる。

——うっそだろ。王太子妃さんといい、この王女さんといい、王族って皆、こうなのか⁉

当たり前のように自分を『アベル』だと認識して話しかけてくる事実が怖すぎる。

え、王族ってどこも皆、こんな感じなの？　全員、オレが変身しても一瞬で看破してしまうのか？

何それ、恐ろしい。

自分の強みが効かないという事実が怖すぎる。

それでも一縷の望みを託し、彼女に言う。

「申し訳ありません。何をおっしゃっているのか、私にはさっぱり。では、警備に戻らせていただきますね」

我ながら上手くやったと思う。あとはもう大人しく撤退して、家に帰ってしまおう。

ちょっと万華鏡としてのプライドが傷ついたけど、温かいベッドでぐっすり眠れば、きっと明日になれば何でもなかったと笑えるはずだ。

だが、王女様はオレを行かせてはくれなかった。がっしりと腕を掴む。

「警備？　お前は本職の兵士ではないのだから必要ないだろう。大体、お前が変身術に長けていることはイルヴァーンで見ているから知っている。下手な誤魔化しをするな」

紫色の瞳に見据えられる。

王太子妃さんと同じ色だが、印象が全然違う。もっと力強い光だ。同じ紫でも宿す人間が違うと全く別物に映るものなんだなと、こんな時だというのに考えてしまった。

まあ、好んで男装するような王女様だし、違うのは当然なのかもしれないけれど。

今日も彼女は、それこそ王子と言われても信じてしまうような貴公子ぶりを発揮していた。

男物の上衣がよく似合っている。だが、やはり体つきは女性らしくて、そういう意味では全く男には見えなかった。

「……」

「アベル？」

はっきり名前を呼ばれ、ため息を吐いた。さすがにここまで来れば逃げられない。諦めも肝心。こここにいるのは王太子さんから許可をもらっているし、バレても支障はないので、大人しく認めることにする。すごく、すごく癪だけど。

「……あー……だからなんで分かるんだよ。オレ、めちゃくちゃ上手くやってただろう？」

会場内なので変身は解かず、口調だけを戻す。王女様はキョトンとした顔でオレを見た。

「何を言う。分かるに決まっているだろう。惚れた男を間違えるような失礼な真似はしないぞ」

「……」

――そういう話をしてるんじゃないんだよなあああ!!

惚れているから分かるとか、そういう理屈とは関係のない話を聞きたいわけではない。たとえば耳の形が違うとか（まあ、オレは完璧だけど）今後の参考にできる話を聞きたいのだ。

だが、王女様は本気で分からないようでキョトンとしている。

これは間違いない。野生の勘で当ててきたやつだ。本人に聞いても、どうして分かったか分からないやつ。

だけどこういう奴は、勘だからこそ絶対に外さない。

――うっっっわ！　一番、面倒くせえ奴に当たっちまった!!

王太子妃さんも大概だが、勘だけで当ててきたこの王女様はもっと厄介だ。しかもその女はオレに自分の伴侶になれと言ってきている。

逃げるのに大変不利な状況だ。

「うー……わー……」

「なんだ？」

「いや、何でもない」

何を言っても無駄だと察したオレは、大人しく首を横に振った。

とりあえず、この王女様も王太子妃さんも王太子さん側で良かった。というか王太子さんに雇われていて良かった。オレの変身術を見破れる奴と敵対するのは、懲りごりなのだ。

——オレ、先見の明があったよな……。

王太子さんに雇われたのは偶然だが、最終的には自分のためになる選択だった。

うん、ヴィルヘルムにいる間は、絶対に王太子さんの庇護下から出ないようにしよう。

オレは我が身が可愛いタイプなのだ。

深く頷いていると、王女様が「で？」と言った。

「うん？」

「だから、どうしてマクシミリアン陛下を見ていたんだ？」

「ああ、その話か……」

わざわざオレの事情を部外者に話す必要はない。

だから普段のオレなら適当に煙に巻くのだが、今日はそういう気持ちにならなかった。

何と言うか、オレのことを好きだなんて言うこの目の前の女が、オレの話を聞いてどういう反応をするのか知りたかったのだ。

だから、オレは包み隠さず正直に答えた。

「簡単だ。オレの両親は、あの男の父親に殺されたんだよ。いや、両親だけじゃない。住んでいた村ごと全滅させられた。まあ、仇の息子ってところかな」

「……」

「で、なんで見ていたかって言えば、これも簡単な話なんだが、前サハージャ国王が少し前に亡くなっただろう？　直接復讐する機会を失ったなって、なんとなく複雑な気持ちになっていただけ。オレ、どういう感情であいつを見れば良いんだろうなってさ」

じっと王女様を見つめる。

彼女は目を見開き、オレを凝視していた。

その表情を見て、仕方ないかとそう思う。

――ま、何も言えないだろうな。だってオレの過去、クソ重たいし。

この話を聞いて、自分とは生きる世界が違うと諦めてくれれば万々歳。特に話したくもない過去をわざわざ晒した甲斐があるというもの。

そう思いながら、彼女の返事を待つ。王女様はパチパチと目を瞬かせたあと、「なるほど」と一言呟いた。

「つまり、君はアレを殺したいんだな？　理由は納得できるし、君がそう決めたのなら私は止めはしないが」

「おい！　オレの話聞いてたか!?」

なんでそうなったとツッコミを入れたくなるような回答が返ってきて、カッと目を見開いた。

王女様は首を傾げている。

「違うのか？　君は、彼を殺す理由が欲しいのではと思ったのだが。だって、直接の仇は死んだのだろう？」

「いやいやいや」

「普通にありだと思うが。少なくともイルヴァーンでは、被害者が加害者の家族に復讐することは権利として認められているぞ。父を殺された。その復讐相手は死んでもういない。それなら、その家族に復讐の牙が向くのは当然ではないのか？　死んで逃れようなど許されるはずがない」

「……イルヴァーン、すごいな」

考えたこともなかった。

直接の仇が死んだら、それで終わりだと思っていたのに。

陽気なイルヴァーンのお国柄とは全く違う殺伐とした法律に驚きを隠せないでいると、王女様は今度は別の方向に首を傾げた。

「？　うちだけではないだろう。タリムもそうだし、確かサハージャにも似たような法律はあったと思う。ヴィルヘルムにはないから、この国で実行するのはお勧めしないが……」

「……そうなのか」

「ああ。つい最近、その辺りの外国の法律は学んだところだ。うちと一緒だなと思った覚えがある。あと、ヴィルヘルムにはないと聞いて驚いたから、そこも間違いないはずだ」

自信満々に告げられ、ポカンと彼女を見る。

確かにオレは、法律なんてよく分からない。

法律なんてものは、偉い奴が自分の都合で勝手に作ったいけ好かない決まり事としか思っていなかったし、父たちが亡くなってからはただ必死に生きてきただけなのだ。

「だから別に理由なんて探さなくていいんだ。君にはその権利がすでにあるんだからな。相手が国王だとは思わなかったが、復讐の権利は平等に発生するものだ。行使したいのならすればいいと私は思うぞ」

まあ、実行すればサハージャ国内は大変なことになるだろうがな、と最後に余計な一言を付け足し、彼女は笑った。

「……」

何も答えられなかった。

初めて知った事実に、頭が酷く混乱していた。

復讐しても良いのだと言われ、動揺したのだ。

——オレは、あの男に復讐していいのか……？　いや、そもそも復讐したいと思っていたのか？　違う。そうではないはずだ。オレは仇本人であるサハージャ前国王にも復讐するつもりはなかった。だからその息子を狙えると言われたところで、必要ないと一言言えば済むだけの話なのに……。

何故(なぜ)か、言葉が喉(のど)につかえて出てこない。

これではまるで、オレが復讐したがっているみたいではないか。オレは人を殺したいなんて思っていないのに。

人が死ぬところなんて二度と見たくないと思っているのに。

──ああ、だけど。

それがあの男の血縁なら？

少し想像し、ゾッとするほど喜びを覚えた自分に気づいてしまった。

そんな己に更に動揺する。

──いや、違う。オレは人を殺したいなんて……。

思考がグルグルと回る。結論が出ない。

はくはくとただ、口を開け閉めすることしかできなかった。思考が定まらないオレに、王女がからりと明るい声で言う。

「ま、先ほども言った通り、ここはヴィルヘルムだからな。今、急いで結論を出す必要はないんじゃないか？　そういうこともできる、と思っておけば良いだろう」

「……簡単に言ってくれるぜ」

ようやくまともに声が出た。だけど少し掠(かす)れている。それだけオレが衝撃を受けたということなのだろう。

それでも、やっと戻ってきたいつもの自分に、酷く安堵していた。

ほうっと息を吐く。

王女様が、「そうだ」と何か思いついたように言った。

「もうひとつ、良い方法があるぞ。あのな、私と結婚するんだ。そうすればお前は王配になるだろう？　あの男と同じ王族になるわけだ。サハージャとイルヴァーンは対等な付き合いをしているからな。あの男もお前を無碍にはできない。対等な立場であの男の前に立てるぞ？　なあ、そういうのは嫌いか？」

「……」

ポカンと口を開けた。

オレの聞き間違いでなければ、この王女様は、復讐に自分を利用しろと言っているのだ。

「……本気かよ」

「ああ、もちろん。夫の仇は私の仇でもあるわけだからな。君が結婚してくれるのなら、できる限りの協力はしよう」

笑顔で頷く王女様を信じられない目で見る。

「……それ、オレがあんたを利用するだけの関係だぞ？　あんたはそれで良いのかよ」

「良くはないな。だが、そうすれば君を手に入れられるというのなら、私が躊躇する理由はない。私はな、何が何でも君と結婚したいんだ。最悪、結婚してから君の心を手に入れるとかでもいいかと思っている」

断言する彼女の顔を見て、本気で言っているのだと理解する。

全く理解できない。オレに利用だけされても構わないって？　一国の王女が？　そんなこと普通の神経で言えるはずがない。

「……やっぱり、めちゃくちゃだ。この王女様」

「はは、ありがとう。この場合、褒め言葉だな」

「いや、そんなわけないだろ」

「そうか？　リディなら『レイドならそれくらいやりそうだよね』って言って納得してくれると思うぞ」

「それはあの王太子妃さんだからだろ。あの人だって、大概めちゃくちゃだからな？」

思わず真顔で窘めた。いや、本当、あの王太子妃さんもついでに言えば王太子さんも、かなり変
……というか変わった人たちだ。

裏の仕事をしていたようなオレに対等に接し、交わした契約以上のものをくれる。

そんな奴ら、サハージャにはいなかったのに。

彼らを知れば知るほど、だから死神さんは、あの王太子妃さんに降ったのかなと納得しそうになってしまう。

まあ、オレがそれに絆されることはないけど、だけど最近、ちょっといいなと思う時があるのは本当だ。

なんだか別の意味で複雑な気持ちになっていると、王女様がムッとした顔で抗議してきた。

「訂正しろ。リディは別にめちゃくちゃではないぞ。尊敬する点の多い素晴らしい女性だ。私は彼女と親友になれたことを心から嬉しく思っているんだ。彼女のことを貶すのはいくら君でも許さない」

「あーまあ、あの人が善人だってのは、オレも分かってる。だってあの人、悪いこととか考えもつかないってタイプだろ。……さっきのは別に悪口で言ったんじゃない」

「そうか、ならばいい」

あっさりと頷き、王女様は言った。

「では、話が良いところで途切れたところで、私の願いを聞いてもらっても構わないか。実は、さっきから兄上とイリヤ義姉上のお姿が見えないんだ。ついでに言うと、リディとフリードリヒ殿下も。……彼らがどこにいるか、一緒に探してくれると嬉しい」

「まさかの迷子かよ」

「ははは。君の姿が見えたからついな！　離れてしまった！　だがさすがにここでひとりにされるとキツいから、彼らの内の誰かひとりでも見つけてもらえると非常に有り難い」

「嘘だろ……勘弁してくれよ」

思わず額を押さえた。

いい加減、この王女様との会話を終わらせて、どこかに逃げてしまいたいと思っていたのに、まだ付き合わされるとか。

「オレの今日の運勢、最悪……」

「うん？　そうか？　私は君に会えたから最高だな」

「……」

ボソッと呟いたオレの言葉に、王女様は実にいらない切り返しをしてくれたのだった。

7・彼と事後報告

他国の王族との雑談中、カインから念話で連絡が入った。

その声音は緊張しており、彼が今緊急事態に陥っているのが伝わってくる。

『黒の暗殺者と遭遇した。姫さんたちに怪我はない。二人は命に替えてもオレが守るが、できればすぐに来てくれ』

「っ！」

思いもしない連絡に目を見開く。予想していなかった事態にギョッとしたが、なんとか平静を装った。

『分かった。今、どこにいる』

場所を聞き、すぐに行くと返事をした。何気なさを装い、会話していた相手と話を打ち切る。ヘンドリックを連れ出した。

「行くぞ」

「？　どうしたんだい、フリード。顔がずいぶんと怖いけど」

不思議そうにこちらを見てくるヘンドリックを無視し、夜会会場を出て、一階に下りる。リディたちがいるのは中庭の奥。ここからならそう遠くはない。

「リディとイリヤ妃がサハージャの暗殺者と遭遇した。今はリディの護衛が対処しているが……何があるか分からないからな。急いだ方が良い」

近くに誰もいないことを確認してから、短く事情を説明した。ヘンドリックの顔色が変わる。

「イリヤは？　イリヤは無事なの？」

「二人に怪我はないと聞いている。ヘンドリック、話している時間が惜しい。走れ」

「っ！　言われずとも」

返事を聞き終わる前に走り出す。ヘンドリックも私に倣った。あらかじめ念話で連絡して人払いしておいたおかげか、庭には誰もいない。カインもいることだし安全だろうと散歩を許したら、早速この始末。本当に嫌になる。

アレクが以前言っていたが、リディはかなりのトラブルメーカーというか、無自覚に騒ぎの中心にいるタイプなのだ。本人にその気はなくても、気づいた時には巻き込まれている。

最近では、トラブルの方がリディに擦り寄ってきているのではと思ってしまうくらい、彼女のトラブル遭遇率は高かった。彼女の兄であるアレクもそういうところはあるのだが、彼の比ではない。

まあ、トラブルを解決すれば良い方向に転がることが殆どなので、特に困ってはいないのだが、今みたいな時は、肝が冷える。

――リディ。

救援要請のあと、カインが何も言ってこないところをみると、最悪の展開は免れているのだろう。

彼が一緒にいて、万が一などないとは思っているが、それでも心配で堪らなかった。

数分走れば、すぐに目的地に到着する。リディとイリヤ妃がカインに庇われている姿が見えた。思わず声を上げる。

「リディ！」

全力で駆け寄り、その身体を抱きしめた。驚いた顔をした彼女は、すぐに私の背に両手を回す。それとほぼ同時に、暗殺者が身を翻したのが見えた。

『――オレが行く』

私が来たことを確認したカインが躊躇せず、去りゆく背中を追いかけた。念話で様子見だけに留めておくよう頼み、ホッと息を吐く。

そうして誰もいなくなったことを確認し、二人から事情を聞いたのだが――。

「イリヤ妃の姉？　さっき対峙していた暗殺者がイリヤ妃の姉だったたって言うの？」

「うん」

四阿にリディたちを座らせたあと、何があったのか彼女たちに詳細を聞いた私は、ヘンドリックと思わず顔を見合わせた。

イリヤ妃の姉。

それは、ヘンドリックたちから探して欲しいと頼まれていた人物だったからだ。

ヘンドリックが信じられないという顔で確かめる。

「えっと、それは本当に本人？　見間違いとか……」

「あり得ません」

悄然としつつもイリヤ妃が首を横に振った。声を震わせながらもはっきりと言う。

「あの人は、フィーリヤ姉様です。私がずっと探していた人で間違いありません……」

リディも彼女の言葉に頷く。

「うん。イリヤと話しているのを聞いていたけど、本人だと思う」

「そう……」

自然と眉が中央に寄る。

厄介なことになったと思っていると、ヘンドリックが口を開いた。

「で、でも……その彼女はサハージャの暗殺者なん……だよね？」

「はい。それは間違いありません」

ヘンドリックの疑問にはリディが答えた。そうして言いづらそうに口を開く。

「……彼女自身、そう言っていましたし、それにその、私、以前、彼女と関わったことがあるので」

「リディ、どういうこと？　暗殺者と関わりがあるなんて、私、聞いていないよ!?」

聞かされた言葉に目を見開いた。反射的にリディの肩を掴む。

リディはパチパチと目を瞬かせ、「あー、フリードは姿を見ていないのか……」と納得したような顔をした。

そうして私を招き寄せる。ヘンドリックたちに聞かせたくないのか、耳元に唇を寄せると、小声で囁いた。

「……ほら、ミリィを騙していたというか、誘導していた女性がいたこと覚えてない？　サハージャの暗殺者の。私はあの時、彼女に攫われたわけだけど、彼女がどうやらイリヤのお姉さんだったみたいなんだよね」

「……」

絶句した。

リディが誘拐された時のことはよく覚えている。

王華から伝わってくる彼女の危機に反応し、駆けつけた時にはリディはもうその場所にはいなかった。いたのは、ミリアリアという名前の令嬢がひとりだけ。

彼女から話を聞き、リディを誘拐した人物のことを知ったが、彼女を迎えに行った時には、すでにその女は姿を消していた。だから私はその女の姿形を知らないのだ。

「その時の犯人が、イリヤ妃の姉だったって言うの？」

「……みたい。私も吃驚しちゃった」

アハハ、と乾いた笑いを零すリディ。

私はと言えば、なんと言えば良いのか分からなかった。

友人の伴侶が探していた女性。その女性が、私の妻を誘拐した張本人だなんて。

正直な気持ちを言えば、見つかってよかったなんて笑えない。どちらかと言うと、あの時はよくもと、剣をつきつけたい欲の方が勝っている。

私の唯一無二のつがいを誘拐した女。その女が見つかったと聞いて、平気でいられるはずがないだろう。

複雑な気持ちを抱えていると、リディもまた微妙な顔をしていた。

「世間は狭いって言うけど……まさか、そんな繋(つな)がりがあるとか思わないじゃない？　でも、デリスさんの占いが正しかったことは証明されたよね。以前はヴィルヘルムにいて、今はサハージャ。あれって、サハージャから暗殺者として遠征してきていたってことだったんだね」

「……なるほど」

リディが魔女に、イリヤ妃の姉の場所を占ってもらっていたことは聞いている。その結果を思い出せば、確かにとしか思えなかった。

こそこそ二人で話していると、ヘンドリックたちの会話が聞こえてきた。彼らの方も、夫婦二人で話していたようだ。

「……まさか、君の姉がサハージャの暗殺者だなんて……」

「私も信じたくありませんでしたけど、姉様の意志だそうです。奴隷商人に売られたというのも、姉様の作戦の一環だったようで……。私が探していたというのも迷惑だったみたいです……」

鼻を啜(すす)るような音が聞こえる。イリヤ妃の涙腺(るいせん)が緩んでいるのが、涙混じりの声からも伝わってきた。

己の姉が暗殺者に。しかも自ら望んでだなんて信じたくないのだろう。当たり前だ。

ヘンドリックは気遣わしげに己の妻を慰めている。その手を取り、励ますように言った。

「迷惑だなんてそんなことあるわけがないよ。それに君のお姉さんが生きていたというのは朗報じゃないか。今までは、どこにいるのかも、生きているのかさえ分からなかったんだから」

「それは……はい、そうですけど」

「暗殺者ギルドなんて場所に身を置いているんだ。思想なんかもそちらに染められてしまっている可能性だってある。君が嘆く必要はないよ。大体、妹が姉を探したいと思うことの何が悪いんだ。当たり前の感情じゃないか」

ヘンドリックの言葉には少し無理があるなと思わなくもなかったが、黙っておいた。

彼が必死で妻を慰めようとしているのがよく分かったからだ。リディも同じ気持ちなのか、柔らかい表情で二人を見つめている。

「ありがとうございます……。そう……ですよね。今は姉様が見つかったことを喜ばないと……」

涙ぐみながらもなんとかそう言うイリヤ妃に、ヘンドリックは力強く頷いてみせた。

「そうだよ。一番大事なのはそこでしょ。無事で良かったじゃないか。……その、こういう言い方はおかしいのかもしれないけど、元気そうだったんだろう？」

「はい。それはもう、とても。以前よりも生きいきしているように見えたくらいです。だから多分、今、暗殺者をしているのが姉様の意志だというのは本当なんだろうなって思います。どうしてそれを姉様が選んだのかは全く分かりませんけど……」

俯いてしまったイリヤ妃の頭をヘンドリックが優しく撫でる。なんとなくだけれど、私もリディを抱き寄せた。リディは「えっ」という顔をしたが、されるがまま私の腕の中で大人しくしている。

「それは本人以外分からないことだから仕方ないよ。……イリヤ、頑張ったね。お姉さんが暗殺者になっていたと知って、さぞショックだったろう」

「……う」

「大丈夫、大丈夫だよ。お姉さんが暗殺者になったのはイリヤのせいじゃないから。これは不可抗力だ」

「で、でも……私がもう少し早く姉様を見つけることができていたら……」

「それは関係ないんじゃないかなあ。君の話を聞くに、イリヤの話を素直に聞くタイプの女性ではないんでしょう?」

「それは……そうです、けど」

私の腕の中にいるリディが「あれは自由人。好き勝手に生きているタイプ。イリヤとは正反対」と真顔で呟いた。

ヘンドリックが「ほら」と勇気づけるように言う。

「リディアナ妃もああ言ってるじゃないか。君のお姉さんは、自分の意志で今、暗殺者であることを選んでいる。それが事実なら、君が『私のせいで』って言うのは、お姉さんに対して侮辱になると僕は思うんだけど」

「え……わ、私、姉様を侮辱なんて」

「だけど、そういうことだろう?」

「……」

ヘンドリックの言葉に、イリヤ妃は何も言えなくなったのか黙り込んでしまった。

しかし、イリヤ妃の探し人が、まさかのリディを誘拐した当人だったとは。

こちらとしては、彼女を捕らえたあとは実行犯として引き渡してもらいたいところなのだが、こうなってくると色々と難しいかもしれない。

なにせ非公式といえど、捜索協力を頼まれていたのだ。ある程度こちらの事情を話して、情状酌量の余地を付けると約束し、引き渡すよう打診するか……いや、そうなるとリディが誘拐された話をしなければならなくなる。いくら友人とはいえ、できればそれは避けたいところだ。

「……」

自分の考えに耽っていると、リディが私の服を引っ張った。

「フリード」

「え？　うん、何？」

「今、フリードが何を考えてるのか分からないけど……すっごいしかめっ面になってるから」

「……ごめん」

どうやら相当に厳しい顔をしていたようだ。

息を吐き、気持ちを落ち着ける。ヘンドリックたちもある程度話がついたようだ。先ほどまで泣いていたイリヤ妃も泣き止んでいる。

リディが「あ」と声を上げた。

「そういえばフィーリヤさん、イリヤたちが探しているイーオンさんについても何か知ってる様子だったよね」

「イーオン？　ああ、確か、狼の獣人だったっけ？　行方不明と聞いてるけど」

「うん、そう」

リディが頷いたのを確認し、記憶を掘り起こした。

イーオンというのはイリヤ妃やヴィルヘルムの騎士であるレヴィットと同郷の獣人。

イリヤ妃からの情報だが、彼は現在行方不明らしく、レヴィットたちが探していると聞いている。

「面白いことになってる、とか言ってたよね」

リディの言葉に、イリヤ妃はこっくりと頷いた。

「ええ。今、どうしているのかは分からないとも姉様はおっしゃっていたけれど……あと、一生姿を見ることはないかもとも」

「うん、自信たっぷりだったよね。……どこかに捕らえられているのかな」

「……いくら姉様のおっしゃったことでも、信じたくないわ。だってイーオン兄様はとても強い人なのに」

再び俯いてしまったイリヤ妃を、ヘンドリックが抱きしめる。また空気が重くなってしまった。だが、ちょうどそのタイミングで、明るい声が聞こえてきた。

「おーい、兄上、義姉上、リディ！」

「レイド？」

真っ先に反応したのはリディだった。

こちらに向かって手を振っているのは、ヘンドリックの妹でリディの親友である、オフィリア王女だ。

彼女はこちらの関係者なので、人払いしていても問題なく入ってこられるだろう。だがどうしてここが分かったのか。

不思議だったが、　彼女の言葉で理解した。

「こんなところにいたんだな。　ひとりだと絶対に見つけられなかっただろうから、　彼に教えてもらえて助かったよ」

彼、という言葉で、彼女が今までアベルと一緒にいたことが分かった。リディも察したのか、妙に目を輝かせている。

なんと言うか、リディは意外と他人の恋愛話が好きなようで、首を突っ込みたがる傾向にあるのだ。

私の両親についてもだし、オフィリア王女については——全力で応援している。

リディが楽しいのならそれでいいと思っているので口出しはしないが、彼女の興味が私以外にいくのはあまり好ましくない。

なにせリディはいつも一生懸命で、何かに集中している時は私を見てくれないから。

私はいつだってリディのことしか考えていないというのにずるいなと思ってしまう。

今もリディは嬉しそうにオフィリア王女と話していた。

「ごめん。ちょっと休憩してたの」

「休憩？　ずいぶんと長い間姿を見なかったぞ」

「え？　そんなに長い時間外してた？」

ヤバいという顔でリディが私を見る。時計を取り出し確認すると——確かにかなりの時間が経過していた。

ヘンドリックに目を向ける。

「ヘンドリック、そろそろ会場に戻らないとまずいぞ」

特に私やリディは主催者側だから、あまり長い時間席を外すのは好ましくない。

ヘンドリックに声を掛けると、彼も頷いた。

「そうだね。……でも悪いんだけど、僕とイリヤは部屋に戻らせてもらうことにするよ。イリヤもこんな状態だし……」

ヘンドリックに支えられて立ち上がったイリヤ妃の顔色は悪かった。リディも気遣わしげにイリヤ妃に声を掛けている。

「イリヤ、大丈夫？」

「……ええ、平気。でも、できれば少し休みたいなって思うわ」

「うん。その方がいいと思う。フリード？」

「そうだね。じゃあ、会場には私たちだけで戻ろう。オフィリア王女はどうなさいますか？」

オフィリア王女に問いかけると、彼女は少し迷った様子を見せたあと、口を開いた。

「義姉上の様子が気になるので、私も下がります。兄上、私も同行させてもらっても？」

「もちろん構わないよ。……イリヤ。オフィリアと一緒に来てもらうからね」

「……はい」

ヘンドリックが話しかけると、イリヤ妃は小さく頷いた。

三人が戻っていくのを確認し、私もリディに手を差し出す。

「それじゃあ私たちも戻ろうか。リディ、大丈夫？　まだ少し掛かるけど、頑張ってくれるかな」

主催者側の、しかも私の妃である以上、皆より先に退出することもできない。

サハージャの暗殺者に遭遇するなんてことが起こり、疲れているのは分かるけれど、帰って良いとは言ってあげられないのだ。それがとても申し訳なかった。

だがリディはにっこり笑った。私の手を取り、立ち上がる。

「平気。だって私、フリードの奥さんだもの。ちょっとくらい疲れていたって、最後まで一緒に頑張るよ」

「……うん。ありがとう」

無理をしているのは分かっている。だけど私のためにと笑ってくれるのが嬉しかった。

リディのこういうところが本当に愛しくて堪らない。

やっぱり彼女が好きだと思ってしまう。

感極まった私はそのままリディを引き寄せ、誰もいないのを良いことに、思いきり口づけた。

◇◇◇

「うー。疲れた……」

「お疲れ様。今日はよく頑張ってくれたね、ありがとう」

リディを労い、その腰を抱く。

最後までホストとして務め上げた私たちは、全員が退出したのを確認してから自室へと戻ってきた。もう夜も遅い。できればすぐにでもリディを休ませてやりたいと思ったが、それは叶わなかった。部屋の中にはカインがいて、私たちが戻ってくるのを待っていたからだ。

「カイン？」

リディがキョトンとした顔で彼を見る。てっきり報告は明日と思っていたのだろう。確かにいつものカインなら、夜遅くに訪ねてきたりはしない。

「……悪い。報告がある」

申し訳ないという顔をしながらカインが言う。こんな夜更けにもかかわらず、わざわざ待っていたということは、かなり急ぎの用なのだろう。

チラリとリディを見る。

カインはリディと契約をしている。だから彼の話を聞く時は、当たり前だがリディを通さなければならないのだ。あくまでもカインの主人はリディであって、私ではない。彼が私の言うこともそれなりに聞いてくれるのは、己の主人がそれを望んでいるからだ。

はき違えた瞬間、彼は牙を剥く。それがヒユマ一族というものだと知っている。

「カイン、お疲れ様。報告って……何かあったの？」

リディが笑顔で応対する。だがその笑みにはいつもの力はなく、彼女が相当疲れているのが伝わってきた。リディの表情を見たカインの顔が、ますます申し訳なさそうなものになる。

「……ああ。姫さんも疲れてるだろうし、明日にしようかとも思ったんだけど、早めの方が良いかと思って。悪いな」

「ううん。大事な話なら早く聞きたいから。ね、フリード」

「そうだね」

リディの言葉に同意する。

疲れた様子を見せていたリディだが、気合いを入れ直したのか、すっと表情を引き締めた。

そんなリディをソファに座らせる。立っているよりは楽だろうと思ったのだ。

素直にソファに腰掛けたリディは、ほうと息を吐いた。少し気の抜けた可愛(かわい)らしい笑顔を私に向けてくる。

「ありがとう」

「ううん。リディは今日、頑張りすぎるくらいに頑張ってくれたから」

「私としては、まだまだだなって感じなんだけどね。でも、フリードの役に立てたのなら嬉しいって思うよ」

「前から言ってるじゃないか。十分すぎるほど役立ってくれてるって」

嘘(うそ)ではない。妃としてリディが側(そば)にいてくれることは、私にとってかなりの力になっている。リディがいるから公務だって頑張ろうと思えるし、彼女が参加者の配偶者たちと話してくれるのはとても助かっているのだ。

何せリディは人懐っこく、コミュニケーション能力にも長(た)けている。イルヴァーンでも彼女のおかげで女性王族を掌握(しょうあく)できたし、その有能さはすでに証明されているところだ。

今日の夜会でもあっという間に女性参加者たちと仲良くなっていた。記憶力がいいのは知っていたが、今夜も参加者全員の名前と顔をしっかり覚えていたようで、その能力をいかんなく発揮していた。話している相手の細かい情報まで持ち出し、話題を広げていたのを見た時は、さすが宰相の娘だとお世辞抜きに感心した。

その人物の趣味だという焼き物の話で大盛り上がりしたのだ。相手はリディがまさかそこまで話せるとは思っていなかったらしく、彼女の知識に驚き、好きなものを語れる同士と認識した。他人行儀だった態度は親しい友人に対するものに変わり、是非また話したいと熱心に誘われているのを見た時には、リディが人たらしとよくアレクから言われる由縁が分かった気さえした。

婚約前、宰相が自信満々に、私の婚約者にと勧めてきたのも頷ける。

私が彼女に惚れきっていることを抜きにしても、彼女は王太子妃として非常に有能な人だった。

「……むしろ予想以上すぎて吃驚しているくらいだ。……焼き物について異常に詳しかったけど、好きだったたっけ？」

「ああ、あれ？」

私の疑問に、リディは苦笑した。

「付け焼き刃だよ。話題に困った時に持ち出せるように、相手の興味ある分野を中心に軽く勉強しただけだから。あれ以上詳しい話をされたらヤバかったから、助かったくらい」

「……あれが付け焼き刃？　嘘でしょう？」

聞いていた方からしてみれば、とてもそうは思わない。

本気で疑問だったのだが、リディは逆に安堵の表情を浮かべた。

「フリードにそう思ってもらえたのなら、成功かな。良かった、良かった」

「いや、確かに相手は喜んでいたけど。……あのね、リディ。本当に無理してくれなくていいから。もちろん、私の妃として頑張ってくれるのは嬉しいし、助かってるのも事実だけど、それで倒れられたら困るんだからね」

「うん、分かってる」

ニコニコしながら頷くリディに「頼むよ」ともう一度念を押す。

リディが新たに仕入れてきた知識が焼き物だけでないことは、彼女と一緒にいて、話を聞いていたから知っている。本当に、私の妃は有能なのだ。まだ結婚して半年も経っていないというのに、すでに公私の両方において、欠かせない人物となっている。

カインもリディのことが心配なようで、私の言葉に頷いていた。

「王太子の言う通りだぜ？　あんまり無理すんなよ」

「大丈夫、大丈夫。そんなことより、報告は？　カインは何を見てきたの？」

「え？　ああ――」

リディに尋ねられ、カインが語り始める。その報告に、目を見張った。

何せ彼が開口一番に語ったのは、黒の背教者と会ったということなのだから。

「は？　黒の背教者が来ているのか？」

黒の背教者。

サハージャの暗殺者ギルド『黒』に所属する、二つ名を持つ有名すぎる暗殺者だ。

彼とはリディが誘拐された時に、対峙した。

とは言っても、リディが狙われたわけではない。リディ誘拐の主犯格のひとりである私の従兄弟、アンドレが彼の狙いだったのだ。アンドレを殺そうと繰り出された刃は鋭く、生半可な者では対抗することも難しい技量だった。

その時のことを思い出して難しい顔をしていると、カインも眉を寄せていた。

「ああ。本人とも話したしな。サハージャ国王の随従として来ているって言ってたぜ」

「……」

舌打ちをしたくなった。

サハージャ国王の従者として暗殺者ギルドの面々を連れてくるとか、誰が思うだろう。しかも黒の背教者を。いや、マクシミリアンの性格を考えれば、十分にあり得る話か。

リディを誘拐した実行犯である女も『黒』の暗殺者だし、彼女がマクシミリアンの随従として来ているのなら、黒の背教者がいてもおかしくない。

おそらく、情報収集と護衛を兼ねて彼らを連れてきたのだろう。そんな風に考えていると、リディが突然、「あっ」と声を上げた。

「リディ？　どうしたの？」

彼女は明らかに「まずい」という顔をしていた。もう一度名前を呼ぶ。

「リディ？」

「や……あの、えっと……背教者の話なんだけどね、フリードにし忘れていたなって、今、カインの話を聞いて思い出して……」

「ん？　どういうこと？」

「私とイリヤが会ったって言ったフィーリヤさん。彼女が言ってたの。ギルドマスターになった背教者と一緒に来ているって。『黒』とマクシミリアン国王が繋がっているって。……ごめんなさい。色々あって、すっかり言うの忘れてた……。重要な情報だからちゃんとフリードに言おうって思ってたのに」

しょぼんとしながら頭を下げるリディに首を横に振って答える。

「いや、いいよ。確かに今日は色々ありすぎたし、今、話を聞けたからね。――それで、カイン。黒の背教者と話したと言っていたが、一体どんな話をしたんだ？」

「うん、それは私も気になる」

気を取り直したようにリディも聞く。カインが渋い顔をしながらも口を開いた。

「わざわざ言う価値もない、くっだらない世間話が殆どだったけどな。ひとつだけ、どうしても言っておかなければならないことがある」

「それはなんだ？」

私も気になったがリディも同様らしく身を乗り出している。カインがゆっくりと言った。

「……ヴィルヘルムを攻略するに当たって、一番障害となる王太子、あんたへの対抗策として、サハージャ国王は、協力者を得たらしい」

「協力者？」

リディが不思議そうな顔をする。

「協力者ってどんな？　どこかの国と同盟を結んだとかそういう？」

リディの疑問は尤もだったが、カインは否定した。

「多分、違う。シェアトの口振りだけでしか判断できないが、あの言い方だと、個人……なんじゃないか」

「個人？　個人でフリードに対抗できるような人、いるの？　だってフリードって、チートなんでしょう？　ひとりで万単位の敵を倒せるんだって兵士たちも言ってるし、私でも知ってる話だよ。フリードがいる限りヴィルヘルムに負けはないって」

真顔で質問したリディにカインも「そうなんだよなあ」と唸った。

「オレも無理だって思うんだけど、あのシェアトがさ、敵に回したくないって言っていたんだ。あの、シェアトが、だぜ？　少なくとも無視はできないと思うんだよな」

「黒の背教者が敵に回したくないだって？」

「ああ」

硬い表情で頷くカイン。今の話を聞いて、彼が何故、ここで私たちを待っていたのか分かった気がした。

赤の死神と呼ばれたカインが去り、サハージャで今やナンバーワンとされる黒の背教者。その彼が敵に回したくないと口にするような存在が、マクシミリアンに味方した。

……私に対抗するために。

どう考えても快くはない……いや、最悪の話だ。

「それ以上はシェアトも教えてくれなかった。まあ、これを教えてくれただけでもおかしいって思うんだけどな。で、だ。本題。その協力者についてなんだけど」

カインに見つめられ、私は即座に頷いた。

あのマクシミリアンが協力者と認識している――つまりは対等な関係を結べる個人。心当たりなどひとつしかない。

「……魔女デリスとアマツキが言っていた、サハージャの魔女ギルティア。十中八九、それだろうな」

「あっ……」

私の話を聞いたリディが腑に落ちたという顔をする。

ギルティアについては、つい最近二人の魔女に忠告を受けたばかりということもあり、強く印象に残っていた。魔女が相手なら、背教者が敵に回したくないと思うのも納得できる。

「だよな。それしかないよな。オレもそう思う」

カインが嫌そうに顔を歪めた。そうして真顔になり、指摘してくる。

「でもそれって最悪な予想が現実になったってことだよな。質の悪い魔女が質の悪いサハージャ国王とタッグを組んだって話なんだから」

「その通りだが、まだそうだと決まったわけでもない。ただ、その可能性が高いと思っておく必要はあるだろうな」

ほぼ間違いなく、協力者というのはサハージャの魔女のことだとは思うが、決めつけるのはよくない。他の可能性もあると思っていなければ、足下を掬われかねないからだ。

カインも私の意見には賛成のようで腕を組み、深く頷いていた。

「だよな。あくまでも予想……だもんな。大当たりって気がしないでもないけど……決まったわけじゃないもんな……」

「だよね」

リディもコクコクと首を縦に振って同意した。そうして私に聞いてくる。

「ええと、もしサハージャの魔女が、マクシミリアン陛下と協力関係にあったとして……フリード的にはプランはあるの？　その、対抗策的な」

「対抗策、ね」

思わず苦笑した。

まさに、今考えていたのがそのことだったからだ。

魔女が相手というのは難しい。なにせどういう手を使ってくるか予想がつかないからだ。彼女たちは私たちが使うものとは全く系統の違う魔法を使うのだ。何ができて何ができないのか、こちらには分からないというのはかなり不利。

これはできないだろうと決めてかかると痛い目を見る。全てを疑う必要があった。

「難しいね。本音を言えば、それこそ付き合いのある魔女に助力を請えれば一番なんだろうけど、多分、それは厳しいだろうし」

　というか、やってはいけない禁じ手だ。

　魔女たちは、自分たちは表舞台には出ないと、俗世に必要以上に関わらないと言っていた。

　それは魔女としての正しい在り方なのだろう。毒の魔女と呼ばれるギルティアが例外なだけで、その他の魔女たちはきちんとルールに従って生きている。

　彼女たちに助力を乞うというのは、そのルールを破ってくれと言っているのと同じで……口が裂けても言えるわけがなかった。

　リディも私が言いたいことが分かったのか、難しい顔をしている。

「そう……だよね。私も二人に助けてなんて言えないもん」

　言えばきっと、今まで築いてきた友好的な関係にヒビが入ることは確実だ。リディにそんな真似はさせたくなかったたし、これは自分たちの力で解決しなければならない問題だと分かっていた。

「できないことを考えるのはやめよう。それは使ってはいけない手段だ。それに国を守るのは王太子である私の仕事だからね。何が来ても全力で迎え撃つだけだよ」

　決意を込めて告げる。リディも真剣な顔で頷きかけたが、その動きがピタリと止まった。

　そうして頬を膨らませて私を睨む。

「違う」

「ん？」

　何が違うのか。彼女と目を合わせると、リディは言い聞かせるように言った。

「違うから。国を守るのは、フリードだけじゃなくて私たちの仕事でしょ。私はフリードの奥さんなんだから。一緒にって言ったじゃない。ちゃんと私も数に入れてくれないと困るんだからね」

「……ああ。そうだったね、ごめん」

つい癖で『私』と言ってしまったが、確かに私の失言だ。

リディは私と共に歩むことを望んでくれた。飾り物の妃ではなく、隣に立ち、同じものを見て同じように悩みたいのだと言ってくれた。

それを受け入れておきながら、嬉しいと言っておきながら『私たち』と言わなかったのは、私が悪い。

「本当にごめん。リディのことは頼りにしているし、私と共に戦って欲しいと思っているよ」

「……本当？」

「もちろん」

戦争についてきて欲しいとは思わないが、戦いというのは剣や魔法を使うだけが全てではない。

外交に内政。色々な戦い方があるのだ。もちろん、妃にしかできないことだってある。

「……ならいいけど」

私が本心から言っているのが分かったのか、リディは損ねていた機嫌を直してくれた。

「もう……フリードはすぐになんでもひとりで抱え込もうとするんだから。私たちは夫婦なんだから、ちゃんと私にも分けてよ。そりゃ、私に言えないこととかはしょうがないって思うけど、そうじゃないことは教えて」

「うん、分かってるよ。反省した」

「ん」

「大体私は、基本的にリディがいないと何もできないんだから、普通に考えてひとりで何かしようと思うのが間違っているよね。うん、反省したよ」

「ん……ん？」

あれ、という風にリディが首を傾げる。その首を傾げたポーズがすごく可愛くて、思わず笑ってしまった。リディをソファから立たせる。その身体を抱きしめた。

「ふわっ!? い、いきなりなに？」

「いや、リディは可愛いなと思って」

私の腕の中でジタバタするリディを思いきり抱きしめる。彼女からは甘い花の香りが香ってきた。ほんのりと汗の混じった匂いは私の脳髄を揺らすかのような艶めかしさがあり、思いきり息を吸い込んでしまう。

「ああ、リディは良い匂いがするね」

「きょ、今日はきっと汗臭いから……！　あ、あまり嗅がないでっ」

「嫌だよ。だってリディも、私の体臭が好きだって言うじゃないか」

鍛錬後で汗臭いだろう時だって、彼女は私に抱きついて離れなかった。その時のことを指摘すると、彼女は「ぐっ」と言葉に詰まる。

「そ、それは……フ、フリードはいいの……！　でも、私は駄目っ」

「ええ、それはずるくない？」

風呂上がりのさっぱりとした香りも好きだが、汗の混じった濃厚な匂いも好きなのだ。

そういう意味ではリディが言うことも分かる。

まあ、汗臭い匂いをわざわざ彼女に嗅がせたいとは思わないけど。

女性と男性では基本的に汗臭さの種類が違うと思うのだ。

「ずるくない！　好きな人に汗臭い匂いを嗅がれたいなんて思うわけないじゃない。うわーん、あんまりすんすんしないで！」

「良い匂いだから気にしなくてもいいのに」

「気にするの！　そ、そんなこと言うなら、私もフリードの匂いを嗅ぐんだからね！　思いっきり吸い込んでやるんだから！」

そう言えば私が嫌がるだろうと思ったのだろう。だが、激しい運動をした直後というわけでもないし――。

「うーん……別にいいよ」

「えっ⁉」

「リディがしたいのなら、いくらでもどうぞ。じゃ、そういうことで、続けても構わないよね」

「なんでええええ」

「ん？　じゃあリディは嗅がなくていいの？」

「嗅ぐけど！」

嗅ぐんだ。

正直な答えに、思わず笑ってしまった。

「……あのさあ」

リディの首筋に顔を埋め、彼女の香りを堪能していると、呆れたような声が聞こえてきた。そちらの方を向く。カインがげっそりした顔でこちらを見ていた。

「そういうことは、話が終わってからにしてくれないか」

「カ、カイン。ごめんっ」

「息をするように自然にイチャつき始めるよな、ほんと」

「ち、ちが！　今のは違うの！」

「何が違うのかさっぱり分かんねえ」

カインの言葉にリディは真っ赤になり、慌てて私の身体を押し返す。それを残念に思いつつもこれ以上はリディを怒らせるだけかと思い、素直に彼女を解放した。リディは涙目で私を見上げている。

「フリードの馬鹿……」

「はいはい、ごめんね。――で、カイン。他に言わなければならないことはあるか？」

「ん？　特にない、かな。『黒』のトップがシェアトになったことと、そのシェアトたちをサハージャ国王が連れてきていること。サハージャ国王に協力者がいること、以上だ」

「そうか。情報提供助かった。感謝する」

「……別にあんたのためじゃないし。オレは姫さんのためにやっただけだから」

「カインは私の忍者だもんね。いつもありがとう」

お礼を言うリディに、カインは今度は素直に頷いた。

「それがオレの仕事だからな。姫さん、疲れているところ邪魔したな。オレは下がる」

「うん」

リディが返事をするのとほぼ同時にカインの姿が室内から消える。とはいえ、気配はあるから、見張りをしてくれるつもりなのだろう。

今日はこのあとにも予定があるので助かる。

「リディ」

「ん？」

私を見上げてくるリディに、申し訳ないと思いながら口を開いた。

「悪いけど、今日は先に休んでくれるかな。これから執務室に行かなければならないんだ」

「執務室？　え、今から仕事するの？　もう夜中なのに？」

「いや、報告を聞くだけだよ。ほら、タリムの第八王子がシオンに会いたいと言っていただろう。あの話」

「ああ。シオンの！」

なるほどと頷き、リディは私を見上げた。

「私は行かなくても良いの？」

「疲れてるでしょう？　先にお風呂に入って、寝てくれたらいいよ」

リディが疲れているのはよく分かっている。これ以上付き合わせるのはいくらなんでも酷だ。少しでも早くベッドに入って、休息を取って欲しい。何せ国際会議はこれからが本番なのだから。

リディも自覚があるのか大人しく頷いた。

「ん、分かった。じゃあそうさせてもらうね」

「うん、お休み」

「お休みなさい」

私から離れ、浴室へ向かうリディを見送る。くるりと彼女がこちらを振り返った。

「ね」

「ん？」

「フリードは本当にヤキモチ焼きだよね。そんなところも好きだけど」

「っ……」

「じゃ、お休みなさ〜い」

ヒラヒラと手を振り、今度こそリディは浴室に消えていく。

その姿を見送りながら、私は口元を手で覆った。

「……ああもう、勝てないな」

じわじわと羞恥が襲ってくる。

休んで欲しいと思った気持ちは本当だ。嘘はない。だが、できるだけシオンと一緒にいさせたくないという私の思いを見抜いたリディの言葉に、顔が赤くなったのが自分でも分かった。

だって仕方ない。シオンの有能さは替えの利かないものと分かっているけれども、それはそうとして、愛しいリディに近づけさせたくないのだから。

己の心の狭さなどとうに理解しているし、改善することがないのも分かっている。

私はリディをいつだって独り占めしたいのだ。彼女の爪のほんの一欠片さえ、貸し与えたくないと本気で思っている。

彼女を愛でるのは私だけでありたい。

「……できるだけ早く戻ってこよう」

決めたことを言葉にして頷く。

そうと決まれば善は急げだ。リディの元に一分一秒でも早く戻ってこられるよう私は足早に部屋を出た。

「待たせたな、シオン。……ん、アレクもか?」

執務室へ出向くと、そこにはシオンと何故かアレクも一緒にいた。

二人の格好は夜会服のままで、夜会が終わってから休んでいないのが窺える。

「どうしてお前が?」

「ん?　このあとシオンと飲む約束をしていてさ、ひとりで待っているのも退屈だからついてきただけ。それとも出ていった方がいいか？」

「いや、シオンが聞かれてもいいのなら、私は構わないが」

シオンの方に目を向ける。彼は微笑みながら頷いた。

「私の方は問題ありませんよ。探られて痛い腹でもありませんし」

「そうか。それなら早速話を聞かせてもらっても構わないか」

「はい。もう時間も遅いですからね。ご遠慮なさらずなんでも聞いて下さい」

気負うこともなく言ってのけたシオンに、それならとずばり尋ねた。

「……単刀直入に聞く。ハロルドは何を言ってきた」

遠回しな言い方をせず尋ねた私に、シオンは軽く目を見張った。その表情がなんだか楽しげに見える。

「本当にはっきり聞きますね。でも、そういうのは嫌いじゃありませんよ。……ハロルド殿下の話ですが、タリムに戻ってこないかという勧誘でしたね。まあ、予想はついていたと思いますけど」

どうせそんなことだろうとは思ったが、やはりか。思わず渋い顔をしてしまう。

「勧誘。軍師として戻ってこいとそういう話か」

「いえ。軍師としてというよりは……彼専属として戻ってこいという感じでしたね。実はタリムを出奔する前から、ハロルド殿下には度々勧誘を受けていたのです。もちろんお断りしていましたが、殿下はずいぶんと私を買って下さっていたようで」

「お前ほどの男ならそれも当然だろう」

「ありがとうございます」

私の賛辞を彼は軽い笑みで受け止めた。

しかし、ハロルドは一体何を考えているのか。

自分の意志で軍を離れた男に戻ってこいと言ったところで、頷いてもらえるはずはないと思うのに、よほど自信があったか。いや……違う。

「お前はずいぶんとハロルドに執着されているのだな」

言葉にしてしっくりきた。

執着。

ハロルドがシオンに向ける感情は、これが一番正しいように思える。

「……私の何が彼の琴線に触れたのか、分かりかねますが。確かにそんな風にも見えますね」

私の言葉をシオンは否定しなかった。それどころか肯定するような言葉を紡ぐ。そう思えるだけの出来事がこれまでにもあったのだろう。そんな気がした。

「あの男は少し前、ヴィルヘルムに単身で訪れている。人探しをしていると言っていたが、目的はお前だったのだろうな。今回も同じだ。おそらくはお前と直接話したいだけのためにヴィルヘルムに来国したのだろう。あれは誰かに執着するような男ではなかったはずだが」

どちらかと言うと、来る者は拒まず去る者は追わずというタイプだった。

それが、何をどうしたらこんなことになるのか。

ヴィルヘルムに以前彼が来たことを告げると、シオンだけではなくアレクも驚いたような顔をした。

「は？　タリムの第八王子がヴィルヘルムに来てたのか？」

「もちろん正体を隠した上で、だが」

「そりゃそうだろうけどさ……言えよ！」

「黙っていて欲しいと言われたし、私としても面倒事はごめんだったからな。互いに見なかった振りをしたんだ」

その時のやり取りを教えると、アレクは渋い顔をした。

「……念のために聞くけど、どこで会ったんだ？」

「リディが経営する和カフェだ。ふざけたことにリディを気に入ったらしく、職人兼愛人としてタリムに来ないかと誘っていた」

「さい、あく」

私の言葉を聞いたアレクの表情がごっそりと削げ落ちる。

そうして頭を抱え、嘆いた。

「うあああああ……だからさ、あいつ、マジでなんなんだよ。どうしてそういうのに片っ端からぶち当たっていくんだ？　トラブルメーカーの極みじゃないか！」

アレクの言葉を否定できないと思いながらも口を開く。

「それがリディだからとしか言いようがないな。まあ、とにかくだ。その時にハロルドは『人探し』をしていると言っていたんだ。用件は終わったという話だったから、おそらくお前がヴィルヘルムにいると確信したのだろうな」

「……まあ、そうでしょうね」

　嘆息しつつシオンが同意する。

「タリムを出る前もですが、先ほどもずいぶんと熱心に誘っていただきましたよ。申し訳ないほどに。私としては彼に応えることはできませんが」

「断ったのか？」

　アレクが口を挟む。彼の言葉をシオンはあっさりと肯定した。

「ええ、もちろん。今の私はヴィルヘルムに仕えていますからね。恩知らずな真似はできません」

「そうか……」

　ホッとした顔をするアレク。

　彼はシオンを気に入っているから、残ると言われて嬉しいのだろう。私としても、優秀な人材を失いたくないから、彼が断ってくれたことは喜ばしかった。

　だが、シオンは憂いがあるのか、微妙な顔をしている。

「私ははっきりと断りました。あなたとは行けないと。ただ、諦めないと言われましたので、今後どうなるかは分かりません。フリードリヒ殿下に迷惑が掛かるようなことにならなければいいと思っているのですが……」

「気にしなくていい。部下を守るのは上司の仕事だ」

「そうそう。お前がここにいたいって言うんなら、俺らはそう動くだけさ。な、フリード」

「ああ」

アレクの言葉に頷いた。

シオンがここに残りたいと言うのなら、私たちはそうするだけだ。今後、ハロルドが何らかの動きをするかもしれないが、断ればいいだけのこと。

「シオン、こちらで断って良いのだな？」

「はい」

「タリムに戻る気は？」

「万が一にもありませんね」

はっきりとした答えが返ってきた。それだけ意志がしっかりしているのなら、こちらとしても遠慮することはないだろう。

「私たちとしても、お前には長くヴィルヘルムにいて欲しいと思っている」

「光栄です。お役に立てるよう、励みます」

迷いなく告げられた言葉に、私とアレクも頷く。

普段、ひょうひょうとした態度で、何に対しても執着を見せることのなかったハロルド。その彼がシオンを狙っている。

——妙なことにならなければいいが。

こういう時に感じる予感ほど、よく当たるものだ。近い未来、間違いなく何かが起こるだろう。

「ああ、そうだ。シオン、他にハロルドは何か言っていなかったか」

念のため尋ねると、彼は微(かす)かに目を見開いたあとすっと視線を私から逸(そ)らした。

珍しい行動に気が引かれる。

「シオン?」

「……いえ、何も」

少し間があったような気がしたが、シオンは首を横に振った。

「何も、ありません。あとはただ、昔語りをしていただけです」

「そう……か」

「はい」

被せるように肯定が返ってくる。

それを訝しく思いはしたが、もう夜も遅い。

私は二人を見送り、自身もリディが待つ自室へと戻った。

8・彼女と二国間会議

色々ありすぎた夜会も終わり、次の日、いよいよ国際会議は始まった。

最初に全参加国での会議が四日間あり、そのあとに皆のお待ちかねである二国間会議が行われる。

全員参加の会議は特に揉めるようなことはない。各国、それぞれ協力して平和を維持していこうという表面的な話がなされるだけだ。皆それぞれ、思うところはあれど、「そうですね」と言って、頷く。

あのマクシミリアン国王でさえそうだというのだから驚きだ。だが、だからこそ会議など形式的なものでしかないということが分かる。

皆が重要視しているのは、邪魔が入ることなく目当ての国と話し合える二国間会議。

普段ならなかなか会うことが叶わない国の代表ともこの国際会議に参加すれば二カ国だけで話すことができる。

時折、どうしてここがと思うような国が参加してくることがあるが、大概はこの二国間会議が目的だったりする。

二国間会議は、全ての参加国と行われるので、誰がどこの国目当てで参加したのか分からないという強みがある。会議は完全な密室で行われるため、何が話し合われているかも不明だ。

開催国は、会合場所を提供するだけという意味合いが強い。だからこそ、毎回開催国が変わるのだけれども。

フリードは今回、国王に代わり、全ての二国間会議に出席することが決まっている。

国王が出られる状況にもかかわらず、だ。これは普通はあり得ないこと。

明らかに国王交代を意識した動きだ。これも彼が結婚したからということなのだろう。

最近、少しずつフリードの仕事が国王のそれに近しいものになってきていることには、私だって気づいている。彼もその流れに逆らうつもりはないようで、精力的に動いていた。

今回の会議は、次期国王としてのフリードの存在感を各国に見せつけるのが目的なのだろう。

王太子というのも大変だ。

そしてその妃である私はと言えば、二国間会議に出席することはない。

私の役目は、各国代表の配偶者や女性参加者をもてなすこと。つまりはお茶会を開き、皆に楽しんでもらえるよう頑張るということだった。

「ようこそお越し下さいました。ごゆっくりお寛ぎ下さい」
二国間会議開催期間は、十日間。その十日の間、私は毎日、誰かとお茶をしていた。
毎回、招く人物は変わる。今日の参加者は、十名ほど。その中にはアルカナム島代表の夫人、つまりはイリヤの母と思われる人物がいた。

残念ながらイリヤはいない。彼女が出席してくれたお茶会は昨日で、同じ席には呼べなかったのだ。大国ばかりでお茶をするのも好ましくない。国のパワーバランスを考えなければならないので、どの国を呼ぶのか本当に気を使うのだ。

今日のお茶会の出席者に特に要注意な国の人物はいない。集まった面々も他の面子を見て、ホッとした様子だった。

彼女たちと菓子やお茶を楽しみ、気楽な会話を交わす。

内容は聞かれても困らないようなよもやま話が主だったが、やはり新婚である私に興味があるのか、どの茶席でもフリードのことを聞かれた。

今回も同様で、早速彼のことに話題がいく。

「――あのフリードリヒ殿下が結婚なさるなんて、聞いた時は驚きました」

「ええ、かの人を射止めたのはどこの姫君なのだろうとうちの国でも噂になりました。ずいぶんな溺愛ぶりと聞き及んでおりますが、実際のお話をぜひ聞かせていただきたいですわ」

「え、えっと……」

――ええ？　また？　今日もこれ？

興味津々という顔で尋ねられ、何とか愛想笑いを返す。

とはいえ、不思議なことに、皆、純粋に気になるだけなようで、悔しいとか、腹立たしいとか、そういう負の感情は持っていないようだった。素直に祝福してくれているのを感じる。

だから、話題にされてもそこまで嫌だとは思わないのだけれど。

――なんか、今までとは違うから調子が狂うなあ。

喜ばしいことなのだが、なんとなく気になってそれとなく尋ねてみると、笑って返された。

「だってフリードリヒ殿下ってどんな美姫が近づいていても、全く興味がないというスタンスを崩さない方でしたもの。最初は素敵だなと思っていても、あんなに素っ気ない態度を見せられればねえ？」

「ええ。私たちには興味がないんだなって、馬鹿でも分かります。ですからフリードリヒ殿下は鑑賞用よねって皆で話していたんですよ。見目麗しい方ですもの。眺めている分には楽しいですから。それがいきなり婚約してあっという間に結婚……。驚きました」

「だから私たち、今回の会議を本当に楽しみにしていたんです。フリードリヒ殿下を射止めた女性とお会いできるって」

クスクスと笑い合う女性たちを驚きながらも見つめる。

さすが各国代表のパートナーたちと言ったところだろうか。全員が既婚者というわけではないが、自分に気がないと理解してからの対応の早さが抜群だった。

確かにフリードは鑑賞用としては最高ランクだと思うし、私が彼女たちでも同じような対応を取るかもしれない……というか、絶対にやる自信しかない。

だから大きく頷いた。

「それは……ええ、分かります……。見応え抜群ですもんね。特に正装姿なんて眼福以外の何ものでもないですし」

深く納得して答えると、彼女たちからは弾けるような笑いが返ってきた。

「まあ、リディアナ様って面白い御方なのですね」

「ご自分の御夫君を『見応え抜群』だなんておっしゃるなんて。それに正装？　正装姿がお好きなんですか？」

「え、あ……はい。その、彼……すごく……正装姿が似合うので」

反射的に頷くと、何故(なぜ)か意味ありげに微笑(ほほえ)まれてしまった。

知ってる。これは『惚気(のろけ)かー』という顔だ。

だが、彼女たちは気分を害した様子もなく、むしろ満面の笑みを浮かべていた。

「とても仲が良いというのが伝わってきますわ。羨(うらや)ましい」

「本当。夜会に出席させていただいた時に、リディアナ様がフリードリヒ殿下に愛されていらっしゃるのはよく分かりましたけど、リディアナ様も殿下のことがお好きなのね」

「そうそう、フリードリヒ殿下ってばリディアナ様のお側(そば)にいる時は、お顔がいつもと全然違うんですもの。すごくお優しい表情でリディアナ様のことを見ていらっしゃって……ああ、お幸せそうだなあと」

「とても甘い表情で、見ているこちらの方が恥ずかしくなりました。あんなお顔を向けられておいて平然としていらっしゃるものですから、リディアナ様のお気持ちはどうなのかと思っていたのですけど」

「ふふ、勘ぐるような真似(まね)、する必要もありませんでしたわね」

「は、はあ……」

コロコロと笑う彼女たちについていけない。

楽しげに笑い合った彼女たちはひと息つくと、再度私に話しかけてきた。

その表情は打って変わって真剣だ。

「そんな順風満帆なリディアナ様に、ひとつお伺いしたいことがあるのです。ああいう方に溺愛される秘訣などございますか？　心を掴んで放さない方法。もし何かございましたら、是非ともご教授下さいませ」

「私も。夫を繋ぎ留めるのに役立ちそうですもの」

「私も、私も教えて欲しいです」

「あら、本当よね」

「……へ？」

――また、その話？　昨日もしたけど……！

昨日も一昨日も繰り広げられた話題に頬が引き攣る。

どうしたら夫に愛されるのか。

何故か毎回、お茶会の出席者たちに聞かれるのである。なんでだ。

もっと、上辺だけの相手の様子を窺いながらの緊張が絶えない会話をするものとばかり思っていたのに、連日恋バナをさせられるという予想外の状況に頭がクラクラする。

今回のお茶会用に用意したお菓子には私が作ったものもあり、話が弾まなければそこから話を広げようと企んでいたのだが、完全に肩透かしだ。

——う一ん、私の新作お菓子も並べたんだけどなあ。

興味がないわけではないようだが、恋バナには勝てないといったところだろうか。

仕方ないと思いつつも口を開く。

「え、えーとですね……その……秘訣などと言われてもそのようなものは——ひえっ」

上手く誤魔化してしまえと考えた瞬間、察した。

彼女たちは笑っていたが、その目はギラついている。間違いない。これは誤魔化しが許されないやつだ。

公爵令嬢時代からの友人であるマリアンヌたちを思い出す。彼女たちもフリードの話を聞くのがとても好きで、私が話を少しでも煙に巻こうとすると目を三角にして怒るのだ。

その勢いは恐ろしく、彼女たちからは逃れられないと学んだ私は、それ以来素直に話をしているのだが……目の前の彼女たちからも同じ匂いを感じる。

——うう、なんで毎回まいかいこうなの？

昨日の参加者たちも怖かったと思いながら、心の中で白旗を振る。

和やかにお茶会を終わらせることが私の使命。そのためなら多少恥ずかしくとも、提供できる話題は提供せねばならないのだ。

——王太子妃の仕事って、結婚相手と仲良くやる秘訣について話すことだったかなあ。

絶対に違うと思うのだが、事実として皆はフリードとのことを話せと言っている。

私は腹を括り、「参考になるかは分かりませんが——」と前置きをきっちりしてから、なんで国際会議中にこんなことを話しているんだろうと心底首を傾げながらも、フリードとの日常を望まれるまま語ったのだった。

ちなみに、秘訣なんてあるわけないというのが結論である。

◇◇◇

「楽しかったですわ。是非また機会があればお誘い下さいませ」

「こちらこそ、ありがとうございました」

何を話しているのか疑問しかないお茶会が無事終わり、出席者を順番に見送る。

毎回、フリードの話しかしてないけど本当に良いんだろうかと思いつつ、皆が満足してくれたのなら良いのだろうと深く考えないことにした。

――うん、考えたら負けだよね。

どうせ明日のお茶会も、今日と似たような感じになるのだろう。どうなるか想像がつくだけ心の準備ができてマシというものだ。それにお茶菓子も喜んでくれたみたいだし。

終わってみれば並べたお菓子はどれも綺麗になくなっていて、気に入ってもらえたみたいで嬉しかった。反応が特に良かったものは覚えておいて、次回に活かそうと決める。

「……リディアナ妃」

「っ！　は、はい」

声を掛けられ、返事をする。

私に話しかけてきたのは、アルカナム島代表者の妻であるイリヤの母親だった。今日も挨拶の時に見た民族衣装を着ている。

近くで見れば、イリヤによく似た面立ちだということが分かる。やはり猫の獣人だからだろうか。身長がずいぶんと低い。耳は隠しているのでイリヤと同じで、ぱっと見た感じだけでは人間にしか見えなかった。

茶席に残っているのは私の他には彼女だけ。どうやら彼女が最後の退出者のようだ。

私は背筋を伸ばし、お茶会の主催者として最後のお客に挨拶をした。

「本日はご出席いただきありがとうございました。あまりお話できなくて残念でしたが——」

彼女は最初の挨拶をしたあとはずっと黙っていて、碌に会話できなかったのだ。ようやく話せたのが解散のタイミングというのは残念だ。

——イリヤのお母さんって聞いていたから、ちゃんと話したかったんだけどな。

ため息を吐きたくなるのを堪える。

彼女はにこりと笑った。そうして私にだけ聞こえる小声で言う。

「——娘と仲良くしてくれてありがとうございます。あの子から、あなたと友達になったと、良くしてもらっていると手紙で聞いています」

言われた言葉を理解し、目を見開く。彼女を見ると、軽く頷かれた。

慌てて、近くに控えていた女官に命令する。

「少し、離れていて。二人だけで話したいことがあるの」

「？　はい、承知いたしました」

不思議そうにはされたが、女官は素直に部屋の隅へと下がった。それを確認し、頷く。

うん。これくらい距離があれば、会話内容までは聞かれないだろう。

「あ、あの……イリヤのお母さん……ですよね？」

念のため小声で尋ねると、彼女はにっこりと笑って頷いた。

「はい。本当は会議に出席する予定はなかったのですけど、どうしても娘の顔が見たくて、夫と共に代表としてやってきました」

「そうでしたか」

「こういう機会でも利用しないと、娘とは会えませんから。直接話はできませんが、それでも顔を見ることができたので、来て良かったと思っています」

「イリヤも……夜会であなたと目が合ったと言っていました」

イリヤが気づいていたことを告げると、彼女は嬉しげに笑った。

「そうですか。伝わっていたのなら良かったです。その……リディアナ妃。ひとつあなたにお願いしたいことがあるのですが」

「？　なんでしょう」

わざわざ私を指名してというのが分からなかったが、とりあえず話を続けるよう促す。

彼女は更に声を潜めながら言った。

「実は今回、供としてレナの両親を連れてきています」

「……えっ」

思わず彼女を凝視する。私が言わんとするところを察したのか、彼女はゆっくりと首を縦に振った。

「ええ、今回ヴィルヘルムにやってきた目的の半分がそれと言っても過言ではありません。遠く離れた場所に誘拐されてしまった娘。その娘が無事を伝える手紙を送ってきた。元気にしている姿を直接見たいとレナの両親は願い、私たちは彼らを供としたのです」

「……あ、あの後ろにいた二人って、レナのお父さんとお母さん？」

謁見の間で見た姿を思い出す。従者と思い気にも留めていなかったが、言われてみれば知っている顔だった気もする。

レナから送られてきた二人の絵姿を見せてもらったことを思い出し、確かに本人たちだと納得した。

——まさかのレナの両親も来てたの!?　全然気づかなかった。

絵姿を見ていたのになんてことだ。私、間抜けすぎる。

愕然(がくぜん)とする私に、彼女は真剣な顔で告げた。

「私があなたにお願いしたいのは、まさにその二人のことなのです。どんな形でも良い。五分ほどで構いません。レナと彼らを会わせてあげて欲しいのです。これは、私たちの状況を知って下さっていて、なおかつ娘と友人であるあなたにしかお願いできないことなのです」

「……」

イリヤとよく似た面差(おもざ)しを見つめる。

確かに、フリードではなく私に頼むというのは正しいだろう。イリヤの友人はフリードではなく私なのだから。

どうして彼女が最後まで席を立たなかったのか、その理由が分かった。彼女は私と二人きりになれるチャンスを窺っていたのだ。

「……お話は分かりました」

最初から答えは決まっていたが、それでももう一度よく考え口を開く。

「今の話、私の方から夫に話してみます。絶対にとは約束できませんが、希望が叶うように動きたいと思います」

「本当ですか？」

パッと顔を輝かせた彼女に、はっきりと首を縦に振って答える。

最終決定権はフリードにあるので、私がどうこうできるとは言えないが、お願いくらいはしてもいいだろう。だって――。

「私は確かにイリヤと友人です。でもそれとは関係なく、ヴィルヘルムで頑張っているレナを可愛いと思っていますし、長年親と離ればなれだったあの子が両親と会える機会を奪いたくないと考えています」

つまりはそういうことなのだ。

イリヤの――友人の両親にお願いされたからではない。

私がレナに、両親に会わせてあげたいと思った。だからそのために私にできることをする。それだけだ。

「レナは、両親からの手紙をすごく喜んでいました。絵姿だってとっても大切にしていた。あの姿を知っていて、断ることなんてできません。むしろ私の方からお願いしたいくらいです。どうかレナの両親とあの子が会うのを許してやって下さい、と」

「リディアナ妃……」

私の言葉を聞いたイリヤの母親は、わずかに目を見張った。そうして何度も頷く。

「ありがとうございます。娘に聞いていた通り、あなたはとても優しい方なのですね」

「優しいなんて、そんなことないです。ただ、私はレナもイリヤも大好きだから。そのために私ができることをしてあげたいって思うだけなんです」

「……十分です。ありがとう」

両手を押し抱かれる。

イリヤの母親は眩しいものを見るような目で私を見た。そうしてゆっくりと口を開く。

「娘は、あなたと友人になれたことをとても喜んでいました。人間の友人ができたのだと、すごく嬉しいと。それが娘の本心だったことが、あなたと直接話してとてもよく分かりました。娘と仲良くしてくれてありがとうございます。どうかこれからも、全てを隠して生きなければならないあの子の力になってやって下さい」

それは獣人であることを隠してイルヴァーンで王太子妃として生きる娘を案じた母親の願い。切なる思いに対し、私が返せるのはこの言葉だけだ。

「はい。イリヤは私の大切な友人ですから」

「……良かった。あの子は幸せ者ですね」

私の言葉を聞き、彼女はホッとしたような顔をした。

そっと手が放される。そうして彼女は私に一礼すると、何事もなかったかのように部屋を出ていった。一度も私を振り返ることなしに。

私はそんな彼女を扉が閉まりきるまで無言で見送っていた。

9・彼女とお節介

お茶会が解散し、最後のひとりであるイリヤの母親が出ていった。それを見送った私は、あることを決意していた。

彼女をイリヤに会わせてあげたい。そう、思ったのだ。

たった今、話したばかりのイリヤの母親は娘思いのとても優しい人で、自分は娘と話したいとは言わないくせに、レナの両親を連れてきて、「彼らの娘と会わせてやって欲しい」と私に頼んでくるような女性。そう、すごく良い人だった。

こんな良い人が、せっかく近くに娘がいるのに会話を交わすこともないまま、帰国の途につくことになる。それは互いの立場を考えれば仕方のないことなのかもしれないけれど、私は見て見ぬ振りをすることができなかった。

あともうひとつ、彼女と話している時にどうにも思い出してしまったことがある。それもあって、悶々(もんもん)としていたのだ。

「……ちょっとだけなら、なんとでもできるよね」

まだ午後の早い時間。少し考えた私は、人放いを済ませてからカインを呼んだ。

「カイン」

「どうした、姫さん」

思った通り近くにいた……というか天井に潜んでいたカインが降りてきた。しゅたっという音が格好良い。まさに忍者だ。

「今、フリードって会議中かな。知ってる？」

フリードの名前を出すと、カインはキョトンとした顔になった。

「王太子？　何か用事でもあるのか？」

「あ、うん。ちょっと頼みたいことがあって」

「ふうん。念話で聞こうか？」

「ありがとう、お願い」

できるだけ急ぎたいところだったので、そう言ってもらえるのは助かる。

私は魔法を使うのが苦手で、念話契約するのも難しいから、カインがフリードと連絡を取れるのは有り難かった。魔法というのは、本来とても便利なものなのだ。私は活かせていないけど。

魔法の練習は頑張っているので、いつか念話くらいはできるといいなと思っている。

しばらく黙って目を閉じていたカインだったが、話が終わったのか目を開けると私に言った。

「さっき今日最後の二国間会議が終わったってさ。姫さんが頼み事があるらしいって言ったら、こっちに向かうって返してきたけど」

「そうなの？　よかった……！」

まだ仕事が忙しいようなら、遠慮しようと思っていたのでラッキーだった。

大人しく部屋で待っていると、程なくしてフリードが現れた。会議の直後だからか、いつもよりも刺繍や飾りの多い華美な上衣を着用している。国の代表として挑むのだからそれも当然といったところだろうか。クラヴァットを大きな青い宝石が使われたブローチで留めていたが、それがとても似合っていた。

まあ、宝石よりもフリードの瞳の方が綺麗だけど。

キラキラした透明感のある青色が私は大好きなのだ。

「リディ、どうしたの？　頼みがあるって話だったけど」

「あ、うん。実はね……」

自分の夫に見惚れている場合ではないと気づき、さっと表情を引き締めた。私は夫の外見も内面も全部好きなので、すぐに供給過多に陥ってしまう。フリードが素敵すぎるのが悪い。

責任をフリードにまるっと押しつけ満足した私は、彼にまずはイリヤのお母さんから頼まれたことを伝えた。

レナの両親が来ていると告げると、彼も驚いた様子を見せていた。どうやらフリードも、従者の顔までは見ていなかったようだ。

「そう……レナの両親が……」

「イリヤの両親の後ろにいた従者がそうだったみたい。私、全然気づかなかった」

「従者まで気にしていられないからね、それは仕方ないよ」

「うん。でも、だからアルカナム島の代表は私たちに挨拶がしたいって言ったのかな」

国王夫妻ではなく私たちに挨拶がしたいと言ってきたことを思い出し告げる。

来ていた面々がイリヤの両親とレナの両親だったのなら、二人に関係のある私たちを見たいと思うのは理解できるからだ。

フリードも同意した。

「そうだろうね。リディがどんな人物なのか実物を見たかったってところじゃないかな」

「え……私、襤褸を出してないかな。変な失敗してない？」

ギョッとした。

一応、王太子妃として恥ずかしくない態度で挑んでいたはずだが、改めて言われると急に不安になってくる。正装姿の夫に見蕩れていたところを見られてはいないだろうな……。

「大丈夫。リディはちゃんと私の妃らしくしていたよ」

「それなら良いんだけど」

フリードに太鼓判を押されホッとしつつも、ちょっとだけ『フリードが言うことだからなあ』とも思ってしまう。

何せフリードは私のことが好きすぎて、なんでも良い感じに見えてしまうという、よくある完治しない病に罹っているのだ。

まあ、お互い様だけど。私も現在進行形でフリードのことはとっても素敵に見えているから。

とはいえ、私の旦那様が隙のない完全無欠と呼ばれる王子様であることは疑いようもない事実だ。

それは皆が認めるところでもある。その妃である私はちょっとポンコツかもしれないけど、彼を好きだという一点においては他の誰にも負けない自信があるので、多少釣り合わなくても許して欲しい。

フリードにレナの両親とレナを会わせてあげて欲しいとお願いをしてから、もうひとつ、今日の大本命について口にする。

イリヤと彼女の母親も会わせたいのだと言うと、彼は少し考えた後、聞いてきた。

「リディのお願いならそれくらい全然構わないけど、どうしてまたいきなり？」

「いきなりってわけでもないよ。でも、イリヤのお母さんの話を聞いたのが駄目押しというか、どうしてもと思った切っ掛けではあるかな。自分だって娘に会いたいだろうに、彼女はレナの両親を彼らの娘に会わせることを優先させた。そんな優しい人がね、報われないのは嫌だなって」

「……そう」

「遠い異国に暮らしていて、めったに会えないんだもの。会わせてあげたいって思う。それにね、私は結婚したあともお父様や兄さんと殆ど毎日会えているし、お母様とだって会おうと思えばすぐに会えるけど、イリヤたちはそうじゃないから……」

会いたい人とすぐに会える自分の環境が恵まれていることは分かっている。それは全部、フリードのおかげだ。

彼が私の行動を規制しないから、私は自由に動けるし、兄さんたちとも毎日のように会えるのである。本来ならそんなことは許されない。王太子妃とは、思うほど軽い身分ではないのである。

私が言っても説得力はないだろうけど。

フリードを見つめる。彼は優しい目をして私と目を合わせてきた。

「そうだね。確かにリディの言う通りだ。うん、分かった。彼らが会えるよう取り計らうよ。長時間ということは難しいけど」

「それは分かってたことだから大丈夫。ありがとう、フリード」

フリードからOKがもらえてホッとした。彼は優しい人だから駄目とは言わないだろうと思ったが、何事も絶対というものはないので多少は緊張していたのだ。

「レナの両親とレナについては、別日にしよう。使用人同士だからね。会わせるのならきちんと準備をしてからの方が良いと思う」

「分かった」

フリードの提案に頷いた。

確かに他国から来た賓客の使用人と、獣人の女官見習いをいきなり会わせる方が難しい。

特にレナは、今、レイドの女官として勤めていて忙しいから、すぐにというわけにもいかないだろう。シオンだけでなく、レイドに話を通す必要だってある。

「イリヤ妃たちは――この際だから、今からでも会ってもらおうか。リディ、イリヤ妃が今日、何をしているのか知ってる?」

「え、うん。昨日のお茶会で疲れたから、今日は部屋で休んでいるって言ってたけど」

昨日、イリヤはお茶会に参加してくれたが、知らない人たちがたくさんいたせいもあり、ずいぶんと疲れてしまったのだ。部屋に戻る時に「しばらく外に出たくないわ」とぼやいていたのを覚えている。それに対し、「今日は十分すぎるほど頑張ったから、明日は休みで良いと思うよ」と背中を押しておいたが。

イリヤの性格からしてもきっと外に出ているということはないと思う。

フリードにそのことを伝えると、彼は「ちょうどいいね」と頷いた。

「イリヤ妃の母君も部屋に戻られたばかりなんでしょう？　留守ということはないだろうし、声を掛けるにはちょうどいいタイミングだ。リディ、悪いけどイリヤ妃を連れてきてもらえる？　リディの言うことなら彼女もすぐに頷いてくれるだろうからね」

「私？　うん、分かった」

これは大事な役目だと気合いを入れた。私が直接話せば、きっとイリヤはすぐに話を理解し、一緒に来てくれるだろう。彼女は友人なのだ。それくらいの絆は築けたと信じている。

真剣な顔で頷く。フリードが「それと――」と言葉を付け足した。

「ヘンドリックも来たがるだろうから、その場合は一緒に連れてきて。多分、いや、絶対に一緒に来ると言い張ると思うけど」

「ヘンドリック殿下も？」

「うん。駄目なんて言ったら、ヘンドリックがごねるからね」

「……え」

ごねるという言葉に固まった。

ごねる……ごねるの？　イルヴァーンの王太子が？

だが、フリードは訳知り顔で頷いている。

「私が彼の立場なら、絶対にごねる自信があるからね。一緒に連れていくものと最初から思っておいた方が良い」

「フリードもごねるんだ……」

「ごねるよ。リディをひとりで行かせるわけないじゃないか。当たり前でしょう」

「あ、うん」

それもそうかと納得した。確かにフリードなら一緒に行くと言いそうだ。そしてフリードと同類の気があるヘンドリック王子も……うん、イリヤと離れることを断固拒否すると思う。

「……そうだね」

「イリヤ妃のためだから断らないとは思うよ。だからその辺りは心配しなくていい。私はリディがヘンドリックたちを連れてくる間にアルカナム島の代表たちが宿泊している部屋に手紙を出す。初参加の国だし、お茶でもと誘えば不自然ではないと思うし、来てくれるはずだ」

「うん」

フリードから告げられた完璧な理由に大きく頷いた。

「警護の兵たちはどうしても必要だけど、彼らには他言無用を徹底させるし、こういう非公式の集まりはいくらでもある。不審には思われないよ」

「……なるほど」

普通に納得した。二国間会議とは別に、気になる国との気軽な非公式お茶会はあちこちで頻繁に行われているのだ。重大なことを話すわけではなく、ただ交流を深めるだけなのだけれど、それは必要なことと認識されている。

イリヤたちもそうすれば会えると思うのだけれど、彼女たちは自分たちの関係が明るみになるような真似(まね)はできるだけ避けたいと考えているようで、ありとあらゆる接触を断っている。彼らだけで会うというのは難しそうだ。

だけどそれならそれで話は簡単。私たちが間に入って、怪しまれないよう上手く彼らを会わせてしまえばいい。

私たちがいれば、まさか親子が再会しているなんて考えもしないだろう。主催者が二カ国を招いての非公式お茶会、それくらいの認識になると思う。

「いいと思う」

「よかった。じゃ、そっちは頼んだよ」

「うん！」

力強く返事をする。

フリードから使用する応接室の場所を聞き、私は部屋を飛び出した。

イリヤの説得は、思った通り簡単に済んだ。

急に訪ねてきた私を、イリヤは笑顔で迎え入れてくれ、ソファに座るよう勧めてくれた。当然ながらそこには彼女の夫であるヘンドリック王子もいて、何をしに来たのかと邪魔者を見る目で見られたのだが……彼のことをフリードと同類と認識している私は全く傷つかなかった。どうせイリヤと二人きりの時間を邪魔されたと思っているだけなのだ。それ以上の感情はないと知っている。

私は前置きは抜きにして、部屋を訪ねた理由を語った。

少しの時間しかないけれど、母親と会えると告げると、彼女はいたく喜び、ヘンドリック王子に強請った。

「殿下、どうか行かせて下さい。私、お母様にお会いしたい……」

潤んだ目を向けられたヘンドリック王子は、うっという声を上げた。その顔が困り切っている。イリヤに弱いというのがよく分かる表情だ。

「う、うーん。イリヤの望みなら僕も叶えてあげたいけど……でもさ、いきなりすぎない？　なんか怪しいっていうか、別に疑っているわけじゃないけど」

「リディは騙したりなんてしません！」

珍しく声を荒らげたイリヤに、ヘンドリックは驚いたようだった。目をぱちくりさせている。

「あ、ああうん。分かってるから落ち着いて。リディアナ妃はイリヤの大事な友達だものね。彼女はフリードの妃だし、僕も信じてる。ただ、僕は君をひとりで行かせたくないって言いたいだけなんだよ」

「あ、その件についてなら、フリードから殿下も連れてきて良いと言われてます」

フリードの懸念は大当たりだったなと思いながらも告げる。

私の答えを聞いたヘンドリック王子は「え」と目を瞬かせた。

「僕もついていっていいの？　イリヤだけでなく？」

「はい。フリードもそう言っていましたし、殿下にとっても義理の母親にあたる方でしょう？　ご挨拶したいんじゃないですか？」

「それは……うん、そうだけど」

「そういうわけですので、一緒にいらしてもらっても大丈夫ですよ」

フリードのおかげで話が早いなと思いながら告げる。イリヤが嬉しそうな声を上げた。

「殿下も一緒に来て下さるんですか？　嬉しい」

「……」

黙ってしまったヘンドリック王子に、もう一度笑って言った。

「イリヤのことが心配なんでしょう？　是非、いらして下さい」

私の言葉を聞き、ヘンドリック王子はため息を吐いた。そうして少し呆れたような目を向けてくる。

「……君、絶対フリードに入れ知恵されたでしょう。僕に対する対応とか、色んな意味で準備が良すぎるんだよ。いや、こちらとしては有り難いんだけどさ」

「さあ、どうでしょう。でも、都合が良いなら万々歳じゃないですか。何か問題でも？」

「問題がないから困ってるんだよなあ」

やれやれと肩を竦め、ヘンドリック王子はイリヤに向き直った。

「じゃあ、準備をして出かけようか。——僕も義母上にご挨拶したいからね」

「お母様……」

「イリヤ……」

フリードに指定された部屋に二人を連れていくと、そこにはすでにフリードたちが待っていた。

母親だけが来ているものと思ったが、フリードはイリヤの父親も呼んでくれていたようで、二人はイリヤを見てホッとした顔を見せた。

他人の振りを装っていても、やはり娘のことが心配だったのだろう。親子として会えることを喜んでいるのが伝わってきて、私も嬉しかった。

「お母様……お母様……」

イリヤは母親の胸に飛び込み、感極まったのか泣き始めた。そんな彼女の頭を母親は優しく撫でている。

ヘンドリック王子はイリヤの父親の元に歩いていくと「お久しぶりです」と話しかけた。

「夜会では他人行儀な態度を取ってしまい、申し訳ありませんでした」

「いえ、こちらこそ娘に合わせてもらい申し訳ありません。イリヤから手紙で話は聞いています。娘を大切にしてくれてありがとうございます」

「当たり前のことですから。それに僕の全力で幸せにすると約束したんです。その約束を違えるようなことはしません」

いつもイリヤに対する時のような柔らかな表情とは違う。ヘンドリック王子はキリッとした顔で、義理の父親と話していた。

イリヤは思う存分泣いてすっきりしたのか、目を赤くしたまま嬉しげに母親に話しかけていた。

「嬉しい。まさかお母様と直接お話ができるなんて思ってもみなかったんです」

「私もよ。イリヤがイルヴァーンの王太子妃として頑張っているのは分かっていたから、邪魔はしないようにと思っていたのだけど、フリードリヒ殿下が気遣って下さって。こうして私たちが会えるよう取り計らって下さったの。久しぶりに娘に会えて本当に嬉しいわ、イリヤ」

「お母様……」

ずずっと鼻を啜る様子は、小さな子供のようだった。その姿のままイリヤは母親に言った。

「お母様、私、お話しないといけないことが」

「何？」

こてりと首を傾げるイリヤの母親。その仕草はイリヤとよく似ていて、やはり親子なのだなと納得した。

「どうしたの、イリヤ」

「……フィーリヤ姉様を見つけました」

「……えっ」

もうひとりの娘の名前に、父親も分かりやすく反応した。皆の視線が集まっていることに気づいたイリヤは気まずげにしていたが、それでもはっきりと告げる。

「私、姉様をずっと探していて。殿下にも、リディたちにもお願いして。……もう無理かなって思っていたんです。でも、数日前、このヴィルヘルムで姉様を見つけて」

「……フィーリヤはヴィルヘルムにいるのか？」

確認するような父親に、イリヤは首を横に振った。

「姉様はヴィルヘルムにいるわけではありません。姉様は、サハージャから来ていました。マクシミリアン国王の随従として。その……暗殺者になったのだと姉様は言っていました」

「っ！」

イリヤの両親が目を見開く。母親がわなわなと唇を震わせた。

イリヤの言葉を信じたくないのだろう。何度も首を横に振っている。己の子供が暗殺者になったと聞かされて、平静でいられるはずがないと思うから、この反応は当然だ。

「ほ、本当に？　あの子が……フィーリヤが暗殺者……に？　え、あの子が……人を殺す、の？　嘘でしょう？」

眩暈がしたのか、ふらりと倒れそうになるイリヤの母親を父親が駆け寄り、慌てて支える。

その彼の顔色もずいぶんと悪かった。

「……イリヤ、その話は本当なのか」

己の妻を近くの椅子に座らせながら、父親が聞く。イリヤも力なく頷いた。

「……はい。私も信じられませんでしたけど。その、暗殺者になったのは姉様の意志だと。……ごめんなさいお父様、お母様。私では姉様を連れ戻せませんでした」

「……」

黙り込んでしまった母親の背をさすりながら、父親が口を開く。

「……フィーリヤは、マクシミリアン陛下の下にいるのだな？」

「……はい」

「そうか……よりによって、あの男の近くに……」

ギリッと音がしそうなほどイリヤの父親は唇を噛みしめた。そうして首を横に振る。

「いや、考えようによっては、ある意味フィーリヤの安全は保障されているから……アレの意志ということだし……しかし、いや、でも……」

「どうしました、義父上」

意味を成さない独り言を呟く義理の父にヘンドリック王子が声を掛ける。イリヤの父親ははっとしたようにヘンドリック王子を見て首を横に振った。

「いや、なんでもありません。これはこちらの話ですから」

「でも……はい、分かりました」

これ以上追及するなという視線を受け、ヘンドリック王子は口を噤んだ。

イルヴァーンのことなら彼も退かなかっただろうが、彼の義理の父はアルカナム島の代表としてこの場にいる。自分たちの事情に口を出すなと言われてしまえばそれ以上は追及できないのだ。

「お母様……」

「なんでもないのよ、イリヤ。気にしないで」

イリヤも母親に疑問の目を向けていたが、優しい笑みで誤魔化されていた。

イリヤは納得できないような顔をしつつも頷き、母親に言う。

「それで、フィーリヤ姉様のことなんですけど」

「……残念だが、マクシミリアン陛下の随従として来ているのなら、こちらからは手が出せない。フィーリヤの方から働きかけてくれれば別だが……お前の話を聞くだに、アレの意志で陛下の下にいるのだろう？　あの子の性格を考えても、自分から私たちに接触してくるとは思えない」

父親にはっきりと告げられ、イリヤは一目で分かるくらいに意気消沈した。

諦めろと言外に言われたのだから当然だろう。

ようやく落ち着いたイリヤの母親が立ち上がり、娘の頭をゆっくりと撫でる。

「落ち込まないで、イリヤ。私たちもフィーリヤには戻ってきて欲しいと思っているわ。暗殺者なんて危険な仕事、今すぐにだって辞めて欲しいもの。だけどあの子がそれを望んでいないというのなら、無理強いすることはできない。だってあの子はもう大人。自立している大人を無理に引き戻すことはできない。それはあなたも分かるわよね？」

「……でも……」

「誰かに強制されているとかではないのでしょう？　あの子の意志なのよね？」

「……はい」

そこは否定できないのか、渋々ではあるがイリヤは首を縦に振った。

「それなら余計に私たちは手を出せないわ。あの子が戻ってきたいと思った時に受け入れてあげられるよう心の準備をするだけ。でも、ありがとう。イリヤ。あの子のことを教えてくれて。元気に生きているると聞いてホッとしたわ」

「……はい」

複雑さを表情に滲ませつつも、イリヤの母親は微笑んだ。そうしてポツリと呟く。

「……できれば、誰のことも傷つけてないといいんだけど」

「……」

その言葉に胸が痛くなった。

母親として娘を思う気持ちから出た台詞だったのだろうが、多分、その願いは叶わない。

だってフィーリヤさんは、ミリィを殺そうとしていた。

あの時、私が中和魔法でミリィの呪いを解除したから彼女は死ななかったが、そうしなければ間違いなく死んでいたのだ。それを知っている。

ミリィを殺そうとし、平然と私を誘拐した。あの時のフィーリヤさんに罪悪感などなかったと思う。むしろ楽しげで生きいきしていたが、それはイリヤたちには言えないなと思った。

「……」

黙っていようと決意していると、フリードと目が合った。私が何を考えていたのか分かったようで仕方ないなという顔をしている。

フリードからしてみれば、フィーリヤさんは許せない存在だから色々と複雑なのだろう。

今後、フリードがフィーリヤさんに対して、どういう対応を取るのか気にはなったけれど、今考えてもそれこそ仕方のないことだ。

「あ、そうだ。忘れていたわ」

両親に宥められ、なんとか気持ちを落ち着かせたイリヤが思い出したように言った。

「お母様。姉様が、イーオン兄様の行方を知っているみたいだったんです」

「イーオンだと？　ノヴァのイーオンのことか？」

父親の方がピクリと頬を動かした。

イリヤの母が続きを促す。イリヤはたどたどしく事情を説明した。

「はい、そうです。ずいぶん前からお父様たちもいなくなった彼を探していらっしゃるでしょう？　姉様が彼のことを知っているみたいで……面白いことになってるみたいだって……今後姿を見ることはないだろうって、そんなことを言っていました。何か、参考になると良いのですけど。有耶無耶な話でごめんなさい」

頭を下げた娘を、父親は複雑な顔で見つめていた。そうしてポツリと呟く。

「いや、イーオンのことは良いんだ」

「えっ……」

「イーオンがどこにいるのかは分かっている。だからいい」

父親から告げられた言葉に、顔を上げたイリヤは呆然とした顔をした。

「……兄様は、島に帰っているのですか？」

「いや、そういうわけではない。ただ、居場所は分かっている。……今、彼が戻ってこられるよう交渉しているところだ」

「……交渉？　誰かに捕まっている、とかですか？」

父親のはっきりしない言い方が気になったのか、イリヤが詳細を求める。だが、父親は首を横に振った。

「すまない。これ以上何も言うことはできない。……お前はもう、イルヴァーンの王太子妃だろう？」

「……」

「これはアルカナム島の話なんだ。族長全員で話し合った結論。島を出たお前には何も話せない」

深く立ち入るなと言われ、イリヤは泣きそうな顔になった。だが、理屈は分かるのか小さくではあるが首を縦に振る。

「分かり……ました。でも、ひとつだけ。イーオン兄様は無事なんですね？　島に……戻ってこられるんですね？」

「……ああ。そうなるよう努力している」

「そう、ですか。じゃあレヴィット兄様にも連絡しないと。イーオン兄様のこと、探してくれるって言ってたから」

「……そういえば、レヴィットはヴィルヘルムにいるのだったか。ついこの間、ようやく連絡が来たとノックスの族長がぼやいていたな」

「兄様、ちゃんと連絡してくれてたんだ……」

イリヤが安堵(あんど)したように息を吐く。

「レヴィットは騎士になっていると聞いた。本人の望みでヴィルヘルムに留まっているのなら、無理強いはしないというのがノックスの総意だ。ただ、いつかは戻ってきてもらいたいとは思っているが」

「はい」

父親の言葉に、イリヤは神妙な顔で頷いた。

「まあいい。とにかくイーオンが戻ってきた暁には、お前にも連絡をすると約束しよう。もちろんヘンドリック殿下を通してにはなるが。……構いませんか、殿下」

「もちろんです。喜んで引き受けますよ」

「ありがとうございます」

ヘンドリック王子に向かってイリヤの父親が頭を下げる。そうして「あまり長居するのもなんですので」と会見の終わりを告げた。

イリヤの母親が私のところへやってくる。

「リディアナ妃」

「はい」

返事をすると、彼女はにっこりと笑った。

「ありがとうございます。娘に会わせていただいて。フリードリヒ殿下から、リディアナ妃の望みでこの面会が叶ったと聞きました。本当にありがとうございます」

「喜んでいただけたのなら良かったです」

笑みを返すと、彼女はじっと私を見つめてきた。

「？　何ですか？」

「どうしてここまでよくして下さったのですか？　私としてはもちろん有り難かったですが、レナのこともあります。それ以上を望むつもりはなかったのに」

本気で疑問のようで、不思議そうな顔をしている。そんな彼女に私は言った。

「遠い場所に住んでいる二人が、会えないまままた離れるのは嫌だなあと思っただけです。あと、あなたと話した時に、母の顔を思い出したから、でしょうか」

「え」

予想外の言葉を言われたという顔をしたイリヤの母親に笑って告げる。

「結婚前、最後に母に会った時の話なんですけど、私がまた帰ってきてもいいかって聞いたらお母様、泣いたんです。もちろんだって言って。その時の母の顔を、あなたと話した時になんとなく思い出してしまった。そうしたらもう、放っておくことなんてできなくて」

フリードには言わなかったが、私がイリヤたちを会わせたがったのはこの理由も大きかった。

実家から城に戻る日の朝、泣いていた母親。私が嫁ぐことを喜んでくれながらも寂しさを堪えきれない。そんな顔を思い出してしまえばもう駄目だった。

「私も久しぶりに母に会いたくなってしまいました。国際会議が終わったら、実家に帰ってみようかなって思います」

恥ずかしいなと思いつつも正直なところを告げると、イリヤの母親は破顔した。

「そう……本当に厚意だけで娘に会わせて下さったのですね。ありがとうございます、リディアナ妃。ぜひ、お母様にお顔を見せて差し上げて下さい」

「はい」

そのつもりだと頷けば、イリヤも駆け寄ってきて私に言った。

「リディ、本当にありがとう。まさかお父様とお母様とお話しできるなんて思ってもみなかったの」

「イリヤが喜んでくれたのなら良かった」

「――ウェンディ。そろそろ行くぞ」

イリヤの父親が彼の妻の名を呼んだ。彼女は素直に頷いて夫の元へ行ったが、何かを決意したかのような顔で私に言った。

「リディアナ妃……その、実は――」

「ウェンディ！」

イリヤの父親から叱責が飛んだ。厳しい口調に目を見開く。

「今、何を言おうとした」

「あなた……でも、私……このまま黙っているなんて……こんな恩を仇で返すような真似……誇りある獣人がしていいはずありません」

「お前の言いたいことは私も分かる。だがこの件に関しては、もう決まったこと。私たちの一存で判断して良い話ではないだろう」

「分かっています、でも……」

「くどい。私たちに課せられた任務を忘れたか」

「……」

夫に厳しく叱責され、イリヤの母親は項垂(うなだ)れた。そんな彼女の肩を引き寄せ、彼――アウラの族長は私たちに頭を下げた。

「失礼しました。妻が余計なことを。――これは島の問題ですので、詮索(せんさく)はご勘弁下さい。今日は本当にありがとうございました。……イリヤ。ヘンドリック殿下と仲良くな」

「お父様……また、会えますか」

「……機会があれば」

イリヤの返事に答えになっていない答えを返し、二人は部屋を出ていった。

ヘンドリック王子がやってきて、フリードに言う。

「ねえ、フリード。義母上、最後に何を言おうとしたんだと思う？」

「……分からない。だが、何らかの情報をリディに伝えようとしたように見えたな。あの顔は、罪悪感、といったところか」

「だよね。僕にもそう見えた。リディアナ妃に対して、申し訳ないってそんな感じだったね」

「ヘンドリック、何か思い当たることは？」

「残念ながら、僕の方にはないよ」

「そう……か」

「君は？」

ヘンドリック王子の言葉に、フリードは首を横に振って答えた。思い当たる節がないという答えに、ヘンドリック王子が難しい顔をする。

「うーん……気になるなあ」

「だが、聞いても答えてはくれないと思うぞ」

「そうなんだよねえ。いや、分かるよ。僕だってイルヴァーンの機密情報とか、いくら義父上が相手でも言えないし」

「そういうことだな」

互いに目を見合わせ、二人はため息を吐いた。ヘンドリック王子が言う。

「僕の方で何か分かれば君に連絡するよ」

「分かった。こちらも情報を掴み次第、お前の方へ連絡を入れよう」

「それしかないもんね。イリヤ、部屋へ戻るよ」

ヘンドリック王子が声を掛ける。イリヤも己の両親の様子が気になるようであったが、どうしようもない。

「リディ、ごめんなさい。せっかく私たちのためを思ってしてくれたことだったのに」

申し訳なさそうにイリヤが謝る。それに対し、首を横に振った。

「イリヤが悪いわけじゃないし。それに見方を変えれば、何かあるかもしれないって分かったのはラッキーかもしれないよ。ね、フリード」

「そうだね」

フリードに話を振ると、彼も同意してくれた。

「イリヤ妃の母親はリディに恩を感じているようだった。その彼女が口にしようとしたこと。……うちの国と無関係、ということはないだろうな」

「それなら余計に、何かあるかもって分かって良かったよ。ね、だから気にしないで」

「リディ……」

目を潤ませるイリヤに大丈夫だと頷いてみせる。実際、彼女に言った通り、特に悲観してはいなかったし心の準備ができるだけ運が良かったなとしか思わないのだ。

「大丈夫、フリードがいるんだもん。心配いらないって」

宥めるようにイリヤの背を撫でる。

今、考えても仕方ない。答えの出ないことを考えるほど無駄なことはないからだ。

この件はひとまず置いておくことにして、今日は解散となった。

10・彼と二国間会議（前）

二国間会議も折り返しを過ぎ、あと数日で閉会するというところまできた。

各国と二国だけで行われる、邪魔者の入らない話し合いの場。なかなか得られない機会であるがゆえに、どこの国とも会議は捗った。先日、少し話したアルカナム島の代表とも、だ。国の代表として話した彼らの印象は、『何を考えているのか分からない』といったところだろうか。会議は上辺だけの会話で終わったが、多分、腹の底では色々思うところがあるのだろう。そんな風に感じた。

敵対することの多いタリムやサハージャとは何の隔たりもなく話せるのも、国際会議ならではだ。

本音を言えば、サハージャとは話し合いなどしたくないところだけれど。

リディを己の妃にと狙っているマクシミリアン。彼と膝を突き合わせて話し合いなど考えただけで虫唾が走る。

特に今回彼に会って、リディを諦めていないと分かったからなおさらだ。

彼とは今日、会議があるのだが、昨夜、信じられないくらい堂々とリディを同席させろと言ってきた。もちろん断ったが、面の皮が厚いにもほどがある。

「……腹立たしい」

臆面もなく、リディの出席を求めてきた男のことを思い出せば、苛立ちばかりが募っていく。

リディは私の妻なのだ。

たったひとり。唯一無二のつがい。私の全て。

そんな彼女に魔の手を伸ばそうとしている男を好意的に見られないのは仕方ないことだろう。

「サハージャ国王。マクシミリアン陛下、いらっしゃいました」

彼との会談に使う個室で待っていると、兵士の声が聞こえてきた。扉が開き、マクシミリアンが入ってくる。その格好はリディが好きだと言っていた、サハージャの正装だった。

会議は盛装で構わないのだが、わざわざ正装で来た辺り、彼のやる気のほどが窺える。宣戦布告でもしてきそうな雰囲気に心の中で舌打ちした。

――やはり、リディを置いてきて正解だったな。

マクシミリアン個人に興味はなくとも、彼の着ている正装には気を引かれてしまうのが私の妻なのだ。たとえ服だけといえど、リディが好意的にマクシミリアンを見るのは許せない。そのマクシミリアンといえば、きょろきょろと実にわざとらしく室内を見回した。その間に扉が閉まる。

室内には、私とマクシミリアンの二人だけ。普段の彼との関係性を思えば、なかなか遠慮したい状況だ。

「――姫がいないようだが」

「リディなら、御婦人方とお茶会の真っ最中だ。ここにいるはずがないだろう」

言うと思っていた。

舌打ちしたい気持ちを堪え、できるだけ感情の籠もらない声で答える。

本当に厚顔無恥という言葉がぴったりの男である。

「知っている。だが、二国間会議の方が優先されるだろう。ここに来るのが筋ではないのか？」

「お前の要請を却下する旨の書簡は、昨夜、きちんと送ったはずだが？」

「ああ、何かの間違いだろうと本気にしなかった」

「ここはヴィルヘルムであって、サハージャではない。お前の要求が全て通ると思うのが間違いだ。マクシミリアン」

「そうらしいな、残念なことだ」

肩を竦め、用意されていた椅子に腰掛ける。リディがいるとは最初から思っていなかったのだろう。単なる嫌がらせのためだけに話題として出してきたのだろうなと彼の態度から分かった。

――本当に腹立たしい。

リディのことになると沸点が低くなってしまうのを理解された上でのこの話だと分かってはいるが、それでも冷静にはなれない。

つがいのことを持ち出されると理性が利かなくなるのは、ヴィルヘルム王族男子にはよくある話だ。

それだけ、王華で繋がったつがいという存在が特別だということ。

それは、父も例外ではない。似たようなことを母に対してされれば、父は一瞬で逆上するだろう。

それをおかしいとは思わない。そういうものだと知っている。

「……」

なんとか心を落ち着かせ、私も席に着く。

二人きりでの話し合いということにはなっているが、どうせ天井の辺りにサハージャから連れてきた『黒』の誰かが潜んでいるのだろう。そう思って気配を探ってみれば案の定。

真上に二人いるのが分かった。ため息を吐き、マクシミリアンに言う。

「二国間会議は、当事者たちだけで行う秘密の会議のはずだ。……何故、天井に二人も忍ばせている？　どのような従者を連れてこようがお前の勝手だが、ルールを無視されるのは困るぞ」

私の問いかけにマクシミリアンはにやりと笑った。

「やはり分かるか」

「分からないはずがない。下げさせろ。できないと言うのなら、今日の会議はこれまでだ」

椅子から立ち上がり、話し合うつもりがないことを告げる。

マクシミリアンはゆったりと足と腕を組み、天井を見上げた。そうして護衛がいるとみられる場所に向かって声を放つ。

「だからフリードリヒ王子には気づかれると言っただろう。分かったのなら、退け。二度は言わん」

「……」

しばらくして、天井にあった気配が遠ざかっていくのが分かった。マクシミリアンはこちらに目を向け、面倒そうに言う。

「これでいいか」

「お前の指示ではなかったのか？」

意外だと思い尋ねると、彼からは否定の言葉が返ってきた。

「まさか。私はそこまで愚かではない。気づかれると分かっていて、兵を配置するような真似はしない。あれは、私の言葉を理解しなかった馬鹿共が勝手に行ったことだ」

「勝手に、か。護衛に『黒』を連れてきていると聞いたが？」

「なんだ、知っていたのか。一応、護衛以外の勝手な真似はするなと命じているのだがな。だが誰から情報を……ああ、いや、答えなくて良い。姫の下に赤の死神がいることを考えれば、簡単な話だな。大方、死神にやたらと執心しているシェアト辺りだろう」

暗殺者ギルド『黒』の面々を連れていることをマクシミリアンは否定しなかった。

それどころか、黒の背教者の名前を平然と出す。

「今回連れてきたのは、護衛騎士のファビウス以外、全員『黒』の面子だ。騎士などよりよほど使い勝手が良いからな」

「……そうか」

護衛として連れてきている以上、こちらから手は出せない。向こうが怪しい動きをすれば別だが、今のところそこまでおかしな行動は取っていないので、放置するしかないのだ。

「私の国で余計なことはするな、マクシミリアン。少しでも妙な動きをすれば、こちらも黙ってはいない」

「客人としての最低限の礼儀くらいは心得ている。なに、シェアトたちを連れてきたのは、言葉通り護衛の意味でだ。何せ国王になってからというもの、私の首が欲しいものが多すぎるのでな」

物騒なことを笑いながら告げるマクシミリアンの言葉を聞きながら、もう一度席に着く。

新たに部屋を覗き見している者はいないと分かったからだ。

「――フリードリヒ王子」

「なんだ」

発言の真意を探るべくマクシミリアンを見た。彼は薄く笑いながら私を見つめている。

「今の国王より、よほどお前の方がその座に相応しい器だろう。いつまでも王太子でいいのか？　王子と王ではできることが段違いだぞ」

「……その時がくれば、嫌でも即位することになる。別に焦ってはいない」

「そうだろうな。今回の会議にお前が出ているのはそういうことだろうと皆、思っている。準備段階に入ったのだろうと。だが、苛つかないのか？　一分一秒でも早く排除したいとは思わないのか？　自分より無能な存在がのさばっていることに、私は耐えられなかったがな。己の上に誰もいないというのは存外心地良いものだぞ。せいせいする」

己の父親を暗殺した男は、その時のことを思い出したのか、凄惨な笑みを浮かべた。

「お前と一緒にするな。私は父上を尊敬しているし、然るべきタイミングで即位するべきだと思っている」

「尊敬、か。確かに父に対し、一度も抱いたことのない感情だな」

吐き捨てるように言い、マクシミリアンがテーブルの上にセットされた焼き菓子に目を向ける。驚くことに、次の瞬間には彼は見たことがないほど優しい表情を浮かべていた。

「……マクシミリアン？」

「いや、そういえばあの時姫は、ずいぶんと美味しそうに菓子を頬張っていたなと思い出してな」

「……あの時？」

「姫と初めて会った時の話だ」

「……」

マクシミリアンに言われ、黙り込んだ。

初めて会った時。

それはマクシミリアンが私の婚約祝いと称して、ヴィルヘルムにやってきた時のことだ。マクシミリアンに同席を強請られたリディは私と一緒に彼と会った。

同席したと言っても、話していたのは当然、私とマクシミリアンだけ。すっかり暇を持てあましてしまった彼女はテーブルの上に並べられていた菓子類を摘み、ひとりでお茶会を楽しんでいたのだ。

それをマクシミリアンに見られ、豪胆な姫だと興味を持たれたのがそもそもの始まりだったように思う。

その時のことを思い出したと、含みのない笑顔を見せた彼に、嫌な予感が募った。

まさかと思うが、本気でリディのことが好きだというのではないだろうか。

確かに夜会でマクシミリアンと話した時にも、彼はリディに「惚れた女」だと言っていた。

側妃を全員解雇したとも聞いた。

だが、どうせ一時の気まぐれだろうと思っていたのだ。マクシミリアンは常に自分の利益を追求するような男で、本気の恋愛とは縁がない人間なのだから。

だから、不快には思ったもののそこまで気にしてはいなかったのだけれど。

彼が欲しいのはリディの能力であり、彼女自身ではない。本気で欲しいのはその通りだろうが、恋や愛ではないと思っていたのだ。それなら一度徹底的に追い払ってやれば、損得勘定を考えるのが得意な彼はリディを諦める選択をするだろう。そう考えていたのだが。

——これはまずいかもしれない。

マクシミリアンのような男が本気で女に惚れると碌なことにならないのは、簡単に想像がつく。徹底的に叩いたところで、諦めるだろうか。いや、なんとしても勝つための手段を見出し何度でも、向かってくるはずだ。

「……」

カインから聞いた、マクシミリアンが得た協力者の存在が脳裏にちらつく。

なるほど。本気でリディに惚れた彼は、手段を問わず、ただ、私に勝つためだけの方策を選ぶことにしたらしい。

らしくないが、彼がリディに本気だというのなら、その変化も分かる。

私はマクシミリアンを真っ直ぐに見据えた。

「……マクシミリアン。もう一度言っておく。リディに手を出すな。彼女を奪おうとするなら、私は本気で容赦しない」

「だからなんだ？　私は欲しいものを決して諦めたりはしない。近い未来、姫は私の妃にする。これは決定事項だ」

「マクシミリアン……」

ふざけた発言を一向にやめようとしないマクシミリアンを睨み付ける。何故か彼は楽しげに笑っていた。

「怒りの感情がダダ漏れだぞ、フリードリヒ王子。ああ、そうだ。お前は気づいているのか？　以前までのお前は、何を言われようと上辺だけの態度を崩さなかっただろう。だが今は違う。最初から攻撃的だ。私としては、取り繕われた態度を取られるより余程いいがな」

腹立たしいと思いながらも、否定はしなかった。

彼に指摘されたことは言われるまでもなく自覚していたからだ。

リディと婚約する前まではマクシミリアンと話す時は、できるだけ落ち着いた態度を心掛けていた。隙を見せないためにだが、そこまで彼の存在を意識していなかったからという理由もある。

だが、リディと婚約し、マクシミリアンが彼女を狙っていると分かってからは、そんな余裕はかなぐり捨てた……というか捨てざるを得なかった。

だって己のつがいを狙われているのだ。たとえ上辺だけでも友好的な態度？　そんなもの取ろうと思えない。徹底的に潰す。選択肢はこれだけだ。

「単なる心情の変化だ。人の妃を狙う奴に容赦する必要などないだろう」

吐き捨てるように言うと、マクシミリアンは得心したように頷いた。

「なるほど、それもそうだな。私としては化けの皮が剥がれたようで楽しいが。まさかお前が私のことを呼び捨てにしてくる日が来るとは思わなかった」

「……」

何も言わず、ただ彼を見つめる。ずっとマクシミリアンのことを『王子』や『王太子』、そして『国王』と呼んでいたのに、今回の国際会議で急に呼び捨てるようになったのは何故なのか。

リディを執拗に狙い続ける敵に敬称など必要ないと断じたからだ。

くくっと喉の奥で笑い、マクシミリアンは私を真っ直ぐに見つめてきた。

「――いや、実に良い傾向だ。ようやく私を見たな、フリードリヒ王子」

「何？」

「気づいていないとは言わせないぞ。お前はずっと誰のこともまともに見てはいなかった。恵まれすぎた才能があった故に、誰も己の敵になり得ないと、誰のこともお前は有象無象としか認識していなかった。それは私に対してもそうだ」

「……」

「私は、そんなお前が大嫌いだった。自分だけが特別だとでも言うような顔をしているお前のことが心底嫌いだった。いつか、お前に私を認識させてやると思ってきたが……まさか姫を通して、お前が私を見る日がくるとは思わなかった。いや、実に楽しい」

マクシミリアンは嬉しげに己の頬の傷をすっとなぞった。そうして口を開く。

「最初にお前が私を認識したのはいつか。この傷を私につけた時だ。お前が、私を自分の敵だと認めた証。本気で私を排除しようとつけた傷。この傷を消すのはお前を殺し、姫を私の妃に迎える時だと決めている」

「……できるものならやってみろ」

返り討ちにしてやるという気持ちで告げる。こちらから仕掛けると戦争の口実を与えることになってしまうからできないが、向こうがふっかけてくるというのなら、いくらでも立ち向かう用意はある。遠慮などするものか。マクシミリアンめがけて、全力の剣技をぶつけてくれる。

「そのうち嫌でも、私の勝利を見せてやる。泰然と構えていられるのも今の内だ。せいぜい姫との永遠の別れを惜しんでおくと良い」

「ずいぶんと自信があるようだな」

「ああ、もちろん」

マクシミリアンがにやりと笑う。その笑みは自信に満ちており、彼が勝利を確信しているのが分かった。

「――楽しみに待っていろ」

そうして椅子から立ち上がり、扉へと向かう。

どうせそんなことだろうと思っていたが、最初からまともな会談にするつもりなどなかったようだ。

今回の二国間会議は、彼にとっては私に宣戦布告するためだけのもの。

マクシミリアンの背中に向かって言葉を放つ。

彼への牽制と、こちらも情報を掴んでいるのだという意味を込めて告げた。

「なるほどな。魔女ギルティアは、私に勝てるなどという妄言をお前に吐かせるくらいには頼もしいわけだ」

「っ!?」

瞬間、扉に手を掛けたマクシミリアンがものすごい勢いでこちらを振り返った。まさか私がそこまで情報を掴んでいるとは思わなかったようだ。

ほぼ確定だとは思っていたが、この反応で確信した。やはり、彼の協力者は魔女ギルティアで間違いない。普段のマクシミリアンなら、こんな子供騙しに引っかかりはしなかっただろうが、私を倒せると多少なりと浮かれていたのが徒となった。慢心は敗北に繋がる。

「……貴様、どこでそれを」

「さあ。それより良いのか。せっかく余裕ぶっていたというのに、お前こそ化けの皮が剝がれたぞ、マクシミリアン」

ギリッと悔しげに私を睨み付ける。私はといえば、彼とは逆に余裕たっぷりに笑い返してやった。ますます彼の顔が歪む。

「……まあいい。私の協力者を知ったところで、何をするのか分からなければ意味がないからな。何が起こるのか。何が切っ掛けとなるのか。精々、その時を怯えて待つが良い。——言っておくぞ、フリードリヒ。お前の首は、私が取る」

気持ちを立て直し、堂々と宣言するマクシミリアンに静かに返す。

こういう時、大声で言い返したところで効果はない。どんな時でも冷静に。それが一番大事だと知っている。

「——残念だが、お前にくれてやるほど、私の首は安くないな」

「くくっ……ああ、そうだな。そうでなければ面白くない」

先ほどまでが嘘のように、彼は楽しげな顔をした。そうして満足げに笑うと、今度こそ部屋から出ていく。扉が閉まり、部屋の中には私ひとりが残された。

誰もいないので気にせず足を組み、紅茶のカップを取る。中身は冷めていたが、十分に美味しかった。

しかしそうだろうとは思っていたが、マクシミリアンは茶菓子には一切手を付けなかった。こちらで用意したものなど信用できないというところだろうか。焼き菓子を一枚手に取る。サハージャ産の栄養価が高いフルーツが使われたそれを齧ると、上品な甘さが疲れを癒やしてくれた。

焼き菓子を数枚食べ、カップの中身を飲み干したあと、呟く。

「――何の実りもない会議だろうと思っていたが、意外に収穫はあったな」

マクシミリアンの協力者がサハージャの魔女だと確定できたこと。これはかなり大きい。

さて、彼は魔女という協力者を得て、私に何を仕掛けてくるのか。

そして、どうやって私の妃を奪うつもりなのか。

もちろん、そんな真似はさせないけれど。

「――リディに会いたいな」

なんだか無性に、彼女の笑顔が見たかった。

11・彼女と甘々イチャイチャタイム（書き下ろし）

ベッドに腰掛け、ぶらぶらと足を振る。時計を見上げ、私はため息を吐いた。

今日は、サハージャとの二国間会議だと聞いている。そう、マクシミリアン国王とフリード、二人きりでの話し合い。朝方フリードはすぐに終わると言っていたが、終了予定時間が過ぎても、まだ帰ってこないのだ。

「遅いなあ」

「意外に盛り上がったりとか？」

言ってみたものの、いやそれはないなと思い直した。

フリードとマクシミリアン国王は犬猿の仲というか、互いを蛇蝎の如く嫌ってあっているというか、とにかく馬が合わないというレベルではないいくらい仲が悪いのだ。

盛り上がるとすれば、違う意味で盛り上がっているのだろうなと簡単に予想がついた。

特にフリードは私のことを言われると、途端に我慢が利かなくなる。普段は冷静沈着に物事を進めるタイプなのに、私が絡むと直情的になるというか、売られた喧嘩を平然と五倍くらいの高値で買ってしまう困ったさんになるのだ。

「ただいま」

時計を見上げながら考え事をしていると、念願の夫の声がした。フリードが帰ってきたことを知った私は急いでベッドから立ち上がり、寝室を後にする。主室に顔を出すと、フリードが疲れた様子で上着を脱いでいた。

「お帰りなさい」

声を掛ける。私の顔を見たフリードの表情がパッと明るくなった。

「リディ」

近くのソファに上着を置き、彼が両手を広げる。それが『おいで』という合図だと分かっていた私は、いつも通り彼の腕の中へと飛び込んだ。最早条件反射みたいなところはある。

だって居心地が良いのだから仕方ないではないか。

私を抱き留めた腕が背中に回る。強い力で抱きしめられると幸福しか感じない。

私は大好きな夫の匂いを心ゆくまで味わいながら、フリードに聞いた。

「今日、少し遅かったんだね。もっと早いかと思ってた」

「……ちょっとね」

言葉を濁すフリード。見上げると、彼は思い出すのも嫌だという顔をしている。

「何か問題でもあったの？」

一応尋ねる。話したくなければそれはそれで構わないが、言葉にして楽になるならと思ったのだ。

フリードが私を抱きしめる力を込める。あ、これは私関連のことで何か揉めたんだなとピンときた。

「リディは私のものだから」

「えっ、あ、うん。そうだけど」

ものすごく唐突に言われた。いきなりで吃驚しつつも、彼の言葉を肯定する。私がフリードのものというのはその通りだからだ。

「私はフリードのものだよ。そんなの当たり前じゃない。で？　マクシミリアン国王がまた余計なことを言ったの？」

「……何を言われても諦めるつもりはなく、リディを正妃として迎える気満々だった」

「うわっ……」

マクシミリアン国王の性格と夜会の時にやりあったことを思い出せば、そう言われるのは予想がついたが、なるほど、それでフリードは機嫌を損ねているわけか。

「当然あの男に私のリディを渡す気なんてないけど、それはそれとして、リディをまるで自分のものであるかのように話す様にものすごく腹が立った」

「それは確かに腹が立つ。私はフリードのものであって、マクシミリアン国王のものになったつもりは一ミクロンもないから」

全くもってフリードの言う通りだ。うんうんと頷くと、フリードから理不尽な注文が飛んできた。

「リディ、あの男の名前を出さないで」

「え……」

「我が儘だと分かってるけど、リディの口からあの男の名前が紡がれるのが、不快で仕方ないんだよ」

「そ、そっか。わ、分かった」

本気で嫌そうな顔をされてしまった。というか、マクシミリアン国王との二国間会議は相当に精神を消耗するものだったのだろう。珍しく彼はかなり疲れているようだ。

それを察し、なんとかしてあげたいなと思った私は、彼の腕の中から手を伸ばした。頭をそっと撫でてみる。

「よしよし、フリードは頑張ってくれたんだね。ありがと」

「え？」

私の突然の行動にフリードが目を丸くした。ピタリと身体が固まっている。どう反応すればいいのか分からない。そんな感じだった。

「リ、リディ？」

「ん？　だってフリード、疲れているみたいだから。よく頑張りましたって気持ちで撫でてみたんだけど、駄目だった？」

「い、いや、駄目ではないけど……」

口ごもるフリード。その目が動揺で揺れている。まさかここで私に頭を撫でられるとは思っていなかったようで、挙動不審な様が見ていて楽しかった。

――そうだ！

あまり見ることのないフリードの動揺に気を良くした私は彼の腕の中から抜け出し、代わりにその手をきゅっと掴んだ。

「え」

「フリード、ね、こっち。こっちに来て」

彼の手をぐいぐいと引っ張る。特に抵抗はなかったので、労せず目的地であるロングソファまで連れていくことができた。そこにまず私が腰掛ける。ポンポンと両手で膝(ひざ)を叩(たた)いた。

「はい、ここ。ここに来て」

「え」

「フリードはお疲れだから癒(い)やしてあげようかなって思って。たまにはそういうのもいいよね」

「ひ、膝?」

「うん。膝枕(まくら)してあげる」

「……」

彼の目が私の膝を凝視している。私は誘うようにもう一度己の膝を叩いた。だがフリードはピクリともしない。さっさと膝の上に頭を置いてくれればいいのに、同じ体勢のまま固まっている。

――ええい、こうなったら力技だ。

「もう、仕方ないなあ」

私は立ち上がり、もう一度彼の手を引いた。自分からは動かなかったフリードだが、逆らうつもりはないらしく、比較的素直にロングソファに座ってくれた。それを確認し、隣に腰掛け直す。

「はい、じゃあ次は横になって。私の膝に頭を置いてね」

「え、いや……その」

「もう、今更なんだから遠慮しなくていいのに」

いつももっとすごいことをしているのに、膝枕くらいで何を動揺しているのか。

呆れながらもフリードを促すと、彼は恐るおそるという風に私の膝に頭を乗せた。

「え、えーと……これで、いいのかな」

「うん、オッケー。バッチリ！」

よし、体勢は完璧だ。

何故か妙に緊張している様子のフリードの頭を優しく撫でる。

「よしよし、お疲れ様」

いい子いい子と気持ちを込めて柔らかな髪をかき交ぜると、彼はボッと顔を赤くした。

「え」

「あ、あの……いや、これは……」

「フリード、可愛い～」

どうやらものすごく恥ずかしいらしい。え？　膝枕で恥ずかしがるとか、私の旦那様可愛すぎない？

常にない夫の反応が楽しくて堪らない。

「んっ、ふふっ……」

ニマニマしながら彼の頭を撫で続けていると、フリードが顔を赤くしたまま言った。

「もう……揶揄わないでよ、リディ」

「別に揶揄ってないよ。新鮮だなとは思ってるけど。だっていつももっとすごいことしてるのに、こ

んなことで赤くなるんだって」

「いや、だってちょっとこれは恥ずかしいよ……」

「そう？　私は楽しいけど。フリードは可愛い反応してくれるし、癖になりそう」

　フリードの髪に指を通す。彼の毛は柔らかいけれどサラサラで、すぐに指をすり抜けていくのだ。薄い金色の髪はキラキラと輝いており、いつ見ても綺麗な色をしている。耳が赤くなっているのが見えて嬉しくなった。恥ずかしいと言いながらも、私の好きにさせてくれるこの人のことが大好きだなと思うのだ。

「フリード、好きだよ」

「……私だって愛してる」

「うん。だからね、お疲れ様ってしてあげたくて。私はすごく楽しいんだけど、フリードは嫌？　それならやめておく。癒やしてあげたいって思っているのに本末転倒になっちゃうから」

　できるだけやさしく優しく彼の頭を撫でる。

　私が彼を大好きだと思っていることが伝わればいいなと思った。フリードは顔を赤くしたまま、「嫌だなんて思うはずないじゃないか」と呟いた。

「フリード？」

「リディにこうしてもらうのは嬉しいよ。ただ、なんと言うか、子供みたいで恥ずかしいなと思っただけで」

「フリードを子供だなんて思うわけないじゃない。可愛いとは思うけど」

「……リディはたまに私のことを可愛いって言うけど、それ男としては嬉しくないからね」

「えー、褒め言葉なのに」

クスクス笑う。フリードも一応言っているだけで、止める気はなさそうだ。仕方ないなという顔をしている。その、許されていると分かる顔が私はとても好きだった。

自分が彼の『特別』にいるというのが実感できる表情。それを見るたび、心が甘く満たされる。

飽きることなく彼の頭を撫で続けていると、フリードがほうっと息を吐いた。

「フリード？」

「いや……最初は確かに緊張していたんだけど、時間が経つに連れ、どんどん気が抜けていくなって気づいて」

「あ、リラックスできてる？　それなら良かったけど」

確かにフリードの身体からは余分な力が抜けているように見えた。こうして撫でられることに慣れてきたのかもしれない。

フリードが柔らかい笑みを浮かべる。その目は閉じられていて、彼が気を許してくれているのが分かった。

「うん。こういうのも悪くないね。普段は私がリディを甘やかしてあげたいって思ってるんだけど」

「私、甘やかされるのも大好きだけど、甘やかすのも好きだよ。もちろん好きな人限定だけどね。こうやってフリードを撫でるの、すごく楽しい」

「さっきからずっと声が弾んでいるから楽しいんだろうなっていうのは伝わってくるよ」

「癒やしてあげようと思ったのに、逆に私が癒やされていたりして」

自分で言いながら、それはあるかもと思った。

彼の髪を撫で、穏やかな気持ちで話していると、色んなものがどうでもよくなるというか、ただただ幸せだなあと実感するのだ。フリードが力の抜けた声で言う。

「大丈夫。私も癒やされているから」

「そう？　それなら良かった」

二人とも癒やしを得ているのなら言うことなしだ。

しばらくただ穏やかな時が流れる。

私もフリードも余計なことは何も話さなかった。マクシミリアン国王のこともどうでもいい。この時間の邪魔になるだけだから。

「リディ」

フリードが緩慢な動きで片手を伸ばしてきた。その手が私の後頭部を掴み、引き寄せる。

「……ん」

動きに逆らわず、素直に身体を前に倒した。唇が重なる。少しだけ熱を伝え合ったあと、私は身体を起こした。

「……こういうの、いいね」

「そうだね。幸せだなって思うよ」

「うん」

「この幸せを絶対に奪わせないとますます決意した」

「……もう、結局そこに戻るの？」

せっかくマクシミリアン国王のことを忘れていたのに話が戻ってしまった。フリードがむっと頬を膨らませる。こういう子供っぽい拗ねた顔も私にしか見せないので、なんとなくニヤニヤしてしまう。

「リディ、どうして笑ってるの」

おっと、気づかれてしまった。ますます拗ねるフリードの頭をもう一度撫でる。

「ごめんなさい。フリードが可愛いからつい」

「……可愛いは嬉しくないんだってさっき言ったの、もう忘れちゃった？」

「だって拗ねるフリードって、すごく可愛いんだもん」

「リディ」

叱るように睨み付けられたが全然怖くない。どちらかと言うと甘い雰囲気が漂っていて、フリードもそれに気づいているからだ。彼の声は終始蕩けるようで、それに応える私も吃驚するくらい甘い声になっている。

「可愛い、可愛い言うリディにはお仕置きしようかな」

「えー」

「駄目？」

私の膝に頭を乗せたまま聞いてくるフリード。一応お伺いを立ててはいるが、私は知っている。これ、拒否権がないやつだ。とはいえ、いつものことだし、嫌だとは全く思わないので、彼のお強請りに快く頷く。

「——いいよ。じゃあ、フリードがお仕置きするって言うなら、私は目一杯フリードを甘やかそうかな」

「そうなの？」

「うん。だって、フリード可愛いから」

「……また可愛いって言った」

憮然とするフリードに、愛しさを目一杯詰め込んだ笑みを浮かべてみせる。身体を起こしたフリードは無言で私を抱きかかえると、急ぎ足で寝室へと向かった。

「んっ……ふ、ふふっ……」

二人でベッドに倒れ込む。ちゅ、ちゅ、と何度も口づけを交わし合いながら、互いの服を剥ぎ取った。甘やかそうと決めたので、時々彼の頭をぎゅっと抱きしめてみたりする。

「フリード、大好き」

「……もう、こっちはお仕置きしようと思ってるのに」

「ふふ……するならどうぞ？　……んっ」

首筋に舌が這わされ、甘い声が出る。ゾクゾクとした気持ち良さに熱い息を零した。

「ん、あ……気持ちいい」

ぬめぬめと動く舌の動きに身体が反応する。時折強く吸い付かれるので、キスマークを付けられたのだなと気づいた。

「あ、フリード……キスマークはつけないで」

「ん……だって、リディは私のものだって主張したいんだよ」

「明日もお茶会があるんだから……んっ……こんなの参加者たちに見られたら、格好の餌食じゃない」

ただでさえ、フリードとのアレコレを話す羽目になっているのだ。つけいる隙を自分から与えるのはやめておきたい。だが、フリードは低く笑った。

「いいじゃないか。私は夫に愛されていますって言っておけば」

「あのね……冗談じゃないの。お茶会で私が何を話させられているのか知らないからそんなことが言えるんだからね。あ、ちょっと、だからキスマークは駄目だって。せめて見えないところに……んっ」

首の後ろ側に強く吸い付かれ、慌てて抗議したが……これ、バッチリ痕になってるやつだと思う。

「フリードの馬鹿ぁ……」

「お仕置きだって言ったでしょ。で？ リディはお茶会で何を話しているんだって？ 聞かせてよ」

「もう……絶対面白がってるでしょ」

一応、睨み付けてはみたが、全くダメージを与えられていない。むしろフリードはにこにこと楽しそうだ。フリードが私の胸を覆う下着に手を掛けた。脱がせやすいよう背を浮かせながら口を開く。

「毎回夫に愛される方法はって聞かれるの。そんなのないって言っても許してもらえなくて、結局根掘り葉掘り聞かれる羽目になるんだけど」

「へえ……」

「んっ」

フリードが脱がせた下着を放り投げ、胸に大きく咲いた王華に口づける。これは彼の癖みたいなものだ。それが終わったあとは、重くなった乳房を掬うように持ち上げ、膨らみに舌を這わせた。

「あんっ……」

微妙に外した場所を攻められ、声が出る。気持ちいいのだけれど、そこじゃない感がすごい。触れて欲しかった先端部が疼いて堪らなかった。

「フリード……も、分かってるくせに意地悪なことしないでよ……んっ、んっ」

訴えると、彼は今度は乳輪をチロチロと舐め始めた。だからそこじゃないと言っているのに。

涙目で睨み付けると、フリードは胸から顔を離し、にっこりと笑った。

「だからお仕置きなんだって。で、リディはお茶会で私とのことを話してきたの？　残念だな。そんな楽しいことをしているなら、私も参加したかったよ」

「参加したかったたって……」

「だってリディが私のことを惚気てくれていたんでしょう？　聞きたかったに決まっているじゃないか」

言いながらフリードが片手を横腹に這わせる。官能を刺激する動きに敏感に反応した。己の意思とは無関係に身体をくねらせてしまう。

「あっ、んっ、それ……は……」

喘ぎながらも目を逸らせる。

参加者たちに「悋気かー」という顔をされていたので否定できなかったのだ。

私が口ごもったことに気づき、フリードが喉の奥で笑う。横腹を撫でていた手が腰に下りた。

「本当に？　悋気てたんだ？」

「んっ……私に自覚はなかったんだけど、生温かい目で見られたから……」

「ああ、カーラたちが時折するような？」

「それ」

大きく頷く。フリードが楽しげに笑った。腰紐を解く。実に自然な流れで下着を抜き取られた。相変わらず手際がいい。私も負けずに手を伸ばし、彼のトラウザーズを引きずり下ろす。中途半端に脱がされたフリードは、トラウザーズを足から抜き取ると、ぽいっとそれを投げ捨てた。互いに裸になったところでフリードが言う。

「そうか、じゃあ間違いないね」

「やっぱり？　まあいいんだけど。私がフリードのことを好きなのは本当だし。ただ、毎日同じ話ばかりさせられるのはさすがにちょっとしんどくなってきたかなあ」

聞きたいというのなら話すのは吝かではないが、いつも同じことばかりというのは飽きてくる。何か違う話題を提供できればいいのだが、皆が共通して喜んでくれる話題なんてそうそうは見つからないので難しいところだ。

考え込んでいると、フリードが私の足を掴み、大きく左右に広げさせた。すでに蜜(みつ)を零し始めていた花弁が露(あら)わになる。少し開いたそこに、フリードは中指を差し込んだ。

「んっ……」

「痛くない？」

「うん、大丈夫……あっ」

指が探るように深い場所へと潜り込む。すっかり彼の色に染め上げられた身体はすぐに快楽を拾ってしまう。的確に弱い場所を攻められ、腰が跳ねた。悦(よろこ)びの声を上げると、指の動きが速くなる。

「あっんっ……やあ……っ」

膣(ちつ)壁を指で遠慮なく擦(こす)られ、あまりの気持ち良さに甘えるような声が出る。二本目の指が追加された。隘路(あいろ)を押し広げるようにバラバラと指が動く。

「あっ、あっ……そこ……気持ちいいっ……ひあっ！」

腹の裏側辺りを引っ掻かれ、ビリビリとした快感が身体に走った。その瞬間、ドロリと蜜が零れ落ちる。私の反応を見ていたフリードが身体を屈(かが)めて、興奮で尖(とが)った乳首を口に含んだ。強い力で吸い立てられ、呼応するように腹の奥が収縮する。

「あああっ！」

今まで直接的な刺激を与えられなかったせいか、過剰なくらいに反応してしまった。

背筋を甘美な悦びが貫いていく。強烈すぎる快感に思わず天を仰ぐように仰け反った。あまりに呆気なく訪れた絶頂に全身が震えている。身体にはまだ達した時の余韻が残っており、碌に力が入らない。荒い呼吸を繰り返すだけで精一杯だ。

子宮が切なく疼き、雄を求めているのが分かる。ぐったりとしていると、フリードが指を引き抜き、私の両足を抱えた。蜜口に欲望の切っ先を押しつけてくる。愛しい男の熱を感じ、甘い息を零した。

「ん……」

「いいかな？　リディの中に入りたい」

「……うん、して」

一度達したことで蜜孔は柔らかく解れ、多量の愛液を生み出している。物欲しげにひくつくそこに肉棒が中に潜り込んでくる感触を楽しみながら、口を開いた。

「ねえ」

「ん？　何？」

「意地悪はもうやめたの？　……んんっ」

てっきりなかなかイかせてもらえなかったり、挿入を焦らされたりされるものだと思っていたのに、蓋を開けてみればいつも通りで、不思議だったのだ。

フリードの腰の動きが止まる。肉棒が半分ほど埋められた状態という中途半端なところでお預けを食らわされた私は抗議するように彼を見た。

フリードは私の足を抱えたまま、じっとこちらを見つめている。

「フリード?」

「意地悪……というか、お仕置きをしようって話だったと思うんだけど」

「え、あ、うん。でも、似たようなものでしょう?」

やることは同じだ。

私の言葉にフリードは「まあ、そうだね」と同意し、「でも」と言った。

「リディが可愛いことをしてくれたらしいから、やめることにしたんだ」

「へ?」

パチパチと目を瞬かせる。フリードは笑い、腰を進めてきた。動きを止めていた肉棒が奥への侵入を再開する。その心地よさに感じ入り、切ない声が上がってしまう。

「あ、んんっ……んんっ……気持ちいい」

肉棒が入ってくる時の独特の感触に陶然とする。淫肉がキュウッと引き絞り、濡れた襞が雄を奥へと招いていた。

じっくりとした動きで最奥まで肉棒を押し込めたフリードが大きく息を吐き出す。それに呼応するように男根が脈打った。柔襞が蠢き、昂りを絡め取る。

「んっ」

自分の口から酷く悩ましい声が出る。私の反応に満足そうな顔をしたフリードは、ゆっくりと腰を振り始めた。

「リディが各国大使の妻たちに、私のことを悋気てくれたらしいから。それが嬉しいなって思ったからお仕置きはやめたんだ。それにね、やっぱり私はお仕置きをするよりも、リディを可愛がる方が好きだから」

「ひゃっ……んっ……フリード……」

フリードが大きく腰をグラインドさせ、肉棒を打ち付ける。丸い亀頭が何度も膣奥を叩いていく心地よさに喘ぎ声が止まらない。弱い場所をグリグリと虐められ、快感で噎び泣いてしまう。

「あ……あ……あっ……」

ゆさゆさと揺さぶられ、頭の中に星が散った。与えられる快感に夢中になって、他のことは何も考えられなくなってしまう。

「ほら、やっぱりこっちの方が良い顔をしてくれるし。気持ちいいでしょう？」

「うん……気持ちいい……気持ちいい……」

蕩けた声で答えると、蜜壺を縦横無尽に掻き回された。ぐるりと大きく円を描くように肉棒が動く。そうされると擦られているところだけでなく、淫唇まで気持ちよくなってしまうのだ。

ただひたすら、享楽に耽る。膣壁に肉竿をゴリゴリと押しつけられ、強い摩擦の力に腹がきゅううっと収縮した。無数の襞肉がその動きに呼応し、勢いよく屹立を締め上げる。

フリードが熱い吐息を零し、思わずという風に言った。

「は……気持ちいい」

「ん……私も……」

腹がギュウギュウと肉棒を食いしめる。少し腰を引かれただけでも物足りないと感じてしまった。

太い杭に蜜道を埋め尽くされる気持ち良さは筆舌に尽くしがたく、空いた隙間を埋めてもらいたいと自ら腰を押しつけてしまう。肉棒が私の中で更に膨らむ。屹立は今やもう、はち切れんばかりだ。

「……気持ち良すぎて、もうイきそう」

参ったとばかりに髪を掻き上げるフリード。その姿はドキリとするほど艶めかしく、男の色気に溢れていた。思わず心の声が零れてしまう。

「フリード……格好良い」

「ん？　あれ、私は可愛いんじゃなかったの？」

意地悪く微笑む彼。その笑い方もまた素敵だった。私はキュンキュンとときめく胸を押さえながら彼に言った。

「フリードは基本格好良いの。可愛いのは時々だし、その可愛いのも私の前だけだから。その……私の前でしか見せてくれない顔だから好きだって思うんだけど……駄目？」

「……はああああああ」

何故か盛大なため息を吐いて、フリードが前に倒れ込んできた。その背を片手で抱きしめ、もう片方で頭を撫でる。

「……どうしたの？」

「リディが無自覚に私を突き落としてくる女性だってことを忘れていただけだよ」

「何それ」

「自分の前でしか見せない顔が好きとか……ああもう……リディは私をどうしたいわけ？」

「え？　どうしたいも何も……ただ素直な気持ちを言っただけなんだけど」

「リディってそういうところがあるよね」

「えええええ？」

褒められているのか貶されているのか。

ちょっと睨まれているような気がするので貶されているのだろうか。

フリードが身体を起こす。そうして困ったように微笑み、私に言った。

「なんかもう、格好良いでも可愛いでもどっちでもいい気がしてきたよ。どちらにしても、リディに愛されているってことだからね」

「うん、それはそう。大体、好きだから可愛いと思えるだけで、好きじゃなかったらそんなこと考えもしないと思うよ？　……ひゃっ!?」

無言でフリードが腰の動きを再開させた。力強い抽挿にあっという間に快感が溜まっていく。

「あ、や、ちょっと……いきなり……まだ喋ってる途中だったのに……んんんっ」

唇が塞がれる。思いきり舌を絡められる淫らなキスを仕掛けられた。それに応えてから睨み付ける。

「んっ、ちょっと、フリード」

「今のはリディが悪い」

「ええ？　なんで！」

「あえて言うのなら、分かっていないところ。とりあえず、一度で終えようって気持ちはなくなったって言っておこうかな」

「え、一度で終わるつもりだったの？」

「……」

フリードが動きを止め、無言になる。だけど仕方ないではないか。だって――。

「フリード、いつも最低三回はするじゃない。だから今日もそれくらいかなって……」

私の指摘は尤もだと思ったのだが、何故かフリードは肉食獣のような笑みを浮かべて、「うん、リディの言いたいことはよく分かったよ」と言った。ゾクリとするものを感じつつも、恐るおそる尋ねる。

「わ、分かったって何が？」

「リディのリクエスト通り、たっぷり抱いてあげるってこと。ちょっと夕食の時間が遅れるけど、たまには構わないよね」

「ん？　夕食の時間が遅れるって、それ、もしかしなくても三回で終わらないコースでは？」

私の突っ込みにフリードは笑顔だけで応えた。驚愕に目を見開く。

――え、本気で？　明日もお茶会があるのに、何回するつもりなの？

「さ、さすがにそれは困る！　というかそんな要望、私出してないっ！」

ぶんぶんと首を横に振るも、フリードはどこ吹く風で全く私の話を聞いてくれない。それどころか彼の全身から貪ってやるぞという気迫をまざまざと感じ取ってしまい、戦いた。

どうやらフリードのヤる気スイッチを入れてしまったようだと気づくも、今の会話のどこにそうなる切っ掛けがあったのかさっぱり分からない。

「ど、どういうこと？」

「リディは可愛いってことだよ。——愛してる」

「わ、私も愛してるけど……ひゃっ、ああんっ」

腹の裏側。一番感じる場所に肉棒を擦りつけられた。甘美な刺激に淫らな声を上げてしまう。そしてその気持ち良さだけで、もうどうにでもしてくれと思ってしまうのだから、私は大概フリードに染められている。

——ええい、もうなるようになれ！

潔く覚悟を決めた私はフリードを引き寄せ、その首に己の両手を回して囁くように言った。

「……分かった。付き合う」

「え？」

驚いた顔でフリードが私を見る。もしかして断られるとでも思っていたのだろうか。

そうだとしたら私のことを舐めすぎだ。伊達に彼の妻をやっているわけじゃない。

「愛してるって言ったでしょ。フリードがしたいならいいよ」

行動でも示そうと、耳元に口づける。フリードが熱い息を零した。私の中で肉棒がより一層硬くなっていくのを感じる。彼が喜んでいるのを体感し、自然と微笑んでしまった。

フリードがじっと私を見つめ、聞いてくる。

「……本当に良いの？」

「もちろん。フリードのことが好きなんだもの。断るわけないじゃない」

「結構、付き合わせてしまうと思うよ?」

「それこそ今更だと思わない? それにね、今日はフリードを甘やかそうって決めてるから」

どんとこいと頷くと、フリードがパチパチと目を瞬かせた。

「甘やかしの一環で付き合ってくれるの?」

「うん。フリードはこういう方向性の甘やかしの方が好きでしょ?」

夫の嗜好くらい理解している。私の言葉を聞き、フリードが嬉しそうに笑った。

「さすがリディ、私のことを分かってる」

やはり大当たりだったらしい。

明日のことは確かに気になるけれど、それはもう明日の私に任せてしまおう。今はフリードとの時間を楽しもうではないか。

再度覚悟を決め、目を瞑る。

「愛してる、リディ」

フリードが甘く囁き、唇を塞ぐ。

彼の熱い唇と猛りを受け止めながら、さて、どれくらいで旦那様は満足してくれるのかなと少しだけ不安になった。

「はあ……はあ……」

私の自業自得もあり、あれからばっちり肉食獣と化したフリードが私を解放してくれたのは、途中で夕食を挟み、さらに後半戦へと突入。夜も更けた頃だった。

まさか夕食を部屋で食べたあと、問答無用で押し倒され続きが始まる……なんてことになるとはさすがに思っていなかった私は、ぐったりとベッドに倒れ込んだ。うん、見込みが甘かった。

煽った自分が悪いので別に構わないのだが、本当にフリードは絶倫だなと改めて思う。

数えていられないほど精を吐き出したフリードが、満足したのかようやく蜜壺から肉棒を引き抜いた。ごぽりという音と共に白濁と愛液が混ざり合ったものがベッドへと流れ落ちる。腹の奥は突かれすぎて、ジンジンと甘い痺れを訴えていた。

身体はまだ熱く、気怠い感覚が残っている。身体のあちこちに彼が付けた所有痕が見えた。明日のドレスは露出の少ないものを選ばないと大変なことになりそうだと、他人事のようにぼんやりと思う。

「あっ……」

べたついていた身体がふいにさっぱりしたことに気がついた。どうやらフリードが浄化の魔法を使ってくれたようだ。身体や物を清める魔法は基本的なものだが、私にはできないので、彼がいつも代わりにやってくれる。

ベッドも綺麗になっており、先ほど染みを作った愛液と白濁のあとはどこにもなかった。

フリードが掛け布団を引き寄せながら私に聞く。

「気になるところはない？」

「ん……ありがと。すっきりした」

「そう、それなら良かったけど。身体の方はどう？」

「うん、平気」

少し疲れは感じているが、眠れば回復する程度のもの。いつも通りだ。……これが平常運転という事実に疑問を感じないでもないが……うん、考えても意味はない。そういう人と分かって結婚したのだから悩むだけ無駄というものだ。

「リディ、おいで」

身体も疲れているし、そろそろ寝ようかなと思っていると、フリードが私を呼んだ。それに応え、コロコロと転がり、彼の元へ行く。

「わーい」

腕枕をしてもらい、フリードの胸元へ顔を埋める。温かな肌の感触が心地良く、自然と口元が綻んだ。彼と身体を重ねるのも好きだが、私は事後のこの瞬間が一番好きだったりするのだ。

甘い余韻に浸りながら好きな人に抱きしめてもらって寝るとか、最高だと思う。

「気持ちいい……」

勝手にうっとりとした声が出る。腕枕というのは実はする方もされる方もあまり気持ちよくないというのが通説なのだが、少なくとも私はそうは思わない。

だってすごく心が満たされる。腕枕されて、もう一方の手で抱きしめられて。

愛されている実感が湧くというか、なんかもう「フリード好き!!」という気持ちになるのだ。

相変わらず私の心はフリード一色で、他人が入る余地はどこにもない。

「んふふ……」

今日も上機嫌でフリードの肌とか匂いとかそういったものを全力で堪能（たんのう）していると、彼が私の顔を覗（のぞ）き込んできた。

「リディ、ご機嫌だね」

「うん。だって幸せだもん。フリードに抱きしめてもらって寝るの好きなんだ」

「それは良かった。私はリディを抱きしめて寝ないと落ち着かないから、そう言ってもらえると嬉しいな」

「ほほう」

至近距離で顔を合わせながら囁きあう。この距離感も堪らない。ちょっと顔を近づけるとキスできてしまう絶妙な近さが好き合っている恋人（夫婦）同士だなと嬉しくなるのだ。

私が考えていることが分かったのか、フリードが顔を近づけキスをする。

「好きだよ」

「……ん、ふふ。私も」

触れ合わせるだけの口づけが嬉しくて、にやけてしまった。お返しにこちらからもキスをする。

「えへへ、お返し」

「……可愛い」

にっこり笑うと、フリードも嬉しげに笑い返してくれた。私を抱きしめ直しながら言う。

「こうしていると妙に落ち着くんだよね。こう、ぐっすり眠れるというか……」

「ふうん」

私は安眠アイテムか何かだろうか。だけど私がいないと眠れないとはよく聞くので、いると熟睡できるというのは理に適っている気がする。

「眠りってとても無防備な状態でしょう？　その無防備な時に一番大切なものを囲っていたいというか……いや、眠っていてもいざという時に守れるから安心できるのかな……」

語りながらも首を傾げるフリード。どうやら彼自身もよく分かってはいないようだ。

しかし激しい運動をしたあとに優しい温もりに包まれながらのんびり話していると、どうにも眠たくなってくる。またこの感覚が幸せそのものという感じなのだけれど、とりあえず今寝るわけにはいかないなと思った私は気合いで目を開け、腕を伸ばして彼の頭を撫でることにした。甘やかしタイム続行だ。

「よしよし」

「リディ？」

「ええっとね。よく分からないけど、フリードが安心できるのならこうしていればいいと思うよ。私も大歓迎だし、双方それがいいって思ってるんだから何も問題ないって」

「確かにそうだね」

頷くフリードの頭を撫で続ける。やはり甘やかしはするのもされるのも楽しいと再認識した。顔を近づけて唇を触れ合わせると、フリードが優しい顔をする。

「何？　まだ甘やかしてくれるの？」

「うん」

「それならもう少し付き合ってくれる？　リディが上に乗って可愛く腰を振ってくれると、私としてはすごく癒やされるんだけど」

「おおっと、そうきたか」

とてもフリードらしい意見が出た。確かに先ほどのプレイでは騎乗位はなかったし、甘やかしタイムは続行中なので彼が望むのなら吝かではない。だが、今日はさすがに時間切れだと思うのだ。

「うーん、残念だけどそれはまた今度ね。今日はもう眠いもん……」

ふわっとした欠伸が出る。心地良い疲れと温かな肌の温度。更には安心できる腕の中にいて、眠くならないはずがないのだ。

「そろそろ寝ようよ」

もう一度口づけ、じっと彼の青い瞳を見つめる。その目に欲望の光はない。彼の身体もほんのりと温かいし、多分、フリードも眠たいのだと思う。

フリードが私を柔らかく抱きしめる。

「そうだね。じゃ、次を期待してる」

「ん、任せて」

旦那様の期待に応えるのは嫁の努めである。グッと親指を立てると、フリードが小さく笑った。

「ほんと、リディって男前」

「フリード限定でね～」

本格的に眠たくなってきたので、しょぼしょぼと目を擦る。ずいぶんと二人ではっちゃけてしまったが、会議は明日もあるのだ。夜更かししすぎるのはよくない。

私が目を擦るのを見たフリードが申し訳なさそうに言った。

「結局かなり無理させちゃったね、ごめん」

「んー、別に。私が付き合いたくて付き合ったんだもん。フリードが謝る必要ないよ」

嫌なら断っている。私は自分の欲望に忠実なのだ。

「……リディのそういうところ、すごく好きだな」

「ふふ。そこだけじゃなく、全部好きなくせに」

冗談めかして言い返すと、フリードは呆気にとられた顔をした。だけどすぐに嬉しげに頷く。

「そうだよ。リディの全部が好きだ。好きすぎて、本当にどうしようかと思ってしまうくらい。日々、好きの気持ちが膨れ上がって困ってるんだ」

「えー、困ってるって嘘でしょ。だってフリード、笑ってるもん」

指摘すると、フリードは目を瞬かせた。

「リディには敵わないな。本当、その通りだね」

「でしょ。私と一緒だから絶対そうだと思ったの」

「一緒って？」

「日々好きが増えてるってところ」

「……」

「私も困るとはよく口にするけど、実際は困るどころか大歓迎だもん。ね、だから一緒。お揃いだね」

笑いながら告げると、フリードは心底愛しいという目で私を見た。

頬に優しく触れ、噛みしめるように言う。

「――本当に一緒だ」

「うん」

「このままずっと一緒にいられるかな？」

揺蕩うような声に眠気が増す。瞼が下りそうになるのを堪えながら私は言った。

「私はそのつもりだけど、フリードは違うの？」

「死んでも放さないって言ってるじゃないか」

「知ってるー」

クスクス笑うと、彼の顔が近づいてきた。啄むようなキスが何度も繰り返される。

もう、今日何度目のキスなのか、よく分からなくなってきた。

「ん、ふふ。フリード、キス好きだよね」

「リディは？　好きじゃない？」

答えが分かっている顔でフリードが見てくる。私は彼に応えるように、キスを返した。

柔らかな唇の感触を味わうような長めのキス。唇を離し、至近距離で彼に言った。

「そんなの好きに決まってる」

「良かった」

「私の答えなんて分かってたくせに」

「分かっていても聞きたいんだよ」

意味のないやり取りが妙に楽しくて二人で笑い合う。こういう何気ない時間が愛おしいのだ。同じ話を繰り返しているだけでも楽しいと思う。たとえば、二人でずっと「好き」と言い合っているだけとか。私たちはわりとそういうことを平気でやるので、バカップルと称されるのも仕方ないのだろうなと諦めている。

「ふわあ……んん」

欠伸をなんとか噛み殺す。

そろそろ本気で眠い。眠気が頭の中まで迫ってきたような気がする。

喋っていても、話した矢先から忘れていきそうな勢いだ。

「あ、もう限界かな」

「……うん」

眠い、とフリードの胸に額を押しつけ、グリグリする。この体勢で寝るのが今の私のブームなのだ。

フリードがそんな私を愛おしげに抱きしめ、甘く蕩けるような声で言う。

「お休み。愛してるよ、リディ」

優しく紡がれた言葉を聞き、微笑む。彼に身を委ね、目を閉じた。

「お休みなさい」

これにて、今日の楽しいイチャイチャタイムは終了。

やっぱりこの時間は必須(ひっす)だし、最高に幸せだなと思いながら私は眠りの世界に入っていった。

12・彼と二国間会議（後）

サハージャとの二国間会議を終えた次の日、私は今日の相手と会談するために、用意された部屋へと向かった。

昨夜、リディと甘いひとときを過ごすことができたので、気力はかなり回復している。

今日の会談相手はタリム。昨日がサハージャで今日がタリムとはなかなか厳しい相手が続くが、これも仕方のないこと。気を引き締めなければと思っていた。

タリムは毎年初冬に、我が国に向かって南下してくる国だ。目的は我が国の領土なのだろうが、少々痛めつけてやりさえすれば毎回さっと撤退する、なんとも不思議な行動を起こす国でもあった。

タリムの南下はもう三十回を軽く超えている。今のタリムの国王が即位した時から毎年行われ続けているこの南下になんの意味があるのか、勝つ気のない戦争に意味はないだろうからいい加減諦(あきら)めてくれると良いのだけれど。タリムに一時身を寄せていたというシオンにも、タリムの真意を尋ねてみたことがあったが、彼にも分からないということで首を横に振っていた。

ただ、南下に使われる兵士は罪人が殆(ほとん)どで、使い捨てて良い戦力なのだとは言っていた。

ヴィルヘルムに代わりに罪人を処刑させたいのか、その真意は定かではないが、気持ちの良い話でないことだけは確かだ。

そしてタリムの南下については、何より見過ごすことのできない点がある。

「毎年、リディに会えない期間があるなんて冗談じゃない」

　つまりはそういうことだ。

　去年だって、このタリムの南下のせいで私は王都をひと月も留守にする羽目になった。しかもリディと婚約した直後のひと月だ。そのひと月は信じられないほど長く感じたし、戦いが終わったあとは事後処理など全部放り投げて、彼女のもとに文字通り飛んで帰りたかった。

　それが今後も繰り返される？　絶対に嫌だ。勘弁してくれと声を大にして言いたい。

　今年からは、戦いが終わったらそのまま王都に直帰しようか……。事後処理など現地にいなくてもできるだろう。できないというのなら、帰還魔術でもなんでも使って毎日行き来すればいい。距離があるから多少魔力は消耗するが、私ひとりならなんとでもなるだろう。いや、なんとかしてみせる。

　先に室内に入り、どうにかリディと長期間離れなくて済む方法を脳内で必死に模索していると、ややあって扉が開き、第八王子であるハロルドが入ってきた。

　彼は数年ほど前から、国際会議にタリム国王代理として出席している。あの国は生まれ順ではなく、優秀な王子を王太子とする風習がある。その王太子はまだ決まっていないが、こうして国際会議を代理として任されているくらいなのだ。今は彼が王太子第一候補ということで間違いないのだろう。

「よう、フリード」

　緊張感のない声で片手を上げ、挨拶をする彼に、私も言葉を返す。

「ハロルド。お前は相変わらずのようだな」

「おかげさまでな」

笑いながら椅子を引き、遠慮なく座る。足を組む姿に私はやれやれとため息を吐いた。

この男、ハロルドとは数年来の付き合いがある。今回のように国際会議の場で会うこともあれば、大陸中央にある永世中立国家で偶然、出会ったこともあった。

その国には、この大陸で一番信者の数が多い宗教の総本山があり、私も父と共に何度か出向いたことがあるのだが——いや、今その話をしても意味はない。

とにかくハロルドとはそれなりに付き合いがあり、友好国とは言いがたい国の王子ながら、多少なりと気心が知れた相手でもあるということなのだ。その彼との二国間会議。相手がタリムの国王なら絶望的かもしれないが、ハロルドとなら少しは建設的な話ができるだろうという期待があった。

ハロルドが真っすぐに私を見つめてくる。

「まずは礼を言っておく。先日の夜会では助かった。おかげでシオンと話すことができた」

「……そうか」

いきなり先日の夜会の話を持ち出されて驚きはしたが、私は笑って頷いた。

「話せたのなら良かった。前にリディの和カフェで会った時に言っていた探し人とはシオンのことなのだろう？　お前にしてはずいぶんと熱心じゃないか」

「ん？　まあ隠すことでもないからな。その通りだ。オレはシオンを買っていてな。オレの周りにあんなに頭の切れる男はいない。話していて楽しいし、視野が広くて、一緒にいて飽きないんだ。ぜひ、オレの側に戻ってきて欲しいと思ってる」

「絶賛じゃないか」

まさかそこまでハロルドがシオンを評価していたとは思わなかった。

いや、彼のシオンへの執着を考えれば、これくらい言うのも当たり前なのかもしれない。

シオンから聞いた常にないハロルドの執着。その一端を見たと思いながらも私は口を開いた。

「だが、今のシオンはヴィルヘルムに仕えている。お前の望みがどうあれ、連れていかせるわけにはいかないぞ」

「……分かっているさ。シオンにはきっぱり振られたからな」

ムッとした顔をしつつもハロルドは私の言葉を肯定した。

「シオンはヴィルヘルムにいたいそうだ。だが、それとオレの願いは別ものだろう？　オレはシオンにタリムへと戻ってきてもらいたい」

「振られたのに？」

「知るか。オレはシオンが初めてタリムに来た時から目を付けていたんだ。そう簡単に諦めるつもりはない」

「ほう？　だがシオンを連れ戻したところでどうする？　タリム国王は、ヴィルヘルムに逃げたシオンを許さないだろう。そんな場に彼を戻して、果たして彼は幸せなのか？」

タリムの機密を抱えたまま国外逃亡したシオンを、タリム国王が許すだろうか。

答えは否だ。実際、かなりの期間、シオンを探すために兵を使っていたと知っている。

だが、ハロルドは自信たっぷりに笑った。

「父上のことなら大丈夫だ。シオンの優秀さは分かっている。オレが連れ戻した場合、罪には問わないと約束だってしてもらっている」

「あのタリム国王がよく頷いたな」

「父の条件を呑んだ。その見返りだ」

「……ほう？」

その条件は何かと少し気になったが、さすがにハロルドもそこまで言うつもりはないようで口を噤んだ。ただ、彼の口振りから相当な条件を呑んだのであろうことが窺える。

そうまでしてシオンを自分の下に置きたいのか、この男は。

――これはある意味、今後の動きを注視しておく必要があるかもしれないな。

そう思いつつも、話題を変えることにする。シオンの話は今回の主題ではないからだ。

「それで？　タリムはいつまで無駄な南下作戦を続けるつもりだ？」

「……痛いところを突いてくるな」

聞こうと思っていたことを遠慮なく尋ねると、ハロルドが目に見えて渋い顔をした。

「あれは父上が独断でやっていることで、オレは全く関わっていないし、その理由も知らされていない。ただ、父上にとっては意味があることなんだろうと思う。……確か、ひと月ほど前にそろそろ今年も準備をしなければと言っていた」

「今年も来るのか」

準備という言葉に、こちらの顔も自然と苦いものになる。新婚一年目の私に対する厭味だとしか思えない。何せ、タリムの南下作戦には基本、私が出るのだ。

やっぱりリディと離れなければならないのかと思うとため息だって吐きたくなる。

「……私は新婚だぞ」

「知ってる。だがタリムにとっても最早恒例行事だ。面倒ならさっさと倒せば良いだけのことだろう」

「……タリムの王子にだけは言われたくない言葉だな」

南下作戦を企てている男の息子に「さっさと倒せ」と言われ、頭痛がした。しかも言うに事欠いて、恒例行事とか。

「勝つつもりのない戦を仕掛けて何が楽しい」

「勝つつもりがないのではない。勝てなくても構わない戦だ。勝てればラッキーだとは思っているぞ」

「ヴィルヘルムが敗戦することは万にひとつもない。負けが確定している戦などやめてしまうのが賢いと思うが」

「それは父上に言ってくれ。オレにはどうしようもできない」

ハロルドが困ったように言う。

「オレもお前に勝てるとは思えないんだが……まあ、父上の気が済むまで付き合ってくれ。こちらとしては負けてもあまり懐は痛まないのでな。そんなに気にはしていないんだ」

「……うちの戦を、罪人の処刑に使わないでくれ」

「それ、シオンが言ったのか？　確かにそういう側面があるのは事実だな」

あっさり肯定するハロルド。その彼に私はずっと思っていたことを聞いた。

「──次の国王にはお前がなるのか？」

「さあ？」

肩を竦め、首を傾げるハロルドは、本気なのかどうかいまいちよく分からない。

「父上が何を考えていらっしゃるのかオレには理解できないし、王太子に指名されたわけでもないからな。今回のヴィルヘルム行きはシオンのことがあったから直談判して権利をもぎ取っただけだし……オレは第八王子だからな。七人いる上の王子がどうにかならないと、順番は回ってこないと思うぞ」

「タリムは生まれた順で王太子を決めないだろう」

「だが、それがオレとは限らない」

にやりと笑い、ハロルドは言う。

「全ては父上の頭の中だ。そしてオレは何も知らされていない。それよりお前の方こそどうなんだ？結婚して身を固めた。そろそろ王位を継ぐのか？」

「そうだな。それこそ準備段階というところだ」

否定はしない。こうして主催している国際会議に代表として出席しているのだ。分かりやすすぎる匂わせだし、父もそれを分かってわざとやらせている。マクシミリアンだって気づいていた。

「ま、そうだろうな。多少早いとは思うが、お前は戦による功績が十分すぎるほどあるし、結婚した妃の評判も上々。国王交代と言っても、国民皆が諸手を挙げて賛成するだろう」

「そうあってくれれば良いと思っている」

「なるに決まっているだろう。お前の妃、国民に抜群に受けが良いからな」

「……」

「あの日、和カフェからの帰り道で多少情報収集をさせてもらった。カフェを経営している妃なんて珍しくてな。国民の認識はどのようなものかと。皆、驚くくらいにお前の妃に対して好意的だった。令嬢時代から素性を隠して王都を歩き、皆と親交を深め、困った人々を助けていたのだと。自分たちのことを知ってくれている方が殿下の妃になってくれて嬉しいと、皆が喜んでいた」

「……リディ」

私の妃が皆から愛されているのは知っていたが、こうして他国の人間から言われるのはまた違う気持ちになる。さすが私のリディだと思っていると、ハロルドが余計な一言を言った。

「やはりオレの見立てに間違いはなかった。お前の妃でなければ、多少無理やりにでもタリムに連れ帰ったところだったぞ」

「ハロルド」

自然と声が低くなった。名前を呼ぶと、ハロルドが楽しげに笑う。

「そう怒るな。お前の妃でなければと言っただろう。お前が溺愛している妃に手を出そうと思うほど、オレは飢えてはいないのでな」

「そうであって欲しいものだな」

リディを狙っている男など、マクシミリアンひとりで十分だ。更にハロルドまで……なんてことになったら……本気で周辺諸国を全部更地にしてしまいたくなる。

「……オレが何が何でも欲しいと思うのは、シオンだけだ」

「……」

ポツリと零された言葉を聞き、理解した。今のは間違いなく彼の本音であると。

「……どうしてそこまで彼のことを思える」

「さあ？　オレにも分からん。だが、どうしてもシオンだけは諦めがつかないんだ。そのためなら何でもできるし、何を犠牲にしても構わないと思っている」

きっぱりと告げた彼の顔を見る。その表情は凪いでいたが、瞳の奥には炎が燃えているように私には感じられた。

「……無類の女好きであったお前が男に拘るか。変われば変わるものだな」

以前の彼を知る者が今の彼を見れば、きっと驚くだけでは済まないだろう。

常に複数の女性と関係を持っているのが当然だった彼が、何をとち狂ったのか、男に執着しているのだから。

「ん？　別に男に走ったわけじゃないぞ。女だって大好きだ。大体、今言ったところだろう。お前の妃でさえなければ、リディアナ妃を連れ帰りたかったと。それにヴィルヘルムの女はなかなか美人揃いだからな。普通に楽しくやらせてもらっている」

「……」

前言撤回。どうやらそれはそれ、これはこれという話らしい。ある意味、とても彼らしい言葉に思わず渋面を作ってしまった。

「数年後に、タリムの第八王子の落とし胤が……なんていうのはごめんだぞ」

「ま、その辺りは一応気をつけているさ」

「……本当だろうな」

胡乱な目で彼を見る。悪いが、全く信用できない。

同時に何人もの女性を手玉に取り、好き放題やっていた過去を知っているだけに、この件に関してだけはどうしたって疑いの目を向けてしまう。

「信用されないのも無理はないが、今回に関してだけは信じてくれても大丈夫だ。何せオレの方に問題を起こしている余裕がない。シオン以外はどうでもいいと思っているからな。遊ぶにしても遺恨を残さないよう上手くやるさ」

肩を竦め、軽い口調で告げるハロルド。だがその目は真剣で、彼が本気で言っていることが分かる。

そう、彼は本気、なのだ。

――なんというか、まあ。

「……お前のような男に狙われて、シオンも災難だな」

しみじみと告げると、ハロルドは意味が分からないと首を傾げた。

「そうか？　最上級の待遇を用意するつもりだぞ？」

「そういう意味ではないし、そもそもヴィルヘルムにシオンを手放す予定はないと言っているだろう」

「ああ、分かっている。シオンは優秀な男だからな。それはそうだろう」

物分かりの良いことを言っているくせに、目が全く納得していない。

——間違いなく、面倒なことになるな。

マクシミリアンとはまた別の意味で、一気に要注意人物と化してしまったハロルド。厄介だと思っていると、ハロルドはテーブルに視線を向け、「お」と声を上げた。

「これ、和菓子か！」

「……ああ」

嬉しそうな顔をするハロルドに返事をする。

二国間会議に提供するもてなしの菓子。これらの選定には、そのほぼ全てにリディが関わっている。

特にタリムに出すものには拘りを見せていて、彼女曰く「前に会った時、国際会議で別の和菓子を振る舞って欲しいって言われたから」とのことだったが、正直そんなこと気にしなくていいのにというのが私の意見だ。だが、彼女の考えは違うようで「もしかしたら楽しみにしてくれているかもしれないし」と譲らず、結局こうして彼女自ら菓子を用意することになったのだ。

彼女がハロルドのために準備したのは、生クリーム大福という新作和菓子。

大福に生クリームが入ったそれは、今まで彼女が作った大福とは食感が全く違い、興味本位で試食したアレクがものすごく喜んでいた。どうやら相当に好みだったらしい。大福のレシピは公爵家所有のものとなっているが、考案者であるリディは自由に作ることができる。そのため今回新たなアレンジを加え、茶菓子として出すことも可能となったのだけれど、この男にわざわざリディの新作を食べさせる必要はないのにとも思ってしまう。

とはいえ、リディの功績は伝えておかなければと思うので、その辺りはきっちりと言っておく。

「リディが、お前と約束したからと、わざわざ作ってくれたんだ。感謝して食べろ」

「そういえば前に会った時、国際会議で食べさせて欲しいと頼んだな。覚えていてくれたのか」

「リディは律儀な女性なんだ」

私の言葉にハロルドは頷くと、嬉しそうに大福を手に取った。全く警戒することなく、一口。その目が分かりやすく輝いた。

「……これは美味(うま)い。前に食べたものとはまた違うが、嵌(は)まりそうだ……」

パクパクとあっという間にひとつ食べきり、大きく唸(うな)った。何故(なぜ)か私を見てくる。

「……フリード」

「なんだ」

ものすごく嫌な予感がすると思いながらも返事をすると、ハロルドは私に向かって笑顔で言った。

「やっぱりお前の妃をオレにくれ！」

「地獄に落ちろ」

即答した。ハロルドは椅子から立ち上がると、熱心に訴えてくる。

「オレの妃のひとりに……いや、妃が嫌だと言うのなら、専属料理人として特別待遇で雇ってもいい！　だから是非！　この菓子を作れる料理人を手元に置きたいんだ！」

本気の熱量。だが、その言葉に返せるのはこの言葉だけだ。

「お前、命がいらないのか？」

「……」

私の言葉を聞いたハロルドが、すとんと椅子に座った。さっきまでの勢いが嘘のように大人しくなっている。

「……お前、今、本気だっただろう」

「当たり前だ。私からリディを奪うとはそういうこと。死にたくなければ覚えておけ」

「……執着しているとは思ったが、ここまでくると異常だな」

「お前のシオンに対する執着も大概だと思うが？」

言い返すと、自覚があるのかハロルドは降参するように両手を上げた。

「分かった。オレが悪かった。お前の妃の件は冗談だ。そういうことにしておいてくれ」

「……いいだろう」

声音から諦めたことを感じ取り、息を吐く。ハロルドは残念そうに残った生クリーム大福を見つめ、呟いた。

「残念だが仕方ない、か。フリード、お前の妃に礼を言っておいてくれ。あの日の戯れ言を覚えてくれていたこと感謝する、とな。それと美味かったと伝えて欲しい」

「分かった」

ハロルドの言葉を伝えれば、リディはきっと喜ぶだろう。彼女が一生懸命生クリーム大福を作っていたことを知っているだけに、それは教えてやらなければと思った。

「感謝する」

「ああ、リディも喜ぶだろう」

ハロルドの言葉に頷く。彼との会談はそのあとも続き、一応和(なご)やかと言えるムードで終わりを迎えた。

「ああもう、めちゃくちゃ疲れたんだけど！」

二国間会議も、ほぼ終盤。今日の会談相手はイルヴァーンだった。

イルヴァーンとはつい先日、協定を結んだばかり。しかも会談相手であるヘンドリックとは友人関係にある。気心の知れた相手ということで、部屋に入ってきたヘンドリックは最初からグダグダだった。会談という建前も放り投げ、普段の調子で語りかけてくる。

「ねえ、君の方はどうだった？　もう僕の方は最悪。大体、腹の探り合いとか、僕、苦手なんだよね。そんなことがやりたいのならひとりでやってくれって思うよ……。はあ、疲れた」

「こちらも似たようなものだな」

だらしない格好で椅子の背にもたれかかり、ため息を吐くヘンドリック。そんな彼に苦笑を返し、珈琲(コーヒー)が入ったカップを持ち上げる。

今日はイルヴァーンと会談ということで、イルヴァーンの珈琲を用意していたのだ。

今回、リディの采配で、タリムには和菓子、イルヴァーンには珈琲と、各国代表の好みに合わせた茶菓子や飲み物を可能な限り準備している。それは結果として彼女の評価をかなり上げることとなり、その点については私も大いに満足していた。実はサハージャに出した焼き菓子も彼女の指示で用意されたもので、私がひとり残って焼き菓子を食べていたのは、それを知っていたからだ。彼女が準備したものを残すなどあり得ない。

「いただきます」

ヘンドリックが私に倣い、カップを取る。一口飲み、その目が分かりやすく輝いた。

「あれ、これ、うちの珈琲だね。しかもまだヴィルヘルムに卸していないやつ」

やはり気がついたようだ。さすがだなと思いつつも口を開く。

「それはリディの土産だ。前にイルヴァーンに行った時に、彼女が買い求めたものを今回特別に使わせてもらっている」

今後、イルヴァーンからは様々な種類の珈琲を輸入する予定があるが、それはまだ先の話。現在、ヴィルヘルムに輸入されているのは一種類だけなのだ。それとは違う珈琲を出したことが意外だったのか、ヘンドリックは感心したようにカップの中身を見つめている。

「へえ……これ、リディアナ妃が買って帰ったものなんだ」

「オフィリア王女お薦めの品らしい」

だからこそイルヴァーンとの二国間会議に使うのだとリディは言っていた。そのことを思い出していると、ヘンドリックがあからさまに興味を見せた。

「え、オフィリアが好きなの、これ？　知らなかった……！」

珈琲をもう一度味わうように飲み、ヘンドリックが頷く。

「なるほど。こういう軽めの味が好きなんだね。覚えておこう」

「女性には受け入れやすい味のようだ。リディもそうだが、母上も気に入ったと言っておられた」

母が喜んでいたことを思い出し告げると、ヘンドリックが目を見張った。

「女性向け……！　もしかしたらイリヤも好きかもしれない。あの子、珈琲が苦手だって言ってあんまり飲まないんだけど、これなら飲めるかな……！」

「試してみても良いかもしれないぞ」

「うん。どこの珈琲豆を使っているか聞いても？」

当たり前の質問だったが、さすがに彼女がどこで珈琲豆を購入したかまでは知らない。

「オフィリア王女なら分かるだろう。リディに土産を薦めた当人だからな」

「あ、そっか。確かにオフィリアに聞くのが早そうだね。うん、分かった。帰国までに聞いてみるよ」

「そうしろ」

妃のために動きたいという気持ちは良く分かるので頷く。しばらく二人で珈琲を楽しんだ。

リディが好きだというこの珈琲の味は、私も飲みやすくて好ましいと思っている。

「……ねえ」

「うん？」

コーヒーカップを置き、ヘンドリックが話しかけてくる。それに返事をして彼を見ると、ヘンドリックはこちらに視線を向け、「実はさ」と言った。

「一応君には言っておくよ。僕と君の国は協定関係にあるからね。これは、国を出る直前に手に入れた情報なんだけど、マクシミリアン国王が各国から多くの奴隷を買い求めているらしいって話、知ってる？」

「奴隷を？」

「うん」

真顔で頷くヘンドリックを凝視する。疑問をそのまま口に乗せた。

「……サハージャは奴隷制度を維持している国だから、奴隷を買い求めるというのは分かるが、大量にというのは理解できないな。一体何のために？」

下働きをさせるために奴隷を買うというのはよくある話だ。だが、今のタイミングで多量の奴隷を買い求める意味は分からない。

ヘンドリックも同感のようで、しきりに首を傾げていた。

「そこまでは僕も知らない。たださ、ここが不思議なんだけど……買われた奴隷は皆、獣人だったって話がある」

「獣人の奴隷を集めている？　わざわざ？」

「……うん。意味が分からないでしょ。しかもさ、愛玩（あいがん）用の女奴隷ならともかく、男奴隷も集めているんだってさ。それこそ老若男女（ろうにゃくなんにょ）問わず。獣人の男奴隷って使いにくいことで有名なのに、わざわざ獣人だけを集める意味って何だろうね」

胸クソ悪い話だが、獣人の女奴隷は愛玩用として人気がある。逆に男は不人気だった。

奴隷になっても反抗的な者が比較的多く、使いにくいのだ。力は強いが、飼い慣らすのに時間が掛かる。最初から従順な奴隷を求めたい者には遠慮したいタイプだ。逆に反抗的な者をしつけたい欲を持つ者たちには堪らないらしいが……。マクシミリアンは自分の興味があること以外は、効率性を求める男。彼なら獣人ではなく、人間の奴隷を使いそうだと思うのだけれど。

「あのマクシミリアンが獣人の男奴隷を……？」

「意外でしょ。偏見かもしれないけど、彼、獣人とか嫌いそうじゃない。奴隷として飼っておくとしても人間を選びそうな気がするんだよね」

「……そうだな。理由は違うが、私もマクシミリアンなら同じ奴隷でも人間を選ぶと思う」

ヘンドリックの言葉に同意しつつも、己の考えを述べる。

「だが、あれは無意味なことをしたりはしない。きっと意味があって獣人奴隷を集めているのだろう」

「うん、僕もそう思ったから教えたんだよ。ま、何を企んでいるかまでは全然分からないんだけどね」

「普通に考えれば、戦争に使う……だろうが」

分かりやすい使い方だ。だが、ヘンドリックは懐疑的だった。

「ヴィルヘルムとの？　つまり君と戦うのに使うの？　冗談でしょ。君、馬鹿みたいに強いもん。相手が人間から獣人になったところで結果は変わらないって、皆、知ってるよ。それを分かってて、わざわざ使いにくい獣人を出す？　ないね」

「……そう、だな」

その通りだ。特にサハージャとは過去に何度か戦争をしている。その経験があって、今更獣人を使ってくるとは思えなかった。

「前線に出して盾に……ってのもありそうだけど、君相手じゃ盾にもならないでしょ。盾ごと全部、吹き飛ばせるし。盾に使えるのは、君以外が相手だった場合だけだよ。……あ、じゃあ、ヴィルヘルム以外と戦争しようとしているのかな」

「……今、サハージャが狙っていそうな国は、うち以外ないように思うが」

「だよねえ」

腕を組み、ヘンドリックはこれ見よがしにため息を吐いた。そうして苦く笑う。

「まあ、そんな感じで、サハージャの意図までは分からないんだ。ごめんんね」

「いや、助かった。情報提供感謝する」

あの男は数日前、私にある意味宣戦布告とも言えるような言葉を吐いた。

リディを手に入れると。そしてそのための協力者としてサハージャに住む魔女ギルティアを得たと認めたのだ。

魔女ギルティアと獣人奴隷。タイミングが被(かぶ)りすぎている。きっと無関係ではないはずだ。

「……戦争なんて誰(だれ)もしたくないのにね」

ヘンドリックが呟いた。その言葉に頷く。

「ああ、そうだな」

「なんで皆、わざわざ戦争しようなんて思うんだろう。僕は絶対にお断りだけどな。戦争なんてしたところで何も楽しいことなんてないよ」

「全くもって同感だが、少なくともマクシミリアンは違うようだな。あれは大陸を統一したいらしいから」

元々サハージャ自体がそういう国だ。今は亡き前国王も、大陸の覇者となることを夢見ていた。それは有名な話で誰もが知っている。ヘンドリックが顔を歪め、舌を出した。

「ハイングラッド大陸の支配者になりたいって？　うへえ、絶対無理。僕なら武力ではなく資金力でトップに立ちたいって思うけどね。血を流すような真似はしたくない」

「商人の国と言われるイルヴァーンらしい答えだな」

商業で発展し、唸るほどの富を持つイルヴァーン。逆に武力はそこまでではない。

ヘンドリックもそこそこ使えるが、ヴィルヘルムの騎士たちほどではないし、オフィリア王女が連れている国一番と言われた元騎士エドワードも、我が国の騎士団長たちには敵わないだろう。それくらいの差はある。だが――。

「大陸最強国家なんて言われてるヴィルヘルムだってさ、こっちがちょっと輸出を調整すれば、色々困ることになるんだよ。知ってた？」

「ああ、もちろん。だからこそ、イルヴァーンとは協定を結びたかったのだから」

ヘンドリックの言う通りだ。

イルヴァーンは色々な意味で敵に回したくない国。輸出を止められると困るものはたくさんある。だからこそ、父上も私になんとか協定を結んでこいと命じたのだ。オフィリア王女の留学を受け入れたのも、その一環。

「――サハージャと手を結ばれなくて本当に助かったと思っている」

「それは間違いなく、君の妃の功績だけどね」

「そうだな」

全く否定する要素がなかったので素直に頷いた。

私が認めたことで機嫌を良くしたのか、ヘンドリックがにんまりと笑う。

「ま、安心しなよ。正式に書面だって交わした。オフィリアだって預けてある。僕たちがヴィルヘルムに牙を剥くことはないから。輸出を止めたり……なんてしないさ。協定国なんだから当然だろう？それに僕自身、君たちとは仲良くしたいって思っているから」

「そうか」

イルヴァーン現王太子であるヘンドリックがそう言ってくれるのは有り難い。

頷くとヘンドリックは少し目を伏せ、「それでさ」と言った。

「……前に話したよね。今の僕は、オフィリアを支える道を模索したいと思ってるって。そのこと、イリヤとオフィリアに話したんだ」

「ほう？」

どこか照れた様子のヘンドリックを見る。

イルヴァーンに滞在した時に彼から聞いた言葉は覚えている。最初はオフィリア王女に王位を押しつけて逃げようと思っていたが、今は彼女を支える道を選びたいと、ヘンドリックはそう言っていた。

話し合いをしてみる。そう決意していたようだが、実行に移したのか。

「なんだ。お前にしてはずいぶんと早かったな。もう少し悩むかと思っていたぞ」

「……僕だってその気になれば動くんだよ。それでさ、結論なんだけど僕とオフィリア、どちらが国王になっても互いに支え合って……獣人差別のない国を目指そうって、そういう話をしたんだ」

「どちらが国王になっても、か。お前が国王になる可能性もあるのか？」

今のままでは難しい。だからオフィリア王女を王にというのがイルヴァーン国王夫妻の結論だったはずだ。私の質問にヘンドリックは「どうだろうね」と言いながら笑った。

「九割以上の確率でオフィリアが女王になるとは思うよ。だけど、何が起こるか分からないじゃない？　もしかしてってことがあれば、その時は――」

それは獣人であるイリヤ妃を国民が受け入れられたらという意味なのだろう。今のままでは夢のまた夢。だけどヘンドリックは、夢のままで終わらせたくないと思っているようだ。

「なるほど。いいんじゃないか？」

「……君も協力してくれる？」

じっと見つめられ、苦笑する。獣人差別のない国。それはリディが目指したいと言っていた、差別のない国を作りたいという願いとも噛み合う。だから私はこう答えた。

「もちろんだ。私にできることがあるのなら、可能な範囲で協力しよう」

「ありがとう」

ホッとした様子でヘンドリックが礼を言う。そうして慌てて付け足した。

「あ、もちろん、僕たちもできることはするから！　何かあったら言ってよね」

「ああ、助かる」

それは本当に有り難い。ヘンドリックと協力しあえるのはこちらとしても願ってもないことだ。ヘンドリックが笑顔で私に話しかけてくる。

「僕の話はこれで終わり。君は？　まだ何かある？」

「特にないな」

「あ、じゃあ、残り時間は雑談でもいい？」

「雑談？　構わないが」

断る理由もなかったので頷くと、ヘンドリックは「ありがと。じゃ、早速だけど話を聞いてくれる？　昨日のことなんだけどイリヤがさぁ……」と、何故か嫁の惚気話を始めてきた。

「……」

雑談と言われれば確かに雑談だが、まさか二国間会議で嫁の惚気話を聞かされる羽目になるとは思わなかった。思わず顔が引き攣りそうになったが堪える。了承したのは自分だからだ。

――まあ、いいか。

たまには付き合うのも悪くないと、大人しくヘンドリックの話に耳を傾けることにした。とはいえ、聞く側に徹するとは誰も言っていない。私だって可愛いリディの話がしたいのだ。

「イリヤがねえ、すごく可愛くて……」

「昨日のリディが――」

会話がまともに成立していたか怪しいところではあるが、終わりよければ全てよし。

お互い話したいことを思いきり話し、満足いく会議となった。

13・彼女とアンラッキー

「よし、これで終わりっと」

グッと伸びをしながら城の廊下を歩く。

二国間会議が始まってから毎日、女性たちとのお茶会を頑張っていたが、それもようやく終わりを迎えた。

会議も今日で全日程を終了。早い国だと、今日中に帰るところもあるらしい。長く国を空けているからということで理由としては理解できるのだが、会議が終わったあとは盛大に夜会をするだろうと思っていただけにその辺りは拍子抜けだった。各自、自由に解散で構わないようだ。

「ま、その方が助かるんだけど」

王太子妃として夜会に参加するのは構わないが、またマクシミリアン国王と会ってしまうかもしれないと思うと、どうしても躊躇(ためら)ってしまう。

彼とはできれば二度と顔を合わせたくないというのが本音なのだ。そういうわけにもいかないと分かってはいるけれど。

「フリードも機嫌悪くなるしね……」

私もマクシミリアン国王に会いたくないが、フリードもそれは同じ……というか私以上に思っているようで、彼の話題が出ただけで機嫌が急下降するのだ。しかも回復するまで時間が掛かる。

マクシミリアン国王と会わないで済むならそれが一番なのだ。

「さあて、部屋に帰ろう」

責務からの解放感を感じながら、自室がある王族居住区へと向かう。

厨房に顔を出したいという気持ちもあったが、先ほどまでお茶会を主催していたのだ。さすがに盛装姿で厨房にお邪魔はできない。私としては今回、二国間会議で使うお茶やお菓子にかなり口出しさせてもらったこともあり、改めて皆に協力してくれたお礼を言いたいのだが、それにしたってせめて着替えるべきだろう。そして誠に遺憾ながら今日の私にそこまでできる気力はない。色々疲れすぎているのだ。できれば部屋に帰って、ゆっくりお風呂に浸かりたい。

「お礼はまた別日に改めてしよう。ええと、フリードが帰ってくるのはもう少しあとだっけ。ひとりでお風呂に入っちゃおうかな」

彼がいれば、絶対に一緒に入るという話になるのである。だがフリードは今、最後の二国間会議の真っ最中。時間的にもまだ帰ってはこない……はず。

上手く行けば久々にひとり風呂を楽しめるのではないだろうか。

「うん……そうしよ」

運悪く途中でフリードが帰ってきた場合は……それはそれだ。

一緒に入ろうと誘いを掛ければいいだけの話。彼なら喜んでやってくるだろう。いつも通りだ。

特に問題はないなと結論づけた私は、ウキウキとした気持ちで足を速めた。

「――姫」

「……」

突如として掛けられた声にピタリと足を止める。

上機嫌だった気持ちが一気に急下降したのが嫌でも分かった。

──なんでいるかなあ。

背後から掛けられたのは、今私が一番聞きたくなかった声だった。

無視したいのはやまやまだが、一度反応してしまった手前、それはできない。さすがに招待国側の王太子妃がしていい態度ではないと分かっていた。

──フリードがいない時に限って！

気持ちを落ち着かせようと深呼吸をひとつ。彼と向き合うことを決め、ゆっくりと振り返る。そこにはやはりと言おうか、長い銀髪のサハージャ国王マクシミリアンが立っていた。

あと五分も歩けば、王族居住区だったというのに運が悪すぎる。のんびりしているのではなかった。

「……こんなところでお会いするとは奇遇ですね」

失礼にならない程度に笑顔を作り、話しかける。マクシミリアン国王のすぐ後ろには見たことのある男性がいた。

前回、こちらに来た時にも連れていた騎士だ。確かファビウスと呼ばれていたと思う。

──あれ、二人だけ？

いるのは彼らだけで、他に連れてきているはずの護衛という名の暗殺者たちの姿は見えない。マクシミリアン国王は正装姿で、さすが国王だけあり黒の軍服がよく似合っていたが、フリードには遠く及ばないなと思った。私の中では常にフリードがナンバーワンなのである。

——ん？　正装？

疑問が顔に出ていたのだろうか。マクシミリアン国王がまるで私の心の声に答えるかのように言った。

「会議も終わったからな。私たちは国に帰る。先ほど、ヴィルヘルム国王には挨拶してきたところだ」

「そう……ですか」

国王と会っていたから正装だったと聞き、納得した。あと、この場所にいた理由も。

ここは謁見の間の近くの廊下だ。エンカウントする可能性は十分ある。

わざとではなく、本当に偶然だったのだなと理解はしたが、その確率に当たってしまう自分が恨めしかった。なんという運の悪さだ。

しかし、帰国するという彼の言葉は意外だった。

てっきり何かと理由を付けて長々と居座るものとばかり思っていたのだ。それが、会議が終わったから国に帰る？　何を考えているのだろうと思うと同時に、帰ってくれるのなら良かったと心からホッとした。

「そうですか。どうか気をつけてお帰り下さい」

これくらいは言うべきだろうと思い、口を開く。帰るという言葉が嬉しかったので、笑顔も自然なものになった。

本音を言えば、声なんか掛けてないでさっさと帰れという感じだが、残念ながら彼は国賓なのだ。丁重に接しないといけない。

とはいえ場所も王城の廊下で、死角にはなっているものの、少し離れた場所には警備の兵士たちもいる。それに、今は姿を見せていないがきっとカインもいるだろう。何かされるかもと毛を逆立てる必要はないし、喧嘩を売る必要はもっとない。王太子妃らしく対応して、別れればいいだけの話だ。

そう、それが今私に求められていること。

──やれる。私ならやれる……。

私は王太子妃なのだ。それくらいのことができなくてどうする。

「ほう、姫に心配されるというのは悪くないものだな」

「っ！」

クツクツと笑いながら返され、反射的にカッと頭に血が上った。

基本的にマクシミリアン国王のことを好きではないので、冷静になろうとしてもちょっとしたことですぐに苛ついてしまう。

──はあ？　心配なんてしてませんけど⁉　これは社交辞令‼

十倍も二十倍も言い返したくなる気持ちを口に出す寸前で堪えた。なんとか笑顔を保っているが、口の端がヒクヒクと引き攣っているのが分かる。数秒前の自然な笑顔なんてあっという間に消え失せた。

煽り耐性が低いのは自覚しているから、本当に一刻も早く国に帰って欲しい。そして二度とヴィルヘルムには来ないでくれ。

「……そ、それで、私に何かご用でしたか？」

ちょっとだけ声が震えてしまった。ちなみに怯えではなく怒りのあまり、である。

とにかく用件を聞いて、さっさとこの場から離れたい気持ちでいっぱいだった。

そんな私に気づかないはずがないマクシミリアン国王だが、さらりと無視し、平然と言った。

「帰国前に姫と話したかったのでな。探していたところだ」

「まあ、左様でしたか。とはいえ、私にはお話しすることなどありませんが」

「相変わらずつれないな。私はこんなにも姫に会えて嬉しいと思っているのに」

ふてぶてしく笑うマクシミリアン国王。だが、その瞳に熱と呼べるものはなかった。

これはきっと本気で言っているのではない。私が彼の言葉にどう反応するのか試しているだけなのだ。

彼の意図を理解し、煮えくり返っていた頭の中がすんと冷えていくのが自分でも分かった。ここで感情のまま声を荒らげるのはあまりにも愚かだ。冷静に、冷静に対処しよう。

長息し、気持ちを整える。

「ご冗談を。さすがに本気にはできません」

「ん？　普段の強気な口調はどうした？　まるで借りてきた猫のような大人しさではないか。許す。好きに話すが良い」

「結構です」

彼はここがヴィルヘルムの王城だということを分かっているのだろうか。

まるで自らの国にいるような傲岸不遜な態度である。そしてその態度が許されると確信しているのが腹立たしい。いや、冷静になるのだ、私。ここで怒ってしまえば、色々なことが水の泡となる。

「私と話すのが目的なのでしたら、これでご用件はお済みですね。では、失礼します」

なんとか会釈して、背を向ける。この男といつまでも雑談している暇なんてないし、己のストレスを考えても早く遠ざかりたかった。

だが、マクシミリアン国王は私を行かせるつもりがないようで、グッと腕を掴んできた。その瞬間、ぞわりと全身に鳥肌が立つ。

——気持ち悪いっ！　無理っ！

耐えきれなくて、とっさにその腕を振り払った。声が震えそうになるのを抑え込み、できるだけ冷静に告げる。

「他国の王太子妃に対して、さすがに無礼では？　私に触らないで下さい」

「それは失礼した。まだ話が終わっていないにもかかわらず、立ち去ろうとするのでな」

「……終わっていない？　まだ何かありますか？」

自分で自分の腕を抱え、ギッと彼を睨み付ける。

掴まれたのは一瞬だったが、あまりの気持ち悪さに吐き気がしそうだ。好意を抱いていない相手に触れられる悍ましさに身体が嫌悪を訴えている。フリードに触れられれば心地良いばかりなのに、それがマクシミリアン国王になると、大嫌いな虫に肌を這われたかのように気持ち悪く感じる。腕を掴んだだけだろうと言われても、到底許容できるものではなかった。

——ああもう、嫌！

嫌悪に身体を震わせていると、上の方から声がした。

「……うちの姫さんに、気安く触らないでもらえるか？」

「カイン！」

天井から音を立てず降りてきたのは、カインだった。私が本気で嫌がっていることを察して出てきてくれたのだろう。今まで様子を見ていたのは、マクシミリアン国王が何もしていなかったから。客人としての分を弁えている内は、カインも様子見に留めていたとそういう話なのだと思う。そしてそれは正しい判断だと私も思う。

「……死神か」

何故か妙に嬉しそうに、マクシミリアン国王がカインの二つ名を呼ぶ。

なんだか私を見つけた時より声が弾んでいるような気がした。まあ、彼のことを気にする発言を繰り返していた事実を鑑みても、そうなるのは当たり前かもしれないけれど。

カインの方はと言えば、死ぬほど嫌そうな顔をしていた。

……うん、その気持ち、すごく分かる。

内心深く頷いていると、カインが私を庇うような位置取りをしながら口を開いた。

「ああそうだ。オレはあんたたちの言う赤の死神だとも。姫さんに手を出すつもりならオレが——赤の死神が相手になる」

腰を低く落とし、戦闘態勢を取るカイン。そんなカインにもマクシミリアン国王は余裕の態度を崩さなかった。全く危機感を覚えていないような表情でカインを観察している。

「ふむ、赤の死神……。本物を近くで見るのは初めてだが、思っていたより子供なのだな。シェアトの少し下……くらいか。ああ、無駄だから抜くのはやめておけ。こちらには背教者がいる。背教者とお前の技量はほぼ同等だろう？　お前が背教者にかまけている間に姫を連れ去られても良いのなら、好きにすれば良いが」

「なんだと？」

近くでという発言を聞き、彼が以前にもカインを見かけたことがあるのだと気づいた。

多分、カインがリベリオン宮殿に忍び込んだ時だろう。フリードも言っていた。気配を遮断する魔具を使って、カインと国王のやり取りを隠し部屋から見ていたのではないか、と。その推測が当たっていたわけだ。思わず苦虫を噛み潰したような顔をしてしまう。マクシミリアン国王は余裕綽々な態度でカインと会話を続けていた。

「事実だろう。シェアトの相手をしつつ私たちを防ぐ手立ては、現状お前にはないはずだ。違うか？」

図星を突かれたという顔をしつつも、カインはマクシミリアン国王を鋭く睨み付けた。その視線を軽く躱し、マクシミリアン国王は良いことを思いついたとばかりに言った。

「そうか、せっかくの機会だな。そんなつもりはなかったが、機を逃すのも馬鹿らしい。姫、私と一緒にサハージャに帰るか」

「お断りします」

思った以上に低い声が出た。カインも当然という顔をしている。本気で睨み付ける私を見て、何故かマクシミリアン国王は満足げに笑った。

「やはり姫は怒っている時が一番輝いているな。先ほどまでとは違い、目に力がある。私の隣に立つに相応しい眼力だ。さあ、姫。手を。私唯一の妃として大切にしてやろう。これは私にしては破格の申し出だぞ？」

「結構です。あなたのところになど行きませんから」

「ほう？　この私が、サハージャ国王マクシミリアンがこんなにもお前を求めているというのに、その幸運に感謝もせず、袖にすると言うのか？　本気で？　くくっ、正気を疑うレベルだぞ」

「幸運？　まさか。不幸すぎて泣きたくなるの間違いでは？」

吐き捨てると、マクシミリアン国王は楽しげに笑った。

「頼もしい。そして強気な姫はやはり愛らしいな。さすが私の惚れた女だ」

「うわっ……」

あまりに気持ち悪くてぞわっとした。思わず腕をさすると、マクシミリアン国王が言う。

「――あの時からずっとそうだ。側妃を抱こうとしても、お前を思い出してその気にすらなれない。抱けない側妃に意味はないからな。だから皆、解雇したのだ」

「……？」

いきなり何を言い出すのか。疑問しかない私に、マクシミリアン国王は唇を歪め、言う。

「お前のせいだ。――だからお前が責任を取れ、私の姫よ」

「は？　何を言って……」

「構わないだろう？　結果としてお前の『側妃はいらない』という望みを叶えることにも繋がったのだから」

告げられた言葉の意味が本気で理解できない。だけども必死で考えた。

――私を思い出したから、女を抱けなかった？　で、側妃を解雇して……結果として私の望みを叶えたんだから責任を取れって、そういう話？　違う。側妃を抱けなかったのがそもそも私のせいだって言ってるの？　ああもう、意味不明なんだけど！

大混乱だ。だけどひとつだけ言えることがある。私はキッと彼を見据え、きっぱりと告げた。

「勝手に責任だなんだ言わないで下さい。何度でも言いますが、私はフリードの妃です。彼の側を離れる予定は微塵もないんです」

それだけは何があっても変わらない。だが、マクシミリアン国王は意に介さなかった。

「お前の意思はどうでもいい。前にも言ったであろう。王族に必要なのは愛ではないと。あってもいいが、なければないで構わない。私が、お前を欲しいという事実があればそれでいい。だが……ふむ、そうだな。愛がいるというのなら、抱けばそのうちあとからついてくるだろう。女というのはそういう生き物なのだから」

「ふざけないで！」

頭に血が上る。我慢できず声を上げた。

「誰が、あなたのことなんか好きになるもんですか！」

喧嘩を売ることになるが、知るものか。先に失礼なことを言ったのは向こうだ。

マクシミリアン国王は憎たらしいくらい冷静な様子で私を見つめている。

「試してみなければ分からないだろう。強情な女ほど簡単に絆される。それを己の身で体験するがいい。解雇した側妃の中には私を拒絶した者もいたが、すぐに足を開き、はしたなく強請るようになったぞ。お前も同じだ。快楽を与えればすぐに落ちる」

「……は？」

あまりといえばあまりすぎる発言に、怒りで頭が真っ白になった。

何を言っているのだろう、この人は。

——私が？　彼に絆される？　すぐに足を開くようになる？

馬鹿にしないで欲しい。

私はフリード以外に触れられたくないし、絶対に触れさせない。

もし、マクシミリアン国王が私を抱くと言うのなら全力で逃げるし、それが無理なら潔く自死を選ぶと確信できる。私はフリードだけのものなのだ。

他の誰かのものになどなるものか。

怒りのあまり声も出ない私にマクシミリアン国王が手を伸ばしてくる。その手をカインが容赦なく払いのけた。

「振られたのに追いすがるのはみっともないって分からないのか？」

「カイン！」

頼もしい私の忍者に目を向ける。カインが助けてくれたおかげで、少し冷静になれた。気持ちを落ち着かせるように大きく息を吐く。逆にマクシミリアン国王は憎々しげに舌打ちをした。

「邪魔をするな。主人に使われなければ輝くことのできない道具は大人しく下がっているがいい」

「オレたちが道具だってのは、まあ、否定しないけどさ。あんたには言われたくないな。オレをそう称して良いのは姫さんだけだ」

「カインが道具なわけないじゃない！」

せっかく抑えた怒りが一瞬で再燃した。

だが仕方ないだろう。自分にとって大事な人が道具扱いされて怒らないわけがないではないか。しかもマクシミリアン国王がカインを道具だと言ったのはこれで二度目。

前世で生きていた日本には『仏の顔も三度まで』ということわざがあったが、私は三度も許せるほど人間ができていない。声を荒らげると、カインは照れたように笑う。

「うん。姫さんがそう思ってくれているのは分かってるし、だからオレはそれで十分なんだ。こいつが何を言おうがどうでもいい。分かるな？」

「……それは……うん」

分かりたくなかったが頷いた。渋々首を縦に振ると、カインがマクシミリアン国王に向かって挑発的に笑う。

「ま、そういうことで、オレは主人には恵まれているんでな。あんたが何を言おうが、心には響かないってこと。それにさ、あんた話しすぎだぜ。……残念だったな、時間切れだ」

「時間切れ？」

どういう意味だろう。

首を傾げると、ちょうどマクシミリアン国王の後ろ側からこちらに向かって歩いてくる人の姿が見えた。

——あ。

青い瞳と視線が交わる。無事を確認された気がして、頷いた。

二国間会議を終えた直後なのだろう。華やかな盛装姿で現れた彼は、遠目からでも怒っているのが丸分かりだった。怒りが青い炎となって彼の足下から燃え上がっているような、そんな幻覚すら見える気がする。

「——マクシミリアン」

私が何か言うより先に彼が口を開く。凍えるような声が廊下に響き渡った。一瞬にして、五度は体感温度が下がったのではないだろうか。それくらい迫力ある恐ろしい声だった。

カインがケラケラと笑う。

「ほら、だから時間切れだと言っただろう。あんたなんかよりよほど怖い、姫さんの旦那がご到着だぜ」

「……」

マクシミリアン国王がゆっくりと後ろを振り返る。その目でフリードを確認した彼は、見るからに

不機嫌になった。

「……フリードリヒ王子。何故、ここにいる。まだ二国間会議中ではなかったのか」

「会議なら先ほど終わった。どうやら妃が世話になったようだな」

マクシミリアン国王と会話しながら、フリードがこちらにやってくる。普通に歩いているようにしか見えないのに威圧みたいなものを感じるのは何故だろう。これが格の違いというものか。

「リディ、お待たせ」

隣にやってきたフリードがふわりと笑い、ごく自然に私の腰を引き寄せる。その力強さに、自分でも吃驚(びっくり)するくらい安堵(あんど)した。彼がいるならもう何も心配しなくていいのだと、不安だった気持ちが全部吹き飛んでいく。

「フリード……」

「遅れてごめん。会議を終えてすぐにこちらに来たんだけど」

「へ、平気。カインもいたし」

「無事で良かった。本当にカインがいて良かったよ。……私の妃が魅力的なのは言うまでもないが、すぐに余計な虫がつくのが玉に瑕(きず)だ」

後半部をマクシミリアン国王に向かって言い放つ。その響きには燃えるような怒りが内包されていた。

「もう帰国したと思っていたぞ、マクシミリアン。いつまでヴィルヘルムにいるつもりだ」

「帰るつもりだったとも。だがその前に、我が妃に挨拶くらいはしておこうと思ってな。何せ、次に会えるのはいつになるのか分からないのだ。少しでも逢瀬を楽しみたいと思ったのだが、いけなかったか？」

「逢瀬、だと？」

フリードの地雷をことごとく踏み抜いていくマクシミリアン国王のスタイルに頬が引き攣る。

そして私のこととなると途端に煽り耐性がマイナスになるフリードが、彼の軽口を受け流すはずもなかった。

「言葉に気をつけろ、マクシミリアン。リディは私の妃であって、お前のものではないと何度言えば分かる」

鋭い目でマクシミリアン国王を睨み付けるフリード。そんな彼に対し、マクシミリアン国王は平然と言ってのけた。

「見解の相違があるようだな。まあいい。フリードリヒ王子が来たのなら退くのが正解だろう。元々ヴィルヘルム城内で事を構えるつもりはなかった。今はまだその時ではないからな。姫、次こそは必ずサハージャに連れていく。私に嫁ぐ覚悟をしておくといい——ファビウス、行くぞ」

「……はっ」

マクシミリアン国王の言葉に、それまで彼の横で控えるだけだった騎士が返事をした。

そうして踵を返す彼の後ろに黙ってつき従う。

——勝手なことばっかり言って。

私の返事すら待たず、背を向けるマクシミリアン国王に思いきり文句を浴びせかけてやりたかったが理性がそれを押し留めた。せっかく帰ってくれるというのだから、黙って見送るのが最善と判断したのだ。

気持ち的には、色々言ってやりたかったけれど。

誰があなたに嫁ぐか、とか、サハージャになんて絶対行かない、とか。

ムッとしつつも、マクシミリアン国王が廊下を曲がり、姿が見えなくなるまで口を噤む。完全に彼がいなくなったことを確認してから、渾身の力を込めて言ってやった。

「……サハージャになんて、絶対に！　行かないし！」

「当たり前。私がリディを行かせるはずないでしょう」

「ね！」

フリードの言葉に力強く同意する。

「私はフリードの奥さんなんだから。フリード以外とか絶対に無理」

昔は政略結婚も貴族の義務だからと思えたが、フリードという大好きな夫に出会ってしまってからはそんな風には考えられない。

強い拒絶の意志を見せる私をフリードが抱きしめる。

「私だって無理だよ。リディを他の男に触れさせるなんて……考えただけでも、その男を殺したくなるな」

物騒すぎる言葉を聞き、思わず笑ってしまう。なんと言うか、通常運転だなあと思ったのだ。

とてもフリードらしい。

きゅうっと抱きしめられ、心底安堵した。

やはり私が安心できるのは、フリードの腕の中だけである。ここにいると何にも心配しなくて大丈夫と根拠なく思える。

「えへへ……ちょっと元気出た」

「そう？　怖くなかった？」

「ん、平気」

コクリと頷く。

実際怖いとは思わなかったのだ。それは場所が王城内の廊下ということもあったし、側にカインがいて、いざという時は助けてもらえるという安心感もあったから。

あと、どうしようもなくなった時は、フリードを呼べば良いと思っていた。

私が本気で身の危険を感じれば、王華を通して彼に伝わる。そしてそれを知った彼が来てくれないはずがないのだ。何を置いても助けに来てくれる。私はそれを信じているのだ。

フリードの腕の中から抜け出し、代わりにその手を握った。

「怖くはなかったけど……吃驚はしたかな」

いきなりマクシミリアン国王と会って驚いたのは確かだったので、そこは正直に伝える。フリードがとても嫌そうな顔をした。

「吃驚したのはこっちだよ。まさかリディがマクシミリアン国王と遭遇しているなんて思わないから。カインから連絡が来た時はどうしようかと思ったんだ。ちょうど二国間会議が終わって部屋を出たところだったんだよ」

「そのままこっちに来てくれたの？」

「うん。マクシミリアンに捕まってる、なんて聞かされて放ってておけるわけがないからね。本当に何事もなくて良かったよ」

「……ごめんなさい」

その表情が私を案じてくれているものだと気づき、謝罪した。

「どうして謝るの。リディは何もしていないんでしょう？」

その言葉には私ではなくカインが答えた。

「してないぜ。姫さんは本当に、ただ歩いていただけ。部屋に戻ろうとしていたんだよな」

「うん」

カインの言葉に頷く。マクシミリアン国王に声を掛けられる直前まで、私は暢気に部屋でお風呂に入ろうなんて考えていたのだ。

「本当に本気の偶然。姫さんのトラブル引き寄せ率にはオレも震えたけどな。なんだよ、この遭遇率。これでわざとじゃないって言うんだから、怖すぎるぜ……」

「わ、私だって吃驚したもん」

誰がマクシミリアン国王と会うなんて思うだろう。本当に私、運が悪すぎである。何故かカインがキョロキョロと辺りを見回し、ホッとしたように息を吐く。

「？　どうしたの」

「……シェアトの気配も去った。あいつら、本当に帰ったんだな。良かった」

「え？　シェアトって背教者の？　彼、どこかにいたの？　確かにマクシミリアン陛下は匂わせるようなことを言ってたけど」

精々脅しだろうと思っていた。今更ながら警戒するように周りを見回すと、カインが苦笑する。

「ああ、さっきまで近くにいた。サハージャ国王の命令があればすぐに動けるように控えていたんだろうな」

「……全然気づかなかった」

「そりゃ、素人に気づかれるようなへまはしないからな。結構人数もいたぜ？　シェアトがいなければなんとでもなったけど、全部オレひとりでってなるとキツかったから、王太子が来てくれて助かった」

「ひ、ひええ……そ、そうだったの……」

姿こそ見えなかったが、どうやら暗殺者たちはしっかりマクシミリアン国王の護衛という役どころをこなしていたようである。

「カインがいてくれてよかった……」

本当にカイン様々である。そこに「ワン」という声がした。

姿を見せたのはグラウである。

「あれ、グラウ。どうしてここに？」

いつもは私の部屋の前で番犬の如く居座っているグラウ。その彼が持ち場を離れ、こんなところまでやってきていたことが不思議だった。カインが頭の後ろで手を組み、当然のように言う。

「戦闘になった場合、加勢してくれるつもりで来たんじゃないか。誰もこいつが来たことには気づいていなかったみたいだし、実際いい戦力になったと思う」

「え、そうなの？」

「わん！」

確認するように尋ねると、グラウは元気よく返事をした。

「動物が本気出して気配消したら、そりゃあ人間は気づかないよなあ。オレもそいつに気づいたの、ついさっきだったし」

「……グラウって、すごいんだね」

「そのすごいグラウを完璧に手懐けてる姫さんがオレはすごいと思うけど」

「うわあ、すごい、すごい」

どうやら私の危機を察知してわざわざ出てきてくれたと知り、嬉しくなった私は思いきり彼の首に抱きついた。

「ありがとう、グラウ」

「わう」

「リディ」

「あっ……はい」

フリードから厳しめに名前を呼ばれ、はっと気づいた私は、慌ててグラウから距離を取った。

抱きつくのはアウトだと言われていたことを思い出したからだ。

誤魔化すように笑いかける。

「そ、その……ごめんなさい」

「……あまり良くはないけど、今回に限り目を瞑るよ。カインもだけどグラウが来てくれたことは私にとっては有り難いことだから。……グラウ、よく来てくれたな」

「わん」

任せろとばかりに返事をするグラウに、不機嫌だったフリードの顔も緩む。

「まあ……何事もなかったから良かったけど。リディ、部屋に戻るよ」

「うん」

フリードに手を繋がれ、王族居住区へ向かう。もちろんグラウやカインも一緒だ。

不幸にもマクシミリアン国王と出会ってしまったが、皆のおかげで何事もなくこうして無事、帰ることができる。

そのことに深く感謝しつつ、私はマクシミリアン国王と偶然出会ってしまった己の運の悪さに改めてため息を吐いたのだった。

14・彼女と会議の終わり

二週間に亘る国際会議は、無事終了した。

今日は帰国する皆の見送り。昨日のうちに帰ってしまった国も何カ国かあったが、半分以上の国は今日が帰国の日となる。

転移門の前で、各国の代表と短い別れの挨拶を交わしていく。馬車で来た特使たちは国王夫妻が見送りをしているので、転移門は私たちが担当しているのだ。

「とても有意義な話し合いができました。感謝しています」

「また来年、お会いしましょう」

「オフィリアの様子も見れたし、来て良かったよ。また、近いうち会えるといいね」

そう言って笑って去っていったのは、イルヴァーンのヘンドリック王子だ。彼の妻であり私の友人のイリヤも、小さく手を振って転移門へ消えていった。

出発前、せっかくだからレヴィットと会うかとも聞いたが、彼女は首を横に振った。前に会って満足しているし、ヘンドリック王子を悲しませたくない（嫉妬させたくない）とのことで、無理強いするのは違うと思った私は、素直に退いた。ただ、彼宛の手紙を預かっている。イーオンのことが書かれた書簡だ。それは必ず渡すと約束した。

色んな国が次々と帰国の途につく。そうして最後に残ったのは、アルカナム島の代表――イリヤの両親、そしてお付きとしてきたレナの両親だった。

この順番はわざと。他国の人間に、余計な詮索をされるのを防ぐための方策なのだ。

彼らだけしかいないことを入念に確認し、フリードに目配せをする。頷いてくれたのを確認し、イリヤの母親に声を掛けた。

「お待たせしました。隣の部屋に来ていただけますか。レナを呼んであります」

「っ！　い、良いのですか？」

「もちろん。そうお約束したでしょう？」

力強く頷くと、後ろにいたレナの両親が期待に満ちた目で私を見ていた。彼らにも頷いてみせる。

「そのために、最後まで残っていただいたのですから。さあどうぞ、こちらに」

フリードと一緒に四人を隣の部屋へと案内する。

普段は閉めている何もない部屋。そこにレナがひとりで所在なさげに佇んでいた。シオンはいない。

彼にも事情は説明したが、家族の再会に水を差したくないから遠慮すると言っていた。

仕事の途中で抜けてもらったので、彼女は女官服を着ていた。居心地悪そうにしていたが、その目が入ってきた人物を見て明るく輝く。

「お父さん、お母さん!!」

「レナ！」

レナが両親に飛びつく。彼らも腕を広げて娘を迎え入れた。大泣きするレナにつられたのか、レナの母親も涙ぐんでいる。

「お母さん……会いたかった」

「レナ、よく無事で……」

こちらまで涙腺が緩みそうになると思いながらも、レナが両親と再会できたことを嬉しく感じていると、イリヤの両親が私たちに頭を下げた。

「本当にありがとうございます。お願いしてみたものの、まさか本当に会わせていただけるとは思ってもいませんでした」

「約束ですから。レナもあんなに嬉しそうで、良かったなって思います」

感動の親子の再会を眩しく見つめる。レナはずっと泣いていて、やはり両親と会えなくて寂しかったのだなと思った。

「レナさえ頷くのなら、このまま一緒に帰ってもらっても構わないんですけど……」

本音を呟く。彼女には両親が来ていることを告げると共に、帰りたいのなら帰っても良いのだと言った。それはシオンも同じで、せっかくだから親の元へ帰れとはっきり告げたくらいだ。

だが、レナは決して首を縦に振らなかった。まだその時ではないのだと、頷かなかったのだ。

その話をポツポツと告げると、イリヤの両親はさもあらんと頷いた。

「レナの気持ちは分かります。恩人に何もできないままその場を離れるなんて、獣人がしていい行いではありませんから」

「何もなんて……十分、色々してくれていると思うんですけど」

レナは女官として、一生懸命頑張ってくれている。最近はグラウの世話も買って出てくれてとても助かっているのだ。

「それを決めるのは、レナですから。あの子がまだ帰れないと言うのなら、帰れないのでしょう。私たちはレナの決断を尊重するだけです」

「そう……ですか」

「もちろん私たちも――ヴァイスだって、連れて帰れるものなら連れて帰りたいと思っているでしょうけど」

ヴァイスというのは、レナの父親の名前だ。イリヤの母親の言葉にその通りだろうなと思い、同意する。

小さな頃に攫われた娘とようやく再会できたのだ。一緒に連れて帰りたいのが本音だろう。

実際、今もレナの両親は、娘に帰らないかと誘いを掛けていた。それに対し、レナは頑なに首を横に振る。

「駄目、あたし、まだ帰れない」

「レナ……だが……」

「ご恩をお返しできてないの。シオン様にも、今となっては王太子様やご正妃様にも。そんな状態で帰るなんてできるわけない。お父さんとお母さんも分かってくれるよね？　手紙でもあたしの決意を尊重するって言ってくれたよね？」

「……ああ、そうだな」

娘の意志が固いことを悟った両親は諦めたような顔で頷いた。

それでも娘に確認するように問う。

「だが、いつか島へ帰ってくるだろう？」

「うん。ご恩が返せたら。あたし、お父さんたちのいる島に帰るよ」

「分かった。頑張りなさい」

父親がポンと娘の肩を叩く。父親に応援され、レナは嬉しげに笑った。

「うん、頑張る」

そうして、三人でこちらにやってくる。レナの両親が私たちに向かって頭を下げた。

「娘と会う機会を作って下さったこと、心より感謝いたします」

「ひとめ見るだけでも十分でしたのに、話す機会を下さり、本当にありがとうございます」

父親と母親、それぞれに言われた言葉に、フリードが返事をする。

「レナはよく頑張ってくれていますから。これくらいのことならいくらでも」

「っ……」

言葉にならないという表情をし、レナの母親が深々と再度頭を下げる。その母親にレナはぺたりとくっついていた。

「娘を……どうか宜しくお願いいたします」

父親——ヴァイスの言葉に、フリードと二人で頷く。

イリヤの両親が、ヴァイスに声を掛けた。

「そろそろ我々も帰国しようか」

「っ……」

レナが目を見張ったが、それも一瞬で、すぐにキュッと唇を引き結んだ。

寂しいのだろう。だがここで「一緒に帰れ」と言うのは違うと分かっていた。

レナは決断し、両親も娘を応援する道を選んだ。私が口出しすることではないのだ。

「レナ……」

レナの父親が娘を見る。そうして万感の思いが詰まった声で言った。

「――本当に、今日は会えて良かった。……たとえどんなことになっても、私たちはお前を愛している。それを忘れないでくれ」

「お父さん？」

まるで何かが起こると言いたげな父親に、レナが不審げな顔をする。だが、父親は薄く笑うだけでそれ以上は何も言わなかった。

イリヤの両親を見る。彼らは目を伏せ、何とも言いがたい顔をしていた。

「あの……」

「何も聞かないで下さい」

「え、でも」

「……私たちにそれを言える権利はないんです。これは島の会議で決まったことですから。これが精一杯なのだと分かって下さい」

「……」

イリヤの母親が言った言葉に目を見開く。彼らは私たちに何かを伝えようとしている。それが分かったからだ。だけどそれが何なのか、肝心なところが分からない。

多分、イリヤの母親が前回言いかけてやめたことと関係があるのだろう。

夫を見る。彼も考えるように眉を寄せていたが、結局は何も言わなかった。聞くなと言われてしまったのだ。それも当然だろう。

「お父さん……」

「レナ、元気でな」

レナの頭を撫で、ヴァイスは妻と共にイリヤの両親の後ろに下がった。そうして四人で頭を下げる。

「本当に、ありがとうございました」

そうしてあとは何も言わず、当初の予定通り転移門から帰っていった。

アルカナム島とは直接繋がっていないので、港町のダッカルトへまず飛ぶのだ。そのあとは船で島へ帰るのだと聞いている。

四人の姿が転移門に消え、息を吐く。

両親を見送ったレナは、複雑そうな顔をしつつも私たちに礼を言った。

「王太子様、ご正妃様。今日は本当にありがとうございました。あたし、お父さんたちに会えるなんて思っていなかったから……会わせてくれて本当に嬉しかったです。その、最後の言葉はちょっと気になるけど」

「レナには思い当たる節はないのよね？」

念のためと思い、聞いてみた。レナは否定するように首を横に振る。

「分からないです。なんのことを言ってるのか……お父さんが何を言いたかったのか。シオン様なら分かったのかもしれませんが」

「さあ、どうかしら。案外シオンも分からないかもね？」

レナはシオンを万能視している節がある。その気持ちは分からなくもないけれど、さすがにさっきの台詞の答えは彼に聞いても返ってはこないだろう。推測するにしても、材料が少なすぎるからだ。

私の言葉にレナは頷き、迷いを振り払うように元気よく言った。

「そう、ですよね。ご正妃様！　あたし、これからもたくさん頑張りますね！　それでは、失礼します！　今日は本当にありがとうございました！」

レナが部屋から出ていく。仕事に戻るのだろう。女官は決して暇な仕事ではない。

「これで、全員帰ったんだよね。国際会議は終わり？」

ホッと息を吐き出しながらフリードに尋ねる。

「うん、そうだよ。お疲れ様。二週間、頑張ってくれたね」

「フリードもお疲れ様」

「部屋に戻って、少しゆっくりしようか」

「そうだね」

彼の提案に同意する。

この二週間、ずっと他国の人間がいたせいか、なんとなく落ち着かなかったのだ。ようやくいつもの王城に戻り、ホッとしていた。

「ね、しばらくは何もないんだよね？」

　ふと、フリードに尋ねる。

「そうだね。特別な行事はなかったと思うけど」

「そっか……」

　それなら良かった。結婚してからこの方、殆ど落ち着くことがなかったので、久しぶりにゆっくりできるのならそうしたい。

「町に遊びに行きたいなあ。ティティさんにも色々報告したいし、デリスさんにも会いたい」

　ウサギの獣人であるティティさんのことを思い出す。

　彼女にもフィーリヤさんのことでは協力をお願いしていたのだ。サハージャの暗殺者になっていたなんて結末ではあるけれど、彼女が見つかったことは報告しなければ。

　ティティさんとデリスさんの名前を出すと、フリードも言った。

「魔女に会うなら、私も行って良いかな。……マクシミリアンが魔女ギルティアを協力者としたことが確定したからね。……頼らないと言っておきながら情けない限りだけど、彼女たちの掟に背かない程度に情報を教えてもらえたらと思って。本当に、何を考えているのかさっぱりだから」

「あ、そうだね」

　すっかり忘れてたが、確かに報告する必要はあるかもしれない。

　差し支えない範囲で構わないから、魔女ギルティアのことを教えてもらえたら、ヴィルヘルムとしてはとても助かるのだ。

「うん、分かった。じゃ、近いうち、一緒にデリスさんのところに行こう」

「助かるよ。あ、そうだ、リディ。その日のことだけど、良ければ帰りにケーキでも食べに行かない？　そういうデートも久しぶりでしょう？」

「わあ！　賛成！」

手を打って喜ぶ。最近、すっかり和カフェブームな私ではあるが、当然ケーキやクッキーも大好きなのだ。美味しいケーキ店なら常にチェックしている。

「予約……予約しないと……！」

「リディが行きたい店を教えて。私が予約しておくから」

「いいの？」

「もちろん」

フリードとああでもないこうでもないと話しながら自室へ向かう。

頭の中はすでに彼とのデートのことでいっぱい。

すっかりお気楽気分になっていた私は、あちらこちらで火種が燻っていること、それが今にも燃え上がりそうになっていることに全く気づかなかった。

14.5・銀灰の国王と第八王子（書き下ろし・マクシミリアン視点）

「陛下、タリムの第八王子からの回答が来ました」

国に帰ってすぐ、執務室に籠もった私に、ファビウスがそう告げた。

待っていた返事に、書類から顔を上げる。

「内容は？」

「――全面的に協力する、と」

「そうか」

にやり、と口の端を吊り上げる。まさかあんなくだらない話をあのタリムの王子が信じるとは思わなかったが、試してみる価値はあったということか。

「ほうら、私の言った通りだったろう？」

隣に寒気のするような気配がひとつ。それが誰なのか、確認するまでもない。私は視線を向けず、己の協力者となった女に返事をした。

「ああ、確かにお前の言う通りだった。――魔女ギルティア」

「ケケッ。王子だって人間だからねえ。弱点をちょーっと突いてやれば簡単に転ぶ。よほど彼には魅力的な話に思えたんだろうねえ。あー、おかしい。ケケッ、ケケケッ」

「ギルティア」

妙な笑い方をする女を諫める。使える女ではあるが、この笑い方だけは気に入らなかった。これが私に近づいてきたのは、まだ私が王子だった頃。昔、父と接点があったと、そして私と組む方が面白いことになりそうだからと言ってやってきたのだ。

話を聞き、使えると感じた。今でもその判断は間違っていなかったと思っている。

サハージャに昔から住み着いている魔女。

大人しくしているのが馬鹿らしい。自分の力を誇示したい。他の魔女たちを見返してやりたい。自分が一番なのだと主張したい。これはそういう女だ。

見た目こそ二十代の若く美しい女だが、それが真実の姿だとは思っていない。

魔女は何百年と生きているという話もある。

性根がねじくれたこの女もきっとその類いなのだろう。

女に目を向ける。緑色の瞳と目が合った。不思議な揺らめくような色合い。この目の色だけは一見の価値があるように思う。

「ギルティア、いい加減その気味の悪い笑い方をやめろ」

「ケケケッ、だあっておかしくってさ。そのタリムの王子様。きっと私たちの作戦を知ったら怒るだろうねえって。それを考えただけで楽しくって楽しくって」

「構わないだろう、別に。私は嘘を吐いた覚えはない」

「ケケッ！　確かにね！　あんたは嘘を吐いていない。ただ、言わなかったことがあるだけだ！」

バンバンと執務机を叩くギルティアを睨む。この女は本当に不快極まりない。

「……ともかく、協力を得ることはできたわけだ。ギルティア、こちらの準備は整った。いつでも動ける」

強引に話を戻せば、ようやく笑いを収めた女は、考え込む仕草をした。

「そうだねえ、でもまだ駄目だ。その時になったら合図をしてあげる。大丈夫、すでに種はまいた。あとはそれが発芽するのを待つだけ。もうすぐだよ」

「……いいだろう」

不快に思いながらも頷く。

いくら協力者とはいえギルティアに主導権を握られている今の状況は好ましくない。だが、我慢だ。不必要になれば切ればいいだけのこと。シェアトなら、魔女の首も刈ってくるだろう。

「楽しみだな」

その時のことを思えば自然と笑いが込み上げてくる。全てが上手く進んでいる感覚が堪らなかった。

ゆったりと背もたれに身体を預け、頬の傷を指でなぞりながら、憎き顔を思い出す。

あの青い瞳が苦痛と屈辱に歪むところが早く見たい。

そうして奴の命を刈り、姫を奪ったあとは、私唯一の正妃とするのだ。

それが、私の望み。

その願いが叶う時は、すぐ近くまで近づいてきていた。

15・カレと結びの魔女（シオン視点）

「今頃、レナはご両親と会っているのでしょうね」

王城の一角。与えられた自室で紅茶を嗜みつつ、呟く。

静かな時間が私を満たしていた。

レナの両親が来ているという話はフリードリヒ殿下から聞いていた。向こうが会いたがっているという話も、更にはその再会に立ち会わないかとも誘われたが、断った。

親子の再会に水を差すような真似はしたくなかったのだ。

「……帰れるのなら帰れば良かったのに」

ひとり呟く。零れ出た言葉は紛れもなく本音だった。

レナには帰る場所がある。私とは違い、ふるさとと呼べる場所があるのだ。それがあるのに帰らないという選択をした彼女のことが私には分からなかった。

「私なら――」

声に出し、途中で留める。言っても意味はないと分かっていたからだ。

私はここにいて、きっとこれからもこの場所に居続ける。

元の世界にという希望はなくしてはいないけれど、それが夢物語だということくらいは分かっていた。

魔法や魔術が進んでいると言われるヴィルヘルムにおいてさえ、異世界への転移、などという技術はない。

いつかはと思っているが、それが叶うかは……難しいところだ。

目を瞑り、紅茶を喉に流し込む。時折考えてしまう、これからの自分。

考えても意味はないのに思い詰めてしまうのは、やはり帰りたいと思っているからなのだろう。

「――久しぶり。元気だったかしら。あなたとこうして会うのはタリム以来ね」

「っ!?」

いきなり目の前に女性が現れた。ソファに優雅に腰掛け、こちらに向かって手を振っている。占い師のような衣装を身に纏ったこの女性を、私は一度だけ見たことがあった。

「……結びの魔女、メイサ」

「あら、私のことを覚えていてくれたの？　嬉しいわ」

名前を呼ぶと、彼女は嬉しげに目を細めた。黄金色の瞳は美しく、人を惑わすような魅力がある。

以前は、ベールのようなものを被っていたが、今日は違った。

美しく整った顔を露わにし、私を見ている。

初めて私がタリムに行った時に今のように突然現れ、そして消えた女性。

彼女にヴィルヘルムに行けと助言され、今、私はここにいる。

その彼女が私の目の前にいることが不思議で、同時にとても自然なような気がしていた。

「……なんの用です？」

無意識だったが声が震えていた。前回私に道を指し示した彼女が、今度は何を言うのか、緊張で心臓がバクバクと脈打っていた。

「単刀直入に聞くわ。あなた、帰りたい？」

「え？」

「帰りたくない、ここにいたいというのならそれも良いのよ。だけど、あなたがもし帰りたいと言うのなら――」

「帰りたい……！　帰りたいです!!」

反射的に叫んでいた。ソファから立ち上がり、彼女に詰め寄る。

「私が日本に帰る方法があるんですか！」

私の言葉を聞き、彼女がにたりと形の良い唇を歪める。そしてまるで秘密を告げるかのように言った。

「ええ、それを手に入れたから、私はここに来たの」

目の色を変えて詰め寄る私のことなど気にも留めず、彼女は笑う。

「必要な道具は手に入れた。あとは彼らの協力を仰ぐだけ。シオン、ヴィルヘルム王太子夫妻に助力を乞いなさい。あなたの真実を話し、どうか助けて欲しいと頭を垂れなさい。そして彼らと一緒に、ヴィルヘルムの魔女デリスを訪ねなさい」

「……ヴィルヘルムの王太子夫妻……フリードリヒ殿下とご正妃様にですか」

出された名前に驚きを隠せない。どうして彼らの助力が必要なのか、全く意味が分からなかった。

だが、彼女は当然のように告げる。

「彼らの持つ特殊な力が必要なの。ヴィルヘルム王家の王族が持つ特殊な力がね。詳しくは、彼らを連れてきたら話してあげるわ。これ、ヴィルヘルムの機密事項だから、さすがに私もおいそれとは口にできないのよ」

「そう……ですか」

王家の機密を何故知っているとは聞かなかった。

だって彼女は魔女だ。何を知りえていても不思議はない。

「あなたが迷い人となってしまったことには、私も少しばかり責任を感じているの。だからあなたが望むのならできるだけのことはしてあげるわ」

「責任？　私がこの世界に来たのは事故か何かではないのですか？」

「事故よ。だって、あなたを呼び寄せるつもりなんてなかったもの」

メイサが意味ありげに笑う。

もしかしなくても、私がこの世界に来たのは、彼女が関係しているのではないだろうか。

だから彼女は私に協力的なのか。そうだとすれば、私は何と言えば良いのか……いや、おかげで生まれ変わった桜と出会えたのだ。日本に帰してもらえるのならば、もう何も言うまい。

「……わかりました。続きを話して下さい」

先を促すと、彼女は真っ直ぐに私を見た。黄金色の瞳がゆらゆらと揺らめいている。

彼女はまるで託宣の如く私に告げた。

「あなたは私の助言に従い、ヴィルヘルムに行った。その結果、王太子夫妻と接触を持つことに成功したわ。彼らがあなたを助けてくれるかは、今まであなたがしてきた行いがものを言うでしょう」

「私の……行い……？」

「あなたの話を信じるのか、そして帰れるよう協力してくれるのか。普通に考えれば、一国の王太子夫妻が、あなたひとりのために骨を折るなんて考えられないわ。分かるでしょう？　この世界で身分というのがどれだけ絶対的なものなのか。大国ヴィルヘルムの次代の国王夫妻。雲の上の人物というにもほどがあるというものよ」

「それは……」

その通りだ。

私は運良く彼らと接点を持つことに成功し、今では側近くに仕えることを許されているが、それは本来あり得ないこと。フリードリヒ殿下もご正妃様も、下手をすれば一生目にすることすら叶わない尊い身分の人たちなのだ。

今私がここにいるのは運が良かったから。ただそれだけ。

「しかもあなたのする話は、異世界から転移してきたから帰るのに協力して欲しいなんていう頭がおかしくなったのかと疑うような内容。誰が信じるのよ、そんなの。それを受け入れ、あなたを帰すために動いていいと彼らに思ってもらわなくてはならない。どう考えても不可能でしょ。でもね、今からあなたがするのはそういうことよ」

「……」

　メイサの言葉に私は何も答えられなかった。

　私は私なりにヴィルヘルムという国に尽くしてきたつもりだ。だが、ここにきてまだ一年も経っていないのも事実。

　信頼関係を築き上げている途中段階。その私が、いきなり異世界転移の話などして信じてもらえるか……賭けでしかない。

「今、私に言えるのはここまで。王太子夫妻を連れてこられないなら、あなたを帰すというのもできない。だから精々、誠意を見せなさい。あなたの真実を、知られたくない真実全てを語って、意地でも協力を取り付けなさい。そして彼らが出した答えを受け入れる。あなたができるのはそれくらいよ」

「……分かり……ました」

　声がカラカラに震えていたが、なんとか返事をした。

　私の全てを晒す。知られたくない真実全てをフリードリヒ殿下とご正妃様……いや、桜に晒すのか。

　そして受け入れられなければならない。

　自分がここに来た時のこと、ヴィルヘルムにたどり着くまで何をしてきたのか。それを思い出し、ゾッとした。

　言いたくない。知られたくない。

　だがそれが、彼らに払う私の対価だとメイサは言うのだろう。

　何も渡さず、ただ協力しろなんて言えるわけがない。

「話はこれで終わりよ。デリスのところで待っているわ」

「待って下さい。デリスというのは、薬の魔女ですよね？　私は彼女の居場所なんて――」

知らない。

薬の魔女と呼ばれるヴィルヘルムに身を置く女性。彼女の噂くらいは知っているが、どこに隠れ住んでいるのかなど分かるはずがないのだ。そこへ来いだなんて。

焦る私に、彼女は余裕たっぷりに微笑んでみせた。

「心配しなくていいわ。協力さえ取り付けられれば、デリスの下へは彼らが連れていってくれるから」

「あ……」

言うべきことは言ったとばかりに彼女の姿が掻き消える。

再び部屋にひとりになった私は、腰掛けていたソファに座り直し、大きく息を吐き出した。

緊張から解放された衝撃なのか、心臓が酷く痛む。突然示された帰国の機会に、眩暈がしそうだった。震えながらも声を出す。

「……は、はは……帰れる、のですか、私は」

――日本へ。

もう帰れないと、戻れないと諦めかけていたあの場所へ。

――本当に？

信じがたい気持ちはある。だが、魔女と呼ばれる存在がとても特殊なのだと私は知っていた。

世界に七人しかいない魔女は、皆とは全く違う系統の魔法を使うという。

それこそ奇跡としか思えないようなことだって、魔女ならば可能とするのだ。

だからこそ、『嘘だ』とは言えなかった。

魔女である彼女が言った言葉だから。

だけど、だけどだ。

日本へ帰るそのためには、私はあの二人に助力を乞わなければならない。

フリードリヒ殿下とご正妃様に。

助けて欲しいと、そのために今まで語らなかった全てを――私が世界を渡った転移者であることを、ここに来るまで何をしていたかを話さなければならない。

私がどうしてタリム国王に目を付けられたのか。この世界に来た私が最初に何をしたのか。

きっとメイサが言う『全て』とはそれも含んでいるのだろう。

最初にこの世界に来た日、無自覚とはいえ、私が反射魔法を使って人を殺してしまったことを、桜に告白しなければならない。

「……」

今更だ。

私は軍師としてたくさんの敵兵を屠ってきた。その私が今更、最初の殺人を知られたくらいでなんだと言うのだろう。

だけど知られたくなかった。桜にだけはあの最初の殺人を知られたくなかったのだ。

グッと太ももの上で拳を握る。

言わないという選択肢はない。覚悟を決めるしかない。自分の望みを叶えるために。

そうして日本に戻り、一生を懸けて桜の菩提を弔うのだ。

「……桜」

たとえ冷たい墓石だとしても、生きた彼女に二度と会えないと分かっていても、彼女の眠る国へ帰りたい。それが、私の望み。

彼らの協力を仰ぐために、これから自分がどうすべきなのか。どう動くべきなのか。

ゆっくりと立ち上がる。

ああ、そうだ。考えるまでもない。悩むなど馬鹿らしい。

だって答えなど、とうの昔に出ているのだから。

たとえ何を犠牲にしても、どんな代償を払ってでも、必ず日本に帰ってみせる。

心を定めた私は、その思いのまま部屋を出た。

向かう先は、ヴィルヘルム王太子フリードリヒ殿下の執務室。

「私は転移者です」

その言葉から、全ては始まるのだ――。

文庫版書き下ろし番外編・彼女とぬい

ソファに腰掛け、無心で針を動かす。

私とフリードの自室。フリードは現在会議中で、私の側にはいなかった。

もうすぐ国際会議が始まるということで、その準備に追われているのだ。幸いにも今日、私の方に予定はない。暇を持てあました私は、せっかくだからと趣味の裁縫を頑張っていた。

「よっし、完成！」

ふう、と息を吐き、完成したものを眺める。

私が作ったのは、体長五十センチは余裕である、大きなぬいぐるみだ。

愛らしいぬいぐるみは金髪碧眼。ヴィルヘルム王族しか着ることを許されない黒い軍服を纏っている。胸には私が布で作った青薔薇の飾り。腰には剣だって提げていて、マントや手袋も忘れていない。ちなみにそれらは全部取り外し可能。完璧な仕上がりだ。

「我ながら素晴らしい出来映え……」

もう分かったと思うが、これは二ヶ月ほど掛けて作り上げた世界にひとつしかない、フリードぬいなのである。

抱き心地にも拘った大きなぬいぐるみは会心作で、二度とこんなに凝った作品は作れないと思うくらい。

「可愛い～」

にっこり笑ったフリードぬいを見ていると、自然と笑みが零れてくる。ぬいぐるみなので可愛さ重視で作ったのだが、大正解だったようだ。

ぎゅっと抱きしめる。何とも言えない幸せな気持ちになった。

私の作業を興味なさげに眺めていたカインが呆れたようにぬいぐるみを指さす。

「ついに完成したんだ、それ。本当、姫さんって器用だよな」

「そうでしょ！　大満足の仕上がりだよ。特に小物類には苦労させられたから感慨もひとしお。着せ替え可能だから、色々衣装を着せて楽しむ予定なんだ！」

絶対に軍服は外せないから、基本衣装はこれにしたが、普段着だって作りたい。

ゆくゆくは、サハージャ軍服なんかも着せてみようかな。あ、せっかくだから世界中の軍服を順番に作っていって、全部着せるというのも楽しいかもしれないと、どんどん夢が広がっていく。

「ま、姫さんが楽しいならいいけど。でもこれ、王太子には秘密にしてるんだろ？　バレたら怒られるんじゃないのか？」

キャッキャと喜ぶ私にカインが水を差すようなことを言う。私はフリードぬいを抱きしめたまま、キリリと彼に告げた。

「……大丈夫。そのための策は用意してあるから」

「本当かよ」

「まっかせて！　私は同じ過ちを繰り返さない女なんだから！」

自信満々に告げる。

フリードぬいを作るに当たり、一番問題となるのがフリードその人だということは分かりきっていた。

何せフリードは、私が彼の絵姿を集め、眺めることすら許せないという狭すぎる心の持ち主。

そんなフリードが自身の姿を模したぬいぐるみの存在を認めてくれるだろうか。答えはノーだ。絶対に取り上げられると分かっていた。

だから私は対策を練った。私の楽しみを奪われないように、対フリード用にとあるものを用意したのである。

「ふっ、ふっ、ふっ。対策は万全。いつフリードに見つかっても大丈夫！」

「偉そうに言っているわりに、王太子がいない時を見計らって作ってるんだよな……」

「そ、それは……！」

鋭い突っ込みにさっと目を逸らす。

バレても大丈夫だと言うくせに、私はぬいぐるみを彼のいないところでせっせと作っていたのだ。

それは何故かと言えば……うん、やっぱり見つからずに済むならその方がいいと思ったから。

いざという時のための対策は練っているけれど、その『いざ』は使わないに越したことはない。つまりはそういうことなのだ。

「……やっぱりバレたら拙いって自覚はあるんじゃないかよ」

あたふたと説明すると、ジト目で見られた。非常に気まずい。

だけど、フリードぬいは絶対に作りたかったのだ。

彼は王太子という立場から抱えている仕事も多く、日中は離れて過ごすことが殆どだ。

それが時折どうにも寂しく感じてしまう。仕方のないことだけど、何か気を紛らわせるものが欲しかった。

絵姿は禁止されてしまったから無理。そうして悩みに悩んだ私が思いつき、作り上げたのがこのフリードぬいなのである。

「これは私の心の平穏のために必要なの。隣に置いて一緒にお茶をしたり散歩したり、あ、一緒にお昼寝なんかも良いよね。寂しいなって思った時にこのフリードぬいが私に力をくれる。そういう役目があるの」

力強く主張する。カインはふうんと相変わらず興味なさげにしていたが、突然目を見開いた。

「あ」

まるであり得ないものを見たというような顔をする彼を不審に思いながらも、視線を追う。そこには今はいないはずの夫がいて、とても恐ろしい顔をしていた。

扉が開いた音はしなかったので、多分、魔術を使って戻ってきたのだろう。それは分かったが、タイミングが悪すぎだ。

「……フ、フリード……お、お帰りなさい……」

「リディ」

まだ仕事中なのではないかと聞きたかったが、彼の私を呼ぶ声音に気づき、口を噤んだ。その目が私の抱えているものへ向く。ただいますら言わず、フリードは本題に入った。

「リディ、それは？」

目がイっている。ハイライトの消えた目が非常に怖かった。

私のフリードぬいを、彼は憎々しげに睨み付けてくる。

「リディ」

「こ、これはその……フリードぬいです……」

誤魔化しようもないので正直に告げる。フリードが淡々と復唱した。

「……フリードぬい……」

「二ヶ月掛けて作り上げた大作なの。ほら、フリードにそっくりでしょう？　昼間はフリードがいないことも多いから、その代わりに——」

「私の代わりなんて要らないよね？」

「ひぇ……」

低い声で紡がれた言葉に、顔が引き攣る。バレたらきっと怒られるだろうなーとは思っていたが、フリードは完全にキレていた。

とはいえ、これくらいは想定の範囲内だ。私も伊達に彼の妻をやってはいない。

私は勇気を貰うようにフリードぬいをキュッと抱きしめた。それを見たフリードがすごく嫌そうな顔をする。

「私以外の男を抱きしめるのは止めてくれる？」

「言い方！　これはぬいぐるみだし！」

「ぬいぐるみでも嫌な気分になるんだよ。リディなら分かってくれるでしょう？」

心から嫌そうに言うフリードを見つめる。

ある意味、趣味部屋に絵姿を飾った時より反応が酷かった。やはり直接抱きしめたりできるからだろうか。これは説得に時間が掛かるぞと察した私はカインに席を外してくれと言おうとしたが……なんということだろう。すでにカインはいなかった。

どうやら修羅場の気配を感じ取り、いち早く戦線離脱したらしい。

主人を守るのがマイ忍者の役目ではないのかとも思うが、彼からしてみれば「犬も食わない夫婦げんかはふたりでやってくれ」ということなのだろう。

強ち間違いでもないので、カインを責めようとは思わなかった。

代わりにフリードに向かって、静かに告げる。

「まずは私の話を聞いて、フリード。フリードが嫌がるだろうということは分かってた。だから私も対価をちゃんと考えたの」

「……対価？　穏やかではない言葉だね」

フリードが秀麗な眉を顰める。私は急いで寝室へ行き、ベッドの下から隠していたもうひとつのブツを取り出した。フリードのところに戻り、丁重に差し出す。

「はい、これ。リディアナぬい」

「え」

差し出されたものを見つめ、フリードがポカンとした顔をする。

何を言われたのか分からない様子だ。そんな彼に私は言った。

「これはリディアナぬいです。これをフリードにあげるので、何卒お目こぼしを……フリードぬいは見逃して……」

「……」

頭を下げ、リディアナぬいをずずいっと押しつける。

リディアナぬいは、文字通り私を模したぬいぐるみだ。フリードぬいと同じく、着せ替えができる仕様になっている。胸にはきちんと青薔薇の王華も刺繍してあるし、なんなら指にはお揃いの指輪だって嵌(は)まっているのだ。

ちなみにフリードぬいも手袋を外すと、ちゃんと指輪を嵌めているのが分かる。

紫色の瞳に茶色いロングストレート。ドレスはフリードが好きな青色のものにした。笑みを浮かべる私のぬいを見たフリードは、おそるおそる受け取る。

リディアナぬいを観察し、呆然とした声で言った。

「……リディのぬいぐるみ？」

「うん。フリードが欲しがるかなーと思って……」

リディアナぬいをあげるから、フリードぬいのことも許して欲しい。

万が一フリードに責められた時は、これを交換条件としようと企(たくら)んでいたのだけれど、はたして上手く行くだろうか。

ちなみに、要らないと突き返される可能性はないと踏んでいる。

私の絵姿には興味がないと言っていたフリードだが、これはぬいぐるみだし、そもそも私が作ったものだ。

私お手製のリディアナぬいをフリードが要らないと言うことはないだろう。

「……」

フリードは無言でリディアナぬいを検品している。スカートをめくり上げられ「ぎゃあ」と叫んだ。

「ちょ、ちょっと！　何してるの！」

「何してるって……いや、細かいところまで作り込んでいるなあと思って。このリディのぬいぐるみって着せ替えとかもできる感じ？」

「うん。フリードぬいと同じ仕様にしてるから」

人にあげることを前提に作ったものに手は抜けない。リディアナぬいもかなり拘って作っているのだ。

頷くとフリードは「ふうん」と言い、リディアナぬいをぎゅっと抱きしめた。

「あ、抱き心地良いね」

「……！」

ギュッギュッとぬいぐるみを抱きしめて微笑むフリードに僅かに目を見張る。ちょっと複雑な気持ちだった。

フリードは嬉しそうな顔をして――今度はリディアナぬいの頬にキスをした。

「あっ!!」

抱きしめるまでは我慢できたが、今回は無理だった。

思わず声が出る。気づいた時にはフリードからリディアナぬいを奪い取っていた。

「駄目っ!!」

「リディ？」

リディアナぬいを奪い取られたフリードが怪訝な顔でこちらを見る。私の行動が理解できなかったのだろう。私は涙目になりながらもフリードに訴えた。

「駄目。やっぱりフリードにはぬいはあげられない。返して！」

「リディ」

ぷるぷると首を横に振る。

先ほど見た光景が脳裏に焼き付いて消えなかった。

愛おしげに私のぬいぐるみにキスするフリード。いつもは私に向けてくれる顔を、私ではないぬいぐるみなんかに振りまいたのだ。それは到底許せることではなかった。

「嫌だあああ……」

二体のぬいぐるみを抱きしめたままその場に蹲る。

実は、ちょっとは気がついていたのだ。

フリードに私のぬいを対価として差し出そうと考えた時に、リディアナぬいを抱きしめられたりしたら嫌な気持ちになるんじゃないかな、とは。

だけど、だけどだ。

所詮はぬいぐるみである。

無機物に嫉妬なんて、フリードではないのだからさすがにしないだろうと高を括っていた。

それに対価として差し出すのなら、同等のものでないと公平ではない。

結局、なんか嫌だなと思う気持ちよりもフリードぬいを可愛がりたいという気持ちが勝った私は、自分のぬいを作り上げたのだけれど……駄目だ。実際にフリードが私のぬいを可愛がっているところを見たら、嫌とかそんな言葉では片付けられない。

こんなの無理。絶対に無理だ。

「駄目……フリードにはあげられない。私以外にキスするとか絶対駄目だもん……」

「リディ」

うるうると目を潤ませながら訴えると、フリードが私の前にしゃがみ込み、頭を撫でた。

「リディ、私がぬいぐるみにキスしたのがそんなに嫌だったの？」

こっくりと頷く。フリードの雰囲気が柔らかくなったような気がした……というか、声も穏やかなものに戻っている。

おそるおそる顔を上げる。フリードがにっこりと笑っていた。

「でも、そのぬいぐるみはリディが作ってくれたものなんだよ？」

「……分かってるもん」

そんなの、全部理解した上で嫌なのだ。

絵姿なら気にならなかった。見惚れてくれようが集めてくれようが、好きにしてくれと思えたし、だから私もさせてねと笑顔で言えた。だけど、実体の伴うぬいぐるみとなると駄目だ。

とてもではないが、私の代わりに可愛がって、なんて言えない。

抱きしめられるのもキスされるのも耐え難い。それをされるのは私だけでないと承服できない。

「フリードは私のだもん……」

ぬいぐるみにだってフリードは譲れない。そう小さく呟くと、フリードは「分かるよ」と言った。

「リディの言いたいことはよく分かる。だって、私も同じ気持ちだからね。リディ、私が私のぬいぐるみを抱きしめているリディを見て、嫌な気持ちになったこと、分かってくれた？」

「……うん」

何も言い返せず、首を縦に振った。

絵姿の時のように果敢に文句を言うなどできるはずもなかった。だって、フリードの言っていることがよく分かるから。先ほどの場面を見たあとでは、「ぬいぐるみなんかに嫉妬しないで」なんて言えるわけがない。

「……ごめんなさい」

深く反省し、謝罪の言葉を告げた。萎れる私をフリードが抱きしめる。

「分かってくれたのならもう良いよ。ふふ……でも嬉しいな。リディも嫉妬してくれたんだね」

「すっごく嫌だった。ねえ、もう私以外にキスしないでね」

「分かってるよ。さっきのは、リディに対するちょっとしたお仕置きの気持ちでしただけだからもうしない」

「ううう……」

お仕置きという言葉が身につまされる。確かに凄まじい攻撃力だった。

今までされたお仕置きの中でも一番と言っていいくらいの衝撃を私に与えたと思う。

「……もうしない」

「うん。……じゃ、リディ。そのぬいぐるみは手放してくれるね？」

「ん」

確認するように言われ、頷いた。

とはいえ、せっかく作ったぬいぐるみを廃棄するのも勿体ない。何せ、私のぬいを含めれば、優に三ヶ月は費やした大作なのだ。

だが、部屋に置いておくのもどうかと思うし……と少し考えたあと、私はフリードに言った。

「じゃあこれ、お義母様に差し上げてもいい？」

「えっ……」

まさかそう来るとは思わなかったと、フリードが目を見開く。そんな彼に私は言った。

「だってお義母様ならきっと大事にして下さると思うし。それにね、お義母様ならフリードぬいを可愛がって下さっても、嬉しいなって素直に思えるから」

息子を模したぬいぐるみを優しい笑みを浮かべて撫でる義母を想像する。余裕で許容の範囲内だったし、なんなら嬉しい気持ちの方が強かった。

「どう、かな。駄目？」

じっとフリードを見る。フリードは「えっ……母上？　それは考えてなかった。母上なら別に……いやでも……」と本気で悩み始めている。

苦悩する様子を見せていたフリードだったが、やがて結論が出たのか、私に言った。

「……分かった。確かにリディのぬいぐるみを廃棄するのは心苦しいし、母上に託そう。……複雑な気持ちではあるけれど、人選的に母上が一番マシだと思うから……」

「ん。じゃあ、あとで持っていくね」

なんとかフリードの許可をもぎ取り、ホッとする。

フリードのことだから、私が一生懸命作ったぬいぐるみを捨てろとは言わないと思っていたが、それでも義母に渡すことを反対してくるかもと心配だったのだ。

別に義母のことを嫌って……とかではない。単にフリードの心の狭さが問題なのである。

私のぬいを自分以外が持っていることをフリードが許せるか。

嫌がるかなと思ったが、意外とすんなり受け入れてくれて助かった。

私のぬいも、義母に可愛がって貰えるなら嬉しいだろう。私も納得できる。

「良かった。反対されるかと思った」

本心を告げると、フリードは気まずそうな顔をした。

「まあ、ね。リディのぬいぐるみだけなら反対したけど、私のぬいぐるみもセットなんでしょう？　それならまあいいかって思ったんだよ」

「ん？」

「だってその二体はつがいでしょう？　私とリディを模しているんだから。だから二体一緒で、相手が母上ならまあいいかなって」

「……」

言われた言葉にぱちぱちと目を瞬かせる。

改めて私が抱きしめていた二体を観察した。

青薔薇の王華がある私のぬいは、青薔薇を付けたフリードぬいとお揃いの指輪をしている。

普段通りの私たちではあるのだが、確かにセットという感じはした。

二体並べるととても仲が良さそうに見える。

「……ふふ」

「リディ？」

突然笑い出した私を、フリードが眉を寄せ、見つめてくる。

そんな彼に私は言った。

「うん、いや、確かにそうだねって思って……。ふふ、私とフリードってぬいぐるみになっても仲良しなんだね。自分で作ったくせにとは思うんだけど、なんか嬉しいなって思っちゃった」

ご機嫌な様子の二体のぬいぐるみを見ていると優しい気持ちになる。

フリードも改めてぬいぐるみたちに目を向けた。そうして表情を和らげる。

「そうだね。リディと並んでいるところを見れば、私のぬいぐるみも悪くないって思えるかな」

「ね」

「それはそうと、人騒がせなリディを軽くお仕置きしたいなって思うんだけど。せっかく会議が終わったから急いで戻ってきたのに、私のぬいぐるみを抱きしめてカインに力説しているんだよ？　何してるんだって思ったし、怒りが込み上げて仕方なかったからね？」

「えっ……」

お仕置きという言葉にギョッとする。私は慌ててフリードに言った。

「お、お仕置きならさっき受けたし！　私のぬいぐるみにキスしたでしょ！　あれ、十分、お仕置きだったからね！」

「だから軽くにしてあげるって。リディは私がいない寂しさに耐えかねて、ぬいぐるみを作るなんて発想に至ったんでしょう？　寂しい思いをさせたのは私も悪いと思っているから、そんなに意地悪なことはしないよ」

「ぐ、具体的には？」

何をされるのか気になり尋ねる。フリードは今日一番の笑顔を見せた。

「今日は、鏡でも見ながらする？　ずっとイき続けてるリディの姿が見えて楽しいと思うよ」

「は!?　何、そのお仕置き。レベル高すぎない!?」

プレイの内容を聞いてギョッとした。

鏡プレイは嫌いではないが、エンドレスでイかせ続けられている状況を見せつけられるのはさすがに嫌だ。

というか、フリード。お仕置きプレイの幅が広がってない？　私が変な性癖を開花させたらどうしてくれるんだ。

「リディ」

フリードが語尾にハートが付きそうな声で私を呼ぶ。私はぬいぐるみを放り出し、敵前逃亡を図ったが、あえなく捕まってしまった。

「いやあああああ」

ずるずると寝室に連行される。

しょうもないことをした自分が悪いことは分かっていたが、久々に精神にクるお仕置きだった。

キツすぎる快楽にエグエグ泣き、彼のモノを強請っている自分を、大きな鏡で見せつけられるとか。

そのあと、よしよしと慰められながらの通常プレイに移行したが、変な性癖に目覚めないか、本気で心配である。だって終わってみれば、悪くなかったのだ。

何が一番嫌って、悪くないと思ってしまった自分自身である。本当に最悪すぎて泣きそうだ。

ちなみに例のぬいぐるみ二体は無事、義母の手に渡った。

最初は驚いていた義母だが、思いの外喜んでもらえ、今では義母の部屋にあるソファに二体仲良く並んで座っている。

王太子妃になんてなりたくない!!
王太子妃編6

月神サキ

2023年1月5日　初版発行

著者　月神サキ

発行者　野内雅宏

発行所　株式会社一迅社
〒160-0022　東京都新宿区新宿3-1-13　京王新宿追分ビル5F
電話　03-5312-7432(編集)
電話　03-5312-6150(販売)
発売元：株式会社講談社(講談社・一迅社)

印刷・製本　大日本印刷株式会社

DTP　株式会社三協美術

装丁　AFTERGLOW

ISBN978-4-7580-9516-7

●本書は「ムーンライトノベルズ」(https://mnlt.syosetu.com/)に掲載されていたものを改稿の上書籍化したものです。
●この作品はフィクションです。実際の人物・団体・事件などには関係ありません。

MELISSA
メリッサ文庫